KB077939

그렇게 스타보이가 되었다

the Star Shepherd

그렇게
스타보이가
되었다

마시케이트 코널리 & 댄 해링 지음
김영욱 옮김

아울리

나만의 스타보이, 로건에게

_마시케이트 코널리

런던, 애셔, 레이건, 프레슬리에게

_댄 해링

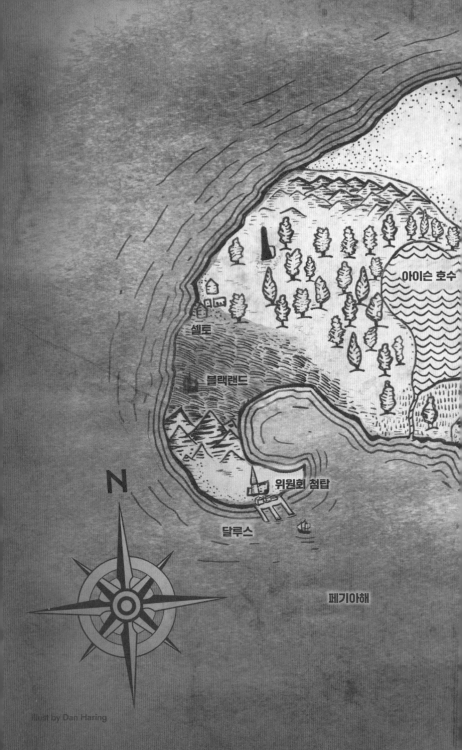

아이슨 호수

셸토

블랙랜드

N

위원회 첨탑

달루스

페기아해

Illust by Dan Haring

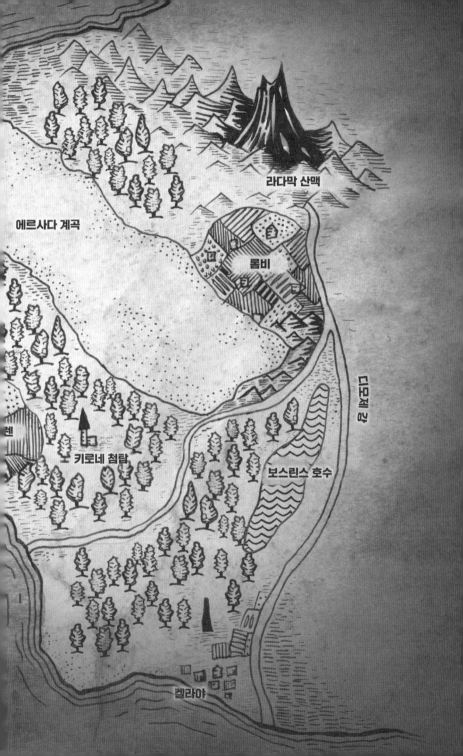

"나는 별들을 너무나도 사랑해 밤이 두렵지 않았다."

– 사라 윌리엄스의 시집 〈늙은 천문학자〉(1868년) 중에서

5년 전

눈이 부시게 밝은 빛줄기가 흔적을 남기며 밤하늘을 가로질렀다. 첨탑 아래에서 한 남자가 바로 그 순간을 오래도록 기다리고 있었다. 남자와 작은 사내아이는 두 겹으로 외투를 껴입고 털 달린 장화를 신고 양털 장갑과 모자까지 단단히 여몄다.

"아빠 손을 꼭 잡아."

둘은 눈 덮인 숲속으로 걸어 들어갔다.

남자는 별똥별이 반짝이는 곳을 바라보며 한 발짝 한 발짝 앞으로 나아갔다. 아들이 코를 훌쩍거리면 티린은 아들의 어깨를 토닥여 주었다.

"키로, 너도 머잖아 이렇게 하는 것이 엄마를 기리는 방법이란 걸 알게 될 거다. 엄마가 우리 곁에 있다는 걸 느낄 테니까."

티린은 바람이 자신의 얼굴을 스칠 때마다 아내의 이름을 속삭였다. 하지만 키로가 느끼는 건 추위뿐이었다.

그렇게__ 스타보이가__ 되었다

두 사람은 키 큰 나무들 사이로 파고들었다. 이파리 하나 매달려 있지 않은 앙상한 나뭇가지가 허공을 할퀴며 서 있었다. 키로가 눈 더미에 넘어지자 티린은 아들을 들어 올려 목말을 태웠다. 머리 위로 새카만 캔버스 같은 밤하늘에 별들이 매달려 반짝이고 있었다.

"봐라, 별들이 우릴 보며 웃고 있잖니."

티린이 말했다. 하지만 키로는 그런 것들이 엄마를 대신할 수 없다고 생각했다.

두 사람이 멀리 가면 갈수록 눈 쌓인 오솔길은 환하게 반짝였다. 저 멀리 언덕 꼭대기에서 봉홧불처럼 검붉은 연기가 타올랐다. 티린이 뛰기 시작하더니, 꼭대기에 아들을 내려놓을 때는 숨을 몰아쉬며 헉헉거렸다.

눈앞에 움푹 팬 분화구가 보였다. 한밤중에 두 사람을 여기까지 오게 만든 빛의 정수가 바로 그 안에 있었다. 불과 몇 분 전에 추락한 별에서는 아직 따뜻한 기운이 뿜어져 나오고 있었다. 티린이 분화구 앞에 무릎을 꿇고, 마치 마지막으로 불러 보는 듯 아내의 이름인 '새나'를 속삭였다. 별빛은 오래된 삼베 케이스의 가장자리부터 흐릿해지고 있었다. 서두르지 않으면 꺼져 버릴 터였다.

"내 작은 사랑만으로도 새것처럼 좋아질 거야."

티린은 죽어 가는 별에서 단 한순간도 눈을 떼지 않은 채, 첨탑으로 돌아가는 길에 올랐다. 아빠의 손을 잡지 못하게 된 어린 키로는 올 때보다 더 심한 추위에 몸을 떨며 부지런히 쫓아갔다.

첨탑에 도착하자, 티린은 서둘러 시계 장인의 필수품인 톱니바퀴와 부품들을 작업대에서 치우고 그 자리에 별을 내려놓았다. 키로도 옆에 붙어 서서 아빠가 해진 삼베 케이스를 펼치고 죽어 가는 별의 심장을 꺼내는 걸 지켜보았다. 호기심 어린 키로의 눈동자에 뜨거운 열기에 스르르 녹아 오그라든 표면 위로 빛을 머금고 있는 별이 비쳤다. 티린은 정성을 다해 만들어 둔 신형 케이스 안에 조심스레 별의 심장을 밀어 넣었다. 유리와 금속이 주재료인 이 신형 케이스는 지금까지 사용하던 그 어떤 스타 케이스보다 오래 버틸 수 있도록 튼튼하게 제작되었다. 게다가 하늘 가장자리에 걸기 좋은 각도로 휘어진 고리까지 안쪽에 달려 있는 편리한 디자인이었다.

"키로야, 일곱 장로가 맨 처음 하늘에 별들을 매달았을 땐 삼베 케이스에 담았단다. 그래야 삼베 올 사이사이로 별빛이 오래오래 빛날 수 있으니까. 하지만 이제부터는 이 신형 케이스 덕에 한결 더 휘황찬란한 빛을 뿜어내게 될 게다."

티린은 자신이 새로 디자인한 스타 케이스를 만지작거리며 말했다. 꽤 만족스럽다는 표정이었다.

그렇게__ 스타보이가__ 되었다

티린은 작업대에서 징표가 될 만한 물건 두 개를 집어 들고 신형 케이스 안쪽에 넣었다. 처음 것은 S자를 수놓은 손수건이고, 다른 하나는 일정 간격으로 고동치는 하트 모양의 작은 시계태엽 장치였다.

키로도 자신의 징표를 집어 들며 얼굴을 찡그렸다. 엄마가 죽기 전의 일이 떠올랐기 때문이었다. 시계태엽 장치가 어떻게 작동하는지 아빠가 알려 주었을 때, 키로는 톱니바퀴를 겨우겨우 짜 맞춰 강아지 인형을 만들었다. 강아지 인형은 자신이 키우는 사이퍼처럼 꼬리와 귀를 흔들어 댔다. 하지만 지금 키로는 강아지 인형을 별의 심장 맞은편에 살며시 내려놓고, 떨리는 손을 재빨리 주머니 속에 밀어 넣었다. 곁눈질로 그 모습을 알아챈 티린이 씁쓸한 미소를 지으며 케이스를 닫았다.

두 사람은 다시 눈 속으로 나갔다. 다행히 이번엔 그리 멀리 가지 않아도 괜찮았다. 별을 하늘로 돌려보낼 때 사용하는 스타 슈터가 마당 가장자리에 서 있었다. 티린은 먼저 스타 슈터의 그물 안쪽에 스타 케이스를 조심스레 내려놓고 키로에게 빨간 버튼을 누르라고 지시했다. 버튼을 누르자, 스타 슈터의 기어가 윙윙 소리를 내며 돌아가기 시작했다. 이윽고 소리가 커지는가 싶더니, 눈 깜짝할 사이에 스타 슈터에서 쏘아 올린 별이 하늘을 향해 날아올랐다.

아빠와 아들이 나란히 서서 그 광경을 지켜보며 기다렸다. 별은 계속해서 좀 더 높은 곳으로 날아오르고 있었다. 별은 첨탑 위 서쪽 하늘에서 조금 떨어진 곳에 자리를 잡더니 감사의 인사로 윙크를 반짝반짝 보냈다. 안심한 티린이 키로의 어깨에 두 손을 얹고 집으로 발길을 돌렸다.

"키로야, 이제부터 밤마다 별들이 우리 머리 위에 있으면 우리 가족도 예전처럼 다시 함께하는 거란다. 알겠니?"

티린이 키로의 어깨를 토닥였다. 키로는 고개만 끄덕였다.

"아빠, 제발 이번엔 절 보내 주세요."

키로가 부탁했다. 하지만 별을 지키는 스타셰퍼드로 일한 지 5년이 되도록 티린은 키로 혼자 별 무리에서 떨어진 별을 찾아 나서도록 허락하지 않았다. 그런데도 키로는 아빠의 고집을 꺾으려고 지난 몇 달 동안 온갖 꾀를 냈다.

이번에도 티린이 반대하려 하자, 키로가 먼저 작업대 위에 있는 스타 고글을 움켜쥐었다.

"가까운 곳에 떨어졌다고요. 아빠, 금방 갔다 올게요. 약속해요."

키로는 간절했다. 반대의 의사를 꺼내려던 아빠도 머뭇거렸다.

"그래, 좋다. 가까운 곳이니까. 대신 사이퍼를 데려가야 한다. 그리고 돌아올 땐 길바닥에 별을 떨어뜨리지 않도록 조심해야 한다."

하지만 티린은 허공에 대고 말하는 셈이었다. 신이 난 키로는 이미 사이퍼와 문밖으로 뛰쳐나가 숲을 향해 달리고 있었다.

키로는 달리면서도 스타 고글의 감지기를 조절하며 별이 떨어진 위치를 알려 주는 아지랑이와 같은 별빛의 열량 스펙트럼을 살펴보았다. 스타 고글의 렌즈는 스타셰퍼드 위원회에서 처음으로 고안해 냈다. 스타셰퍼드들이 출동하기도 전에 바다로 떨어져 스스로 꺼져 버린 별들을 건져 내고 그 부스러기로 만든 것이었다. 권위와 역사를 자랑하는 스타셰퍼드 위원회는 세계 각 지역에 흩어져 있는 첨탑을 감독했고, 별을 지키는 임무를 맡은 스타셰퍼드들은 해마다 별들의 상황을 위원회에 보고했다. 위원회는 스타셰퍼드들에게 집과 식비를 제공하는 것은 물론이고, 스타 고글과 같은 장비 일체와 떨어진 별을 주워 담을 스타 케이스도 챙겨 줬다.

키로와 사이퍼는 너무 들뜬 나머지, 나뭇가지에 몸을 긁히면서도 낮은 덤불을 뛰어넘었다. 숲속의 차가운 밤공기가 그들을 덮쳤지만 조금도 추운 줄 몰랐다. 오늘따라 밤이 더 어둡고 하늘의 별빛도 흐렸지만, 키로는 오히려 지금껏 아빠가 별들을 지키면서 겪은 일들을 이해할 수 있을 것만 같았다.

아빠가 허락해 준다면, 키로는 몇 달이고 혼자서 별을 돌보러 갈 만반의 준비도 되어 있었다. 그래서 오늘 밤엔 자신을 믿어 주지 않는 아빠에게 스스로 해낼 수 있다는 걸 증명해 보일 생각이었다. 그렇게만 되면, 아빠도 엄마가 돌아가신 뒤 드렌 변두리에 있는 이 집으로 이사 오기 전의 모습으로 돌아갈 수 있으리라 기대했다. 시계 제조법을 알려 주던 예전처럼 앞으로는 다른 것도 함께할 수 있으리라 기대했다. 어쩌면 이 집도 낮에 잠만 자는 장소가 아닌, 사람 사는 집다운 집처럼 느껴질 것 같았다.

테리어 강아지인 사이퍼가 컹컹 짖기 시작했다. 키로는 정신을 차리고, 눈앞의 덤불에 가려 잘 보이지 않는 분화구의 불빛에 집중했다. 하늘에서 떨어진 별이 자신을 기다리고 있다고 생각하니 오싹할 정도로 흥분되었다. 키로는 분화구에 다가가 무릎을 꿇은 뒤, 비스듬히 몸을 숙이고 별을 퍼 올렸다. 두려움과 기쁨으로 뒤범벅된 마음이 부풀어 올랐다. 키로가 사랑했던 엄마는 대대로 스타셰퍼드를 지낸 가문 출신이었고, 아들을 재울 때마다 옛이야기를 들려주었다. 그중에서도 키로가 가장 좋아했던 이야기는 별들의 역사에 관한 것이었다.

세상이 처음 만들어졌을 때, 밤은 칠흑의 어둠 속에서 사악한 존재로 인해 이루 말할 수 없는 공포로 가득 차 있었다. 마침내 일곱 장로는 궁극의 희생을 치르기로 결심하고, 하늘에 자신들의 심장을 바쳤다. 그렇게 일곱 장로의 별이 탄생하게 되었지만, 희생은 거기에서 그치지 않았다. 그들은 눈부시게 빛나는 별과 별을 촘촘히 이어 주는 광선으로 넓디넓은 그물을 만들어 빛줄기 한

가닥 닿지 않는 먼 우주의 구석진 곳으로 사악한 존재들을 몰아 넣는 데 성공했다. 그 뒤로도 땅에서 사람들의 숫자가 늘어나는 만큼 밤하늘에서도 많은 별들이 반짝이며 살아갈 수 있도록 제물을 바쳤다. 그러나 하늘에 심장을 바치던 일곱 장로의 기술과 비밀은 세월과 함께 잊혀져 버렸다.

하늘의 별 하나하나가 소중하지 않은 것이 없지만, 일곱 장로의 별이야말로 더없이 강력한 존재였다. 그들이 하늘에 떠 있는 한, 이 세상이 어둠의 세력에 또다시 굴복하는 일은 절대로 일어나지 않을 것이기 때문이었다.

수 세기 전 일곱 장로는 하늘에 갈고리를 매달고, 별을 걸어 두었다. 하지만 갈고리는 닳고 별들은 땅으로 떨어져 버렸다. 지금 이 순간에도 별 하나가 키로의 손바닥 위에서 꺼져 가고 있었다. 별에서 뿜어져 나오는 부드러운 광채가 키로의 마음속을 휘젓고 있었다. 키로는 서둘러 별을 하늘로 돌려보내야 했다. 여기 이 땅은 일곱 장로 별들의 마법 같은 힘이 미치는 범위로부터 멀리 떨어져 있었다. 해까지 뜨게 되면 그 마법과의 접속마저 끊어져 손바닥 위에 있는 별까지 지지직 소리와 함께 타 버릴 터였다.

키로는 걸음을 재촉했다. 그러면서도 별을 감싼 삼베 케이스를 품에 껴안고, 올 때보다 한결 더 조심스럽게 첨탑으로 돌아가고 있었다. 혹시라도 가는 길에 이 소중한 별을 떨어뜨린다면, 아빠가 다시는 자신을 믿어 주지 않을 게 분명했다. 갑자기 사이퍼가 뾰족한 귀를 세우고 으르렁거리기 시작했다. 키로는 발걸음을 멈췄다.

사방을 둘러봤다. 어느새 사이퍼는 귀를 다시 납작하게 접었다. 순식간에 둘이 서 있는 숲속의 한 지점으로 짙은 그림자가 드리웠다. 어쩐 일인지, 늘 하늘을 향해 뻗어 있던 나뭇가지들도 시커먼 밤이 제멋대로 몸통을 휘감도록 내버려 둔 것만 같았다.

"뭔데, 사이퍼?"

키로는 숲속을 다시 한번 둘러봤다. 팔뚝에 소름이 돋아날 정도로 날씨마저 집에서 나왔을 때보다 으스스했다. 그림자 탓에 으쓱한 한밤중처럼 느껴졌지만, 그리 오래 집 밖에 나와 있었다는 생각이 들지는 않았다.

키로는 시시각각 숨통을 조여 오는 공포를 무시하려 애쓰면서 귀가를 서둘렀다. 발걸음을 옮길 때마다 등줄기가 오싹했다. 입김도 어느새 서리로 변한 듯했고, 속눈썹마저 고드름이 되어 눈알을 찌르는 것만 같았다. 키로는 살짝 고개를 들고 밤안개 너머로 구름 모양을 살폈다. 별들이 구름 틈새로 살짝 보였다. 다행히 폭풍우가 몰려오는 것 같지는 않았다.

얼음장 같은 손바닥이 키로의 어깨 위를 스치는 느낌에 초조함이 일었다. 오래전에 죽은 엄마의 목소리까지 되살아나 귓가에서 맴돌았다.

'얘야, 별들은 그림자 속에 숨어 있는 무시무시한 다크셰도우들을 막아 주고 있단다.'

키로는 사람들이 모두 스타셰퍼드의 전설을 믿는 건 아니란 걸 알고 있었지만, 엄마는 한 치의 의심도 없이 믿었던 사람이었다. 그런 엄마의 단단한 믿음 덕에, 어린 키로 역시 곧이곧대로 받아들였다.

"사이퍼, 가자."

키로는 걸음의 속도를 높였다. 방금 전보다 더 기다랗고 시커먼 그림자들이 나무마다 드리워져 있었다. 곁눈질로 엿보던 거뭇거뭇한 그림자들이 나무 사이사이를 획획 스치고 다가와 눈앞에서 어른대기 시작했다. 정확한 형체를 알 수는 없지만, 큰 키에 새카만 것들이 싸늘한 몸짓으로 서걱서걱 칼춤을 추는 것만 같았다.

키로는 몸을 떨었고, 사이퍼는 옆에서 낑낑거렸다. 키로가 사이퍼의 머리를 쓰다듬어 주었다. 하지만 정작 제 심장이 두근거리는 걸 멈출 수 없었다. 그 순간, 기분 나쁜 이름 몇 개가 떠올랐다. 일찍이 엄마는 다크셰도우들의 이름을 일러 준 적이 있었다. 우주의 온갖 빛을 소멸시키는 데 자신의 전부를 건 그림자 덮개인 비슬라, 어디서나 암흑 실을 뽑아내는 거미인 브릿락스, 온몸이 새카만 비늘로 덮여 있는 진틴, 이 외에도 세상을 깜깜하게 만드는

데 혈안이 되어 있는 온갖 다크셰도우들을. 이처럼 엄마는 놈들에게 이름으로 올가미를 씌워 주었다. 그런데도 키로가 어릴 적엔 꿈속으로도 자주 기어들었다. 하지만, 지금 이 순간, 어쩐지 엄마가 상상만으로 만들어 낸 괴물은 아니란 확신이 들었다.

키로는 몸서리를 쳤다. 지금 자신의 손에 들린 별이 하늘에서 뚝 떨어진 까닭도 비슬라 하나가 별빛 그물에서 탈출했기 때문일 수도 있었다. 그러니까 한시바삐 별을 하늘로 돌려보내야 할 이유는 충분했다.

"다신 저놈들을 보지 않길 바라자."

키로가 사이퍼에게 말했다. 사이퍼는 여전히 그림자가 사라진 방향에 대고 짖고 있었다. 키로는 별을 품속에 꼭 끌어안았다.

'이건 아빠한테 알리지 않는 게 좋겠어. 아빠가 알면 다시는 내가 별을 찾으러 가지 못하게 할 거야.'

키로는 다짐을 했다.

*

키로가 첨탑에 도착할 때까지 티린은 작업대 앞을 서성거리며 시계를 들여다보고 한숨 쉬었다. 시곗바늘도 새벽 쪽으로 움직이고 있었다.

그렇게__ 스타보이가__ 되었다

키로가 첨탑의 문을 열고 들어서자, 티린이 안도의 숨을 크게 내쉬었다. 다행히 아직까지는 하늘 자리로 별을 돌려보낼 시간 여유가 있었다.

"어서 들어와라, 애야. 어서 서둘러."

티린이 재촉했다.

키로는 탁자 위에 별을 내려놓고 아빠가 삼베 케이스를 신중하게 벗기는 걸 지켜봤다. 유리와 금속으로 된 신형 케이스도 꺼져가는 별을 받아들일 준비가 되어 있었다.

키로는 살아 있는 별을 볼 때마다 숨이 막혔다. 아직 별에서는 순은처럼 빛이 찰랑거렸지만, 깃털 한 움큼만큼 가볍기도 했다. 사실 별들의 나이를 정확히 아는 것은 불가능했다. 다만 전설에서는 그 어느 별이든 최소 수백 살은 넘었다고 했다.

티린은 별을 적당한 자리에 고정시키고 신형 케이스의 빗장을 내렸다. 최근 들어 종종 그랬듯 이번에도 무거운 적막감이 티린의 마음을 짓눌렀다. 티린은 가물거리는 별이 든 케이스를 품에 안고서 아무 말 없이 서둘러 밖으로 나갔다. '잘했다, 우리 아들.'이라든가 '함께 하늘로 돌려보내자.' 따위의 말 한마디도 보태지 않았다.

키로는 아빠를 따라 마당으로 향하며 실망감을 감추지 못했다. 티린은 재빨리 별을 스타 슈터의 그물에 넣고 발사 준비까지 마쳤다. 키로는 아빠가 빨간 버튼을 누르라고 말해 주길 기다렸다. 적어도 이 일만큼은 아빠가 스타셰퍼드 일을 맡았을 때부터 지금까지 키로가 하도록 배려해 준 것이었다. 하지만 이번엔 티린도 키로를 기다려 줄 여유가 없었다.

키로가 곁으로 다가서기도 전에 티린은 서둘러 버튼을 눌렀다.

"아름다워. 새나, 당신처럼."

키로는 아빠가 속삭이는 소리를 들었다.

티린은 키로가 옆에 서 있다는 걸 깨닫고 정신을 차렸다. 아들의 머리를 건성으로 쓰다듬더니 첨탑으로 돌아와 별이 날아가는 것을 지켜보았다.

키로의 아빠가 스타셰퍼드 일을 시작했을 때는 나름대로 여러 목적이 있었다. 그런데 얼마 전부터 관측해 온 하늘이 예사롭지 않았다. 별들의 상황이 점차 나빠지고 있는 게 느껴졌다.

오래전에 한번은 키로에게 일곱 장로의 마법이 실제 효력이 있었으면 좋겠다고 털어놨다. 그러면 죽은 아내인 새나도 심장을 별에게 건네주고 별의 형태로 영원한 삶을 누릴 수 있을 테니 말이다. 그러나 그 마법은 사람들의 기억에서 오래전에 사라진 전설이 되어 버렸다. 이제 티린은 하늘에서 떨어진 각각의 별을 구해 줄 수는 있어도, 그때마다 자신이 아내를 구할 수 없었던 쓸쓸한 옛일을 되뇔 수밖에 없었다.

키로도 늘 엄마를 그리워했지만, 아빠는 그 사실을 전혀 눈치 채지 못했다. 낮에는 햇빛을 피해 잠을 자고, 밤이 되면 첨탑에 올라 별들을 쳐다보며 지냈다. 언제인가부터 앙증맞은 시계 장치 장난감은 아예 만들 생각조차 하지 않았다.

키로는 별이 안식처를 찾아 하늘로 솟아오르는 것을 지켜보다 두 주먹을 불끈 쥐었다. 사이퍼가 옆에서 어서 빨리 안으로 들어 가자며 키로의 다리를 툭툭 치고 주먹을 핥았다. 하기야 아빠의 관심은 온통 별에 쏠려 있으니 키로가 무얼 하든 신경 쓰지 않을 터였다.

　　다음 날 오후 키로는 사이퍼를 데리고 드렌 마을로 향했다. 가는 내내 주머니 가득 챙겨 넣은 동전보다 마음이 더 무거웠다. 어젯밤, 키로 혼자 별을 찾아온 뒤 아빠로부터 칭찬 한마디도 듣지 못했다. 그저 "오늘은 시장에 다녀와라." 그리고 "내 스타 고글 못 봤니?"가 전부였다.

　　때때로 멍하니 밤하늘을 올려다보는 아빠가 진짜로 별을 보고 있지 않다는 걸 눈치챌 수 있었다. 한참 넋 놓고 있던 티린은 키로의 인기척을 느끼고 키로를 쳐다봤다. 자신에게 키로 같은 아들이 있다는 사실마저 놀랍다는 표정을 지었다. 그럴 때마다 키로는 마음이 아팠다.

　　다행히 키로에겐 드렌이 있었다. 그곳에 가면 평범한 일상이 있고 제빵사, 대장장이, 어부 등과 같은 평범한 직업을 가진 보통 사람들이 있었다. 스타셰퍼드라고는 눈 씻고 찾아 봐도 없었다.

　　그것이 마을 사람들이 원한 방식이었다. 키로는 아빠가 드렌 근처에서 스타셰퍼드를 하지 않았더라면 마을 사람들도 자신을 좋아해 줬을지 궁금했다. 아빠와 함께 드렌 마을에 올 때마다 수군거리는 사람들의 못마땅한 낌새를 느낄 수밖에 없었다. 차라리 혼자서 마을에 올 때가 훨씬 마음이 편했다.

보통 사람들에게 스타셰퍼드는 잊힌 시대의 유물 같은 기이한 존재였다. 물론 아직도 일곱 장로의 후손이라고 믿어 주는 사람들도 더러 있고, 키로의 아빠처럼 하던 일마저 내던지고 별을 지키는 임무를 맡은 사람들도 있었다.

그러나 대부분은 스타셰퍼드를 비웃었다. 평범한 사람들은 어쩌다 떨어진 별을 오히려 행운으로 여겼다. 실제로도 희귀한 원소로 만들어진 별은 때마침 적당한 구매자가 나타나면 꽤 비싼 가격으로 팔 수 있었다. 상황이 그러하니, 이렇게 값진 물건을 사람 손이 닿지도 않는 하늘로 돌려보내려는 발상부터가 납득할 수 없는 일이었고, 열받게 하는 짓이었다.

키로도 아빠가 혼자 욕심을 채우려고 별똥별들을 첨탑 안에 숨기고 하늘로 돌려보내지 않는다는 소문을 들은 적이 있었다. 사실이 아니었지만, 근거도 없이 떠도는 말 한마디 한마디는 키로의 마음을 할퀴었다.

하지만 오늘은 숲에서 벗어나자마자 심장이 어느 때보다 두근댔다. 어느새 키로의 눈앞에 드렌 마을의 성문이 보였다. 성문 양

옆으로 목재를 차곡차곡 쌓아 올린 성벽도 보였다. 이 목재 벽은 주도로와 만나는 곳까지 동쪽으로 이어지고, 서쪽으로는 숲과 살짝 겹치는 곳까지 이어지면서 전체적으로 마을을 에워싸고 있었다. 키로는 이따금 성문 앞에서 발걸음을 멈추고 자신이 태어난 롬비를 떠올렸다. 고향은 드렌에만 오면 더 생생히 떠올랐다. 옛 고향 마을의 많은 집과 분주한 사람들 사이에서 외톨이로 지내는 건 불가능한 일이었다. 문득문득 키로는 자신이 이 모든 걸 놓치며 살고 있는 것 같아 쓸쓸해졌다.

운이 좋다면, 오늘 오후에는 안드라가 그 애 아빠가 하는 빵집에서 일을 하고 있을 수도 있었다. 안드라는 웃음이 부족한 채로 첨탑에서 거의 온종일 지내는 키로를 언제라도 웃게 해 주는 좋은 친구였다.

키로는 마을로 들어서는 성문을 통과했다. 사이퍼도 코를 킁킁거리고 꼬리를 흔들며 따라왔다.

성문에서 이어지는 길 양옆으로는 빨간 기와지붕을 얹은 아담한 집들이 줄지어 있었다. 그런 다음 큰길은 마을 광장과 시장으로 이어지고, 그 너머에는 바다로 통하는 부두와 항만 시설이 있었다. 어느새 공기 중에 떠다니는 소금기가 서서히 느껴졌다. 시장 근처까지 왔는지, 왁자지껄한 길거리의 활기도 느껴졌다.

키로는 주머니에 손을 넣고 조심스레 동전들을 쟁그랑거렸다.

부디 안드라가 가게에 나와 있기를 간절히 바랐다.

오늘도 제일 먼저 들른 곳은 자신을 늘 쌀쌀맞게 대하는 노인이 운영하는 식료품 가게였다. 굶주리지 않으려면 음식 재료가 필요했기에, 키로는 애써 공손하게 대하려고 노력했다. 하지만 별 소용은 없었다.

식료품 가게의 바깥쪽 매대에는 색색의 채소와 싱싱한 꽃들이 지나가는 사람들의 눈과 코를 유혹하고 있었다. 그러나 키로가 가게 안으로 들어서자 주인 노인은 고개를 드는가 싶더니 한숨부터 내쉬었다. 그 즉시 뺨이 달아올랐지만, 키로는 앞으로 한 주를 버티는 데 필요한 먹거리를 서둘러 골라 계산대에 올려놓았다. 노인이 계산대 뒤쪽에서 탐탁지 않게 째려보며 말했다.

"은 넉 냥."

노인은 손 하나 꼼짝하지 않았다. 키로는 동전을 얼른 건네주고 얼렁뚱땅 먹거리를 챙겨 가게 밖으로 나왔다. 서러움이 밀려왔지만 안드라의 얼굴을 떠올렸다. 사실 이 시장에서 키로에게 호의적인 사람은 어쩌다 인사라도 받아 주는 대장장이와 안드라뿐이었다. 그밖에 가게 주인들은 식료품 가게 노인과 다를 바가 없었다.

키로는 정육점에 들른 뒤, 양복점으로 가서 지난주 나뭇가지에 찢겨 수선을 맡긴 아빠의 외투를 챙겼다. 이제 들를 곳은 빵집 하나만 남아 있었다.

달콤한 냄새가 배고픔을 재촉하는 작은 빵집 근처까지 왔을 때, 키로는 바지에 손을 문질렀다. 몇몇 가게의 물건들을 만지며 묻은 먼지와 기름으로 손바닥이 끈적거렸다. 키로는 빵집 주인인 보딘 대신, 까만 머리칼에 영리한 눈매를 지닌 안드라가 계산대에서 자신을 기다리고 있기를 바랐다. 보딘은 대체로 손님들을 까칠하게 대했는데, 키로와 티린에겐 유독 더 야박하게 굴었다.

키로는 연두색 차양 막 아래에서 발걸음을 멈추고, 가게 문을 밀었다. 귀에 익은 작은 종소리가 울리자 계산대 쪽에 서 있던 여자애의 얼굴이 환해졌다.

"안녕, 보이!"

안드라가 먼저 인사했다. 키로는 신발을 질질 끌며 가게 안으로 들어섰다. 안드라는 늘 그랬듯 이번에도 키로를 보이로 불렀지만, 비아냥거리는 말투는 아니었다.

"마침내 너 혼자서 별을 구하러 갔다 온 거야?"

안드라가 물었다. 키로는 몇 주 전 아빠가 혼자서도 별을 구하러 가는 걸 허락해 주길 바란다고 털어놨었다. 그날 이후 안드라는 키로를 볼 때마다 어떻게 되었는지 물어 왔지만, 키로로서는 오늘에서야 제대로 된 대답을 해 줄 수 있었다.

"응, 별도 본래 있던 하늘 자리에 올려놨어."

키로는 흥분한 척이라도 해 보려 했지만, 이 자랑스러운 순간에도 아빠의 떨떠름한 반응부터 떠올랐다.

"많이 기대했던 만큼 영광스러웠겠네?"

안드라가 되물었다.

"물론이지."

키로는 더 좋은 대답을 생각해 내지 못하는 자신의 어리석음을 자책했다.

"오늘도 다른 때랑 똑같은 걸로?"

"응, 부탁할게."

안드라가 키로에게 줄 롤빵과 바게트 몇 개를 봉지에 담기 시작하려는데, 더러운 앞치마를 두른 뚱뚱한 아저씨가 가게 뒷방에서 쿵쿵거리며 나왔다. 순간 키로는 움찔했다. 아저씨도 키로를 보자마자 얼굴을 찌푸리더니, 둘 사이를 왔다 갔다 했다.

"네 엄마가 널 좀 보잖다."

보딘은 절반쯤 담은 봉지를 빼앗으며 안드라에게 말했다.

"지금 거의 다……."

"어서 가 봐!"

보딘이 고함치자, 안드라는 키로에게 슬쩍 작별 윙크를 건네고 가게 뒤편으로 향했다. 순식간에 얼굴이 발개진 키로는 주머니에 손을 찔러 넣고 남은 동전들을 더듬거렸다.

"뭐 하냐? 얼른 내지 않고."

보딘의 재촉에 키로는 겨우겨우 동전을 꺼내 건네고, 빵 꾸러미를 받았다.

"빵을 사러 온 거면 빵만 사 가. 내 딸 근처에는 얼씬거릴 생각 말고. 그 애한테는 어리석은 상상에 빠져 사는 너 따위는 필요 없으니까."

키로는 대꾸할 말이 퍼뜩 떠오르지 않았다. 오히려 목구멍까지 꽉 막힌 답답한 느낌에 침만 꿀걱 삼켰다. 그 즉시 사이퍼를 데리고 가게 밖으로 나왔지만, 보딘이 계속 째려보고 있다는 생각에 뒤통수가 따가웠다.

'안드라에게 아는 척도 말라고? 나에게 말을 걸어 주는 유일한 친구인데? 내게 친절한 사람은 그 애뿐인데?'

마음이 축 가라앉았다. 발걸음도 무거워 터벅터벅 걷게 되었다. 하지만 빵집 창이 더 이상 보이지 않는 골목 모퉁이쯤 왔을 때, 등 뒤에서 "보이!"라고 부르는 여자애 목소리가 들려왔다. 키로는 얼른 뒤를 돌아봤다. 안드라가 빵집 뒷문을 조금 열고 고개를 내민 채 키로에게 손을 흔들고 있었다.

키로는 미소를 지으며, "그만 갈게."라고 말했다.

"우리 아빠가 심술궂어서 미안."

"괜찮아."

"아니, 잠깐만."

키로가 돌아서려고 하자, 안드라가 뒷짐을 지고 성큼성큼 다가왔다.

"나라도 네가 혼자서 별을 구한 걸 축하해 주고 싶어서. 자, 손을 내밀고 눈을 감고 열까지 세어 볼래?"

"알았어."

종이 포장지에 담긴 따뜻한 무언가가 키로의 손바닥 위에 올려졌다. 달콤한 냄새가 코끝을 간질였다. 하지만 키로가 눈을 떴을 때 안드라는 벌써 자리를 뜨고 없었다. 키로의 입꼬리가 저절로 올라갔다. 배에서는 꼬르륵 소리가 들려왔다.

따지고 보니 오늘의 운세가 그리 나쁜 편은 아니었다. 키로는 시장통을 벗어 나오며 안드라가 준 초콜릿 쿠키를 한 입 베어 물고 흥얼거렸다. 부스러기를 얻어먹은 사이퍼도 길바닥에 드리운 그림자를 밟으며 꼬리를 흔들었다.

키로가 집으로 향하는 길로 방향을 틀자마자, 지평선 위쪽에서 이상한 물체가 깜박거렸다. 키로는 발걸음을 멈추고 하늘을 살폈다. 구름 너머 저 멀리에서 무엇인가 움직이는 것도 같고, 멈춰 있는 것도 같았다. 키로는 재빨리 스타 고글을 꺼내 쓰고, 초점을 조절했다. 물체는 그대로 허공에 떠 있었다. 아니, 실제로는 매 순간 지구를 향해 움직이고 있었다.

"말도 안 돼."

키로가 그 정체를 알아챈 순간, 번쩍하고 빛나는 광선이 키로의 머리 위를 지나더니 시장을 향해 곤두박질쳤다.

'안드라.'

제일 먼저 안드라의 얼굴이 떠올랐다. 키로는 쿠키를 던지고 곧장 시장으로 달려갔다. 늘어선 가게마다 사람들이 몰려나와 이리저리 밀치며 지나갔다. 빵집 방향에서 잿빛 연기가 구불구불 피어오르고 있었다. 모퉁이를 돌자마자 연두색 차양 막으로 불길이 번지고 있는 게 보였다. 불과 몇 미터 떨어진 곳에서는 방금 전에 생긴 분화구에서 연기가 솟아오르고 있었다.

'이럴 수가! 대낮에 하늘에서 별이 뚝 떨어지다니.'

키로는 지금까지 이런 일이 있었다는 이야기를 들어 본 적이 없었다. 해 질 녘이라도 이런 일이 생긴다면 어처구니없기는 마찬가지였다.

보딘은 커다란 물통을 들고나와 차양 막에 옮겨붙은 불을 끄려고 물을 뿌려 댔다. 시장통에는 삼삼오오 모인 사람들이 웅성거리며 분화구 쪽으로 먼저 달려간 사람들을 지켜보고 있었다. 하지만 기껏 달려간 그들도 정작 그 근방에서는 숨도 쉬지 못하고 헉헉거리고 있었다.

"별이야. 행운의 여신이 우리 마을에 강림하신 거야."

보딘은 불을 끄면서도 행운이라며 웅얼거렸다. 뜻밖의 말을 들은 키로는 귓불이 새빨갛게 달아올랐다. 옆에서는 사이퍼가 컹컹 짖으며 키로의 바지 자락을 물어 당겼다.

'사이퍼가 맞아. 별을 구해야 해. 하지만 당장 구하려면 장 본 것을 내버려야 하는데……'

키로가 결정을 망설이는 사이, 한 무리의 사람들 뒤쪽에서 낯익은 목소리가 들려왔다. 이내 익숙한 모습이 시장 바닥 위로 그림자를 앞세우며 다가오고 있었다.

"아빠?"

티린이 별을 구하려고 나타난 것이었다.

웅얼거리는 소리가 요란한 벨 소리처럼 울려 퍼졌다.

"이번에도 티린이 별을 가져가려는 거야?"

"스타셰퍼드들은 언제나 행운을 독차지하려 들잖아."

보딘이 수건에 손을 닦으며 군중 앞에 나섰다. 긴장한 안드라의 커다란 눈망울이 자신의 아빠와 티린 사이에서 왔다 갔다 했다. 안드라는 불안하고 초조해 보였다.

"집으로 가시오, 스타셰퍼드 양반. 우리 마을에 떨어진 별이오. 그걸 우리가 지키든 별에 딸려 온 행운을 우리끼리 나눠 갖든 당신이 상관할 바 아니오. 내 가게를 복구하려면 비용도 들 테고."

보딘이 가게의 차양 막을 가리키며 말했다.

키로는 자신이라도 아빠 곁을 지켜야 한다는 걸 알았지만 오히려 상황이 더 나빠질까 봐 두려웠다. 보딘이 그만큼 자신을 못마땅히 여기는 게 신경 쓰였다. 그사이 분화구 쪽으로 달려간 사이퍼까지 접근하는 사람들을 향해 으르렁거렸다. 티린은 드렌 사람들의 불쾌한 감정 따위는 아랑곳하지 않고 얼굴을 찌푸렸다.

"내가 선서한 의무는 내 영역으로 떨어진 별들을 하나라도 빠짐없이 하늘의 제자리로 돌려보내는 것이오. 맹세코 저 별이 다 타 버리기 전에 임무를 완수해야 하니, 저리 비키시오."

키로는 당당하게 말하는 아빠를 따라 분화구 쪽으로 조금씩 다가갔다. 별빛이 흐려지고 있었다. 이대로 별이 마지막 불꽃을 터트리며 스스로 꺼지도록 내버려 둔다는 생각만으로도 입술이 바짝바짝 타들어 갔다. 마을 사람들이 어떻게 생각할지 모르지만, 키로는 엄마에게 들은 별들에 관한 전설은 모두 사실이고 별빛만이 사악한 기운을 막을 수 있다고 믿었다. 그러면서도 난생처음 혼자서 별을 주워 왔던 그날 밤처럼 그림자 같은 생명체가 어른거리고 있을 것만 같아 몸서리가 쳐졌다.

티린은 여전히 보딘과 언쟁을 벌이고 있었다. 그때 어른들 뒤쪽에 있던 안드라가 당장 별을 낚아채지 않고 뭐 하냐며 키로를 다그쳤다. 키로는 어찌할 바를 몰랐다.

티린이 분화구 쪽으로 몸을 돌리려 하자, 마을 사람 하나가 재빨리 티린의 어깨를 붙잡았다. 티린이 그 손을 뿌리치자 다른 남자가 끼어들며 길을 막았다. 눈 깜짝할 사이에 마을 사람들이 모두 달려들어 난장판이 되었다.

사이퍼가 컹컹 짖어 댔다. 키로는 삼베 케이스로 감싼 별을 끌어안았다. 다른 쪽 팔엔 장을 본 물건들이 그대로 들려 있었다.

"이쪽으로!"

안드라가 키로에게 자신을 따라오라며 손짓했다. 이번에는 키로도 망설이지 않았다. 안드라는 키로를 골목으로 안내했다. 절반쯤 올 때까지는 키로의 팔을 잡고 뛰었고, 그 후에는 앞서 달리며 키로를 끌다시피 했다. 키로도 뒤뚱거리며 안드라를 부지런히 쫓아갔다.

"안드라, 어디로 가는 거야?"

"숲 근처에 있는 쪽문이 가장 가까워. 사람들이 곧 소동을 일으킬 거야."

안드라의 새카만 눈동자가 밤하늘의 별처럼 빛났다.

"우리 아빠는……."

키로는 죄책감에 괴로웠다. 자신도 아빠를 돕기 위해 남아 있는 편이 옳은 것 같았다.

"너희 아빠는 너라도 이 별을 구하길 바라지 않을까?"

안드라의 말에 사이퍼가 맞다고 대꾸라도 하듯 낑낑거렸다.

"봐, 맞지? 사이퍼도 그렇다고 하잖아."

이내 셋은 또 다른 굽은 길로 접어들었다. 그런 다음, 조붓한 오솔길에서 잠시 멈춰 선 뒤 부둣가에 사람들이 있는지 확인했다. 다행히 초소는 비어 있었다.

"고마워, 안드라."

"넌 어서 가서 별부터 구해. 난 그사이 너희 아빠를 도우러 갈게, 알았지?"

안드라가 서둘렀다. 키로는 발걸음을 옮길 때마다 어깨가 기우뚱거렸다. 그 모습을 본 안드라가 키득거렸다.

"보이, 있다 봐."

쪽문을 향해 걸어가는 동안 키로의 뺨이 화끈거렸다. 뒤돌아보니 안드라는 이미 사라지고 없었다. 또다시 혼자였다. 눈치 빠른 사이퍼가 촉촉한 코를 키로의 바지에 문지르며 꼬리를 흔들었다.

"음, 그래그래. 완전히 나 혼자만은 아닌 거라고?"

둘은 다시 숲속으로 달려갔다. 곧 익숙한 첨탑의 원뿔 모양 지붕이 눈앞에 나타났다. 얼핏 보기에는 지붕 쪽 망원경들이 마구잡이로 설치되어 있는 것 같지만, 실제로는 정교한 설계에 따라 곳곳에 배치되어 있었다. 그렇기에 티린도 드렌 마을에 별이 떨어진 것을 알아보고 한달음에 달려갈 수 있었다. 하지만 이번에도 별을 구한 사람은 키로였다. 퍼뜩 이 생각이 떠오르자, 키로의 얼굴에도 옅은 미소가 떠올랐다. 물론 안드라의 도움도 있었지만, 잠시 우쭐한 기분이 드는 건 어쩔 수 없었다.

첨탑에 도착한 키로는 곧바로 작업실의 문을 열고 작업대 위에 별을 내려놓았다. 그런데 어딘가 좀 이상했다. 대체로 별을 감싼 삼베 케이스는 오래되어 실이 삭은 부분을 따라 쭉 찢어지는 데 반해, 이 케이스는 깔끔하게 갈라지는 것부터 달랐다. 키로는 자신이 너무 서두르는 바람에 이 점을 조금 늦게 알아챈 것 같아 마음이 쓰였다.

걱정이 된 키로는 평소 아빠가 불을 붙일 때 사용하려고 모아 둔 자투리 삼베 케이스 더미를 뒤졌다. 아니나 다를까, 예상대로 단 한 조각도 말끔하게 잘린 것은 없었다. 순간 두려움 비슷한 감정이 가슴속을 파고들었다. 기운이 빠졌다.

작업장을 밝히던 별빛마저 점점 흐려지고 있는 걸 깨달은 키로가 자리에서 벌떡 일어섰다. 지금은 이런 걱정을 할 때가 아니었다. 별의 생명이 가물가물 꺼져 가고 있었다.

키로가 까맣게 타들어 가는 별의 심장을 삼베 케이스에서 막 꺼내려 할 때, 티린이 문을 활짝 열고 들어섰다. 티린은 눈을 부릅뜨고 숨을 헉헉거렸다. 머리카락 사이로는 잔가지와 잎사귀들이 삐져나와 있었고, 두 손은 움켜쥘 것을 찾고 있는 모양새로 오므리고 있었다. 키로는 심장이 쿵 떨어지는 것 같았다. 하마터면 별의 심장을 바닥으로 떨어뜨려 산산조각 낼 뻔했다. 그러면서도 안드라가 이 꼴이 된 아빠를 보지 않았기를 바랐다.

"오, 하느님! 우리 키로가 별을 구하게 해 주셔서 감사합니다."

티린이 방 안 공기를 한껏 들이마시며 말했다.

"늦지 않아 다행이다."

티린은 서둘러 신형 케이스를 열었다. 키로가 별의 심장을 케이스에 넣자마자 뚜껑을 덮고 첨탑 밖으로 뛰어나갔다. 또다시 서운한 마음이 든 키로도 아빠를 따라 밖으로 나갔다.

해가 지고 있었다. 키로가 스타 슈터 앞에 도착했을 때 별은 이미 쏘아 올려질 준비를 마쳤다. 기어가 작동하는 소리가 들렸다. 하지만 윙윙거리는 톱니바퀴가 맞물리는 소리 위로 또 다른 소리가 겹쳐 들려왔다. 숲 쪽을 향해 사이퍼가 송곳니를 드러내고 으르렁댔다.

별이 하늘로 날아오른 순간, 마을 사람 하나가 모습을 드러냈다. 티린은 스타 슈터에 기대섰고, 키로는 아빠한테는 드러낼 수 없는 묘한 안도감을 느꼈다. 저 멀리 하늘 높은 곳에서는 제자리를 찾은 듯한 별이 움직임을 멈추고 반짝거리기 시작했다.

숲으로부터 더 많은 마을 사람들이 몰려나왔다. 분노에 찬 사람들의 얼굴은 붉으락푸르락했다. 티린과 나이는 같지만 짧게 깎은 머리털이 희끗희끗한 마을 이장 셰인이 얼굴을 찌푸리며 앞으로 나섰다.

"당신에겐 별을 가져갈 권리가 없소."

셰인이 손가락으로 티린의 가슴팍을 찌르며 다가섰다. 키로는 숨을 참았고, 사이퍼는 키로의 가랑이 사이를 파고들었다.

"난 드렌 구역까지 맡고 있는 스타셰퍼드로서 마땅히 해야 할 신성한 의무를 다한 것뿐이오. 별을 하늘에 올려놓아야 우리 모두 안전하단 말이오."

마을 사람들은 단 한 명도 티린의 말에 찬성하지 않았다. 오히려 투덜거리며 '멍청이'라는 야유를 퍼붓기 시작했다. 키로는 당장 쥐구멍에라도 숨고 싶었지만, 성난 무리 가운데 아빠를 혼자 내버려 둘 수는 없었다.

"당신은 바보 머저리요. 당신더러 우리 마을로 떨어진 별까지 지켜 달라고 부탁한 적 없소. 우린 별들이 가져다준 행운 덕에 몇 푼이라도 벌 수 있었단 말이오. 하늘에 떠 있는 별들보다는 그 편이 훨씬 도움이 된단 말이오. 눈이 있으면 보시오! 하늘에는 아직도 무수히 많은 별이 떠 있잖소."

셰인이 티린을 비난했다.

"그렇지 않습니다. 우리한텐 별 하나하나가 전부 소중합니다. 만에 하나 별빛 그물에 틈이 생기면 땅에서도 끔찍한 난리가 날 테니까요."

티린이 차분하게 설명했다.

"우린 늙수그레한 할망구들이나 떠들어 대는 괴물 이야기 따위는 믿지 않소. 앞으로 조심하시오. 우리 마을에선 그런 노인네들을 따르는 사람들이 발붙일 수 없으니까."

티린에게 경고까지 한 셰인이 마을로 돌아가려고 하자, 웅성거리던 나머지 사람들도 그 뒤를 따랐다. 그러면서도 작업장으로 돌아가려는 티린을 향해, 몇몇은 심한 욕설을 퍼붓기도 했다.

그 자리에서 얼어붙은 채 그 욕설들을 속으로 삭이고 있는데, 난데없이 차가운 칼바람이 키로의 얼굴을 스쳤다. 아빠가 지금까지 저 사람들에게 무슨 일을 했는지는 알 수 없지만, 이번 일로 스타셰퍼드는 드렌 마을의 불청객이란 사실이 더욱 확실해졌다.

'나는 왜 아빠를 도와야 하지?'

키로는 고개를 숙이고 도리질했다. 온갖 의심으로 머릿속이 시끄러웠다. 도무지 아빠의 얼굴을 마주 볼 마음이 들지 않았다.

키로는 첨탑으로 돌아가는 길에 앞서가던 사이퍼가 헤쳐 놓은 나뭇가지 하나를 걷어찼다.

'내가 왜 별을 챙겼을까? 별이 죽는 걸 보고 있자니 끔찍했겠지. 그래, 그랬겠지. 하지만 앞으로 마을 사람들이 도와주지 않으면, 식료품은 어떻게 얻지? 안드라는 다시 볼 수 있을까? 아빠 말대로 별 하나를 잃어버리는 게 정말 큰일일까?'

질문이 꼬리에 꼬리를 물고 떠오르는 동안, 축축한 안개가 키로의 어깨 위에 내려앉았다. 첨탑에 도착한 키로는 작업장 문을 열자마자 귀신이라도 본 듯 깜짝 놀랐다. 아빠가 넋 나간 사람처럼 중얼거리며 서성이고 있었다.

"도대체 어디로 사라진 거야."

갑자기 티린은 차곡차곡 모아 둔 삼베 케이스 더미를 헤집으며 짜증을 부렸다.

"뭘 찾고 계신데요?"

키로가 눈살을 찌푸리며 물었다.

"네가 그 케이스에서 별을 꺼냈고…… 그나저나 발도 안 달린 게 어디로 간 거지? 꼭 확인해 볼 게 있는데……."

티린은 걸음을 멈추고 중얼거렸다. 키로의 얼굴은 쳐다보지도 않았다.

"작업대 위에 그대로 있는데요."

키로가 대답했다. 그 말에 티린이 쏜살같이 작업대 앞으로 달려갔다.

"아, 그래, 그렇지."

티린은 아들의 머리를 쓰다듬고 나서 삼베 케이스의 여기저기를 자세히 살펴봤다. 티린이 한숨을 한 번 내쉴 때마다 찌푸린 눈가와 이마 주름도 깊어졌다.

"뭐가 잘못됐어요?"

"이번 건 지금까지 구해 준 별을 감싼 것과 달라. 자, 보렴!"

티린은 키로가 조금 전에 이상하다고 느낀 그 삼베 케이스 조각을 집어 올렸다. 키로는 마음이 쿵 내려앉는 것 같았다.

"잘린 것처럼 보이지만 그건 불가능해요. 아무도 하늘 높은 곳에 있는 별에 손을 댈 수는 없잖아요."

키로는 따지듯이 대꾸했다. 아빠를 향한 서운함 탓에 마음속 깊은 곳에 똬리를 튼 응어리가 꿈틀거리는 게 느껴졌다. 어제 정체 모를 다크셰도우 앞에 서 있을 때만큼이나 기분 나쁘고, 왠지 모를 불길함도 덩달아 느껴졌다.

티린은 아래턱을 매만지며 골똘히 생각에 잠겼다.

"별이 대낮에 떨어지면서 가장자리부터 뜯겨 나간 대신 잘려진 걸까. 음, 아무튼 이상해."

티린이 돌연 키로를 쳐다봤다. 그 순간, 아빠의 눈동자에서 엄마가 죽은 뒤로는 본 적 없었던 감정이 고스란히 전해졌다. 티린도 두려운 게 확실했다.

"이번 일은 위원회에 보고해야겠다. 날이 밝으면 갔다 오마."

티린이 삼베 케이스를 작업대 위에 다시 올려놓으며 말했다.

"빨리 돌아오려 하겠지만, 거기까지 가서 내 입장을 밝히고 오려면 하루 밤낮은 족히 걸릴 거다. 키로, 내가 없는 동안에는 네가 하늘을 잘 지켜봐야 한다."

키로는 아빠가 혼자 별을 지켜보는 걸 허락한 사실에 놀라 아무 말도 못 했다. 아빠의 그림자가 첨탑 안으로 사라진 뒤에도 그저 멍하기만 했다.

*

다음 날 땅거미가 질 무렵, 키로가 깨어났을 때 티린은 이미 출발하고 없었다. 키로는 첨탑 꼭대기로 오르는 계단을 조심히 올라갔다. 사이퍼도 졸졸 따라왔다.

키로는 밤마다 아빠가 앉아 있던 의자에 자리를 잡고 앉았다. 의자에는 기어와 도르래가 연결되어 있어서 미끄러지듯 망원경 앞으로 이동할 수 있었다.

티린은 한동안 시계 제작자로 일했지만, 언제부터인가 표준 스타셰퍼드 장비를 향상시키는 데 자신의 재능을 아낌없이 썼다. 심지어는 블랙랜드를 가로질러 위원회 첨탑까지 더 빨리 이동할 수 있도록 시계태엽 장치를 단 스타 카트를 발명하기도 했다. 사실 키로네가 롬비에서 살 때까지만 해도 티린의 정교한 기술로 만든 시계는 부유한 상류층에게 인기가 있었다. 드렌에서는 흔히 볼 수조차 없는 것이었다. 키로 역시 독특하고도 특별한 아빠의 작품들을 좋아했었다.

하지만 키로의 엄마가 죽자, 티린은 스타셰퍼드였던 아내와의 추억을 기리기 위해 모든 것을 팔아 버렸다.

키로는 아빠가 이 의자를 사용하는 걸 수백 번도 더 봤고, 이따금 기분이 어떨지 궁금해서 아빠 몰래 앉아 보기도 했다. 그러나 아빠가 키로에게 앉으라고 대놓고 말해 준 건 이번이 처음이었다. 키로는 허리를 세우고 똑바로 앉았다. 아침보다 키가 커진 것 같아 잠시 우쭐한 기분이 들었다. 당장이라도 안드라한테 알리고 싶었다.

사이퍼도 키로의 무릎으로 올라와 낑낑대며 밖을 내다보려고 했다. 하지만 이내 키로의 마음에는 불안감이 파고들었다.

'아빠의 생각이 맞을까? 하늘에 진짜 비상사태가 생긴 걸까? 아니면 그저 우연이었을까?'

별들이 하나씩 망원경에 잡힐 때마다 키로의 불안감은 더 깊어졌다. 하지만 키로가 볼 수 있는 건 높다란 하늘과 빛나는 별들뿐, 아무런 대답도 들을 수 없었다.

키로는 등받이의 지렛대를 천천히 돌려 의자를 눕히고, 손잡이에 달린 버튼을 눌렀다. 그러자 천장 지붕에 점점이 박힌 여러 개의 망원경 렌즈에 맞춰 의자가 빙글빙글 움직이기 시작했다. 그새 잠이 든 사이퍼는 꿈속에서 다람쥐라도 뒤쫓고 있는 양, 두 귀를 쫑긋 세우고 으르렁거리더니 키로의 배를 걷어찼다. 밤은 고요하고 적막했다. 키로는 아빠의 의자에 앉아 빙글빙글 돌다가도 벌떡 일어나 망원경들 사이를 걸어 다니며 졸음을 쫓았다.

'혹시 또 다른 별이 떨어졌는데 내가 놓친 거면 어쩌지?'

우울하고 불길한 걱정이 뼛속까지 파고들었지만 키로는 계속해서 몸을 움직였다. 그렇게 몇 시간째 별을 지켜보던 키로가 마침내 샌드위치라도 먹으려고 부엌으로 향했다. 잠에서 깬 사이퍼도 뒤따라왔다. 빵 부스러기라도 얻어먹길 바라는 눈치였다.

"걱정 마. 네게도 먹을 걸 챙겨 줄 테니까."

키로가 사이퍼의 귀를 쓰다듬으며 말했다.

빵 상자에서 롤빵 하나를 꺼냈을 때, 앞으로는 음식을 구할 방법마저 없다는 게 떠올랐다. 그 바람에 배고픔도 사라졌지만, 키로는 지금 당장 뭐든 먹지 않으면 깨어 있는 것마저 힘겨워질 걸 알고 있었다. 키로는 먼저 사이퍼에게 빵 테두리를 떼어 던져 주었다. 사이퍼는 잽싸게 먹어 치우고 더 달라며 낑낑거렸다.

키로는 남은 빵 조각을 입에 넣고, 서둘러 첨탑의 계단을 올랐다. 드렌 시장으로 별이 떨어진 뒤로 이상한 긴박감이 키로의 마음속에 뿌리내리고 있었다. 뭔가 제대로 되지 않았다는 불길한 예감 같은 것이었다. 아무리 노력해도 그 느낌은 떨칠 수 없었다.

아니, 사실 뭔가 잘못됐다는 것도 추측뿐이었다. 키로는 나쁜 쪽으로는 생각하고 싶지 않았다.

다시 의자에 앉았다. 뒤따라온 사이퍼는 방 안에서만 빙빙 돌아다니는 게 지겨운지 담요로 몸을 감고 한쪽 구석에 웅크렸다. 키로는 방 안을 둘러본 뒤 의자를 동작 모드에 맞추고 챙겨 온 샌드위치를 한 입 베어 물었다. 티린이 망원경 한 대당 5초씩 멈추게 세팅해 둔 의자는 첨탑 위쪽 하늘을 샅샅이 살펴볼 수 있도록 저절로 돌고 있었다.

동이 트기 전, 망원경에 뭔가가 얼핏 스쳐 지나갔다. 저 멀리서 별 무리가 한꺼번에 떨어지고 있었다.

키로는 의자에서 벌떡 일어났다. 지금껏 하나 이상의 별들이 동시에 떨어진다는 이야기를 들어 본 적이 없었다. 일어나서는 안 되는 일이었다. 지금 당장 뭐든 해야 하는 끔찍한 상황이 어디선가 벌어지고 있었다.

키로는 쏜살같이 계단으로 뛰어 내려가다 말고 멈춰 섰다. 잔뜩 구겨진 옷차림으로 티린이 키로 앞에 서 있었기 때문이었다. 표정이 심각했다.

키로는 일곱 장로의 별 이야기를 알게 된 뒤로 각각의 별 무리를 한 가족으로 생각해 왔다. 별 하나가 떨어지면, 하늘에 있는 그 별의 나머지 가족들에게 재빨리 데려다주는 게 스타셰퍼드의 일이라고 여겼다. 혹시라도 별 하나가 땅으로 떨어진 채, 집으로 돌아가지 못하고 영원히 가족들과 떨어져 지내야 한다면……

아무래도 한데 모여 있는 별 무리가 한꺼번에 떨어지는 현상은 대가족이 하늘에서 동시에 추방되는 것처럼 느껴졌다.

'저 많은 별이, 저토록 멀리서 떨어진 별들이……'

키로가 머리를 흔들었다. 몹시 외롭고 더없이 쓸쓸할 거란 생각이 들었다.

"아빠도 보셨죠? 우리가 구해 줘야 해요."

키로가 티린한테 말했다.

"우리가 할 수는 없다. 저 별 무리는 우리 영역 밖이야."

티린이 머리를 가로저으며 대답했다.

키로는 아빠가 위원회에 다녀온 뒤로 얼굴 주름이 깊어지고 표정도 더 어두워진 것 같았다. 지금처럼 아빠의 초췌한 모습을 본 적이 없었다. 뭐라고 말을 걸어야 할지 난처했지만, 아무튼 상태가 좋지 않다는 건 확실했다.

"아무도 못 봤다면 어떻게 해요?"

키로는 근처의 벽시계를 흘끗 올려다보며 물었다.

"해가 뜨려면 아직 한 시간쯤 남았으니까 우리가 다시 하늘로 보내 줄 수 있잖아요. 그럴 수 있잖아요."

"그건 할 수 없다, 키로. 우리는 여기 머물면서 담당 구역의 하늘을 살펴야 해."

키로는 의자에 풀썩 주저앉았다.

"아빠, 그럼 그 구역을 맡은 스타셰퍼드가 별들을 하늘로 다시 돌려보내긴 할 테죠?"

티런은 아들의 어깨 위에 자신의 한 손을 얹었다.

"글쎄다. 별 무리가 라다막 산맥 쪽에 추락했으니까 꼭 그렇지 않을 것 같구나."

라다막 산맥은 스타셰퍼드들에게는 금지 구역이었다. 전설에 따르면 수 세기 전 별들을 하늘에 걸었을 때, 몇몇 다크셰도우들이 그곳으로 숨어들었다고 했다. 산맥은 칠흑처럼 새카만 그림자들에 휩싸여 있어서 별빛조차 그곳의 어둠은 뚫을 수 없을 정도라고 했다.

"아빠 말씀은 아무도 구하러 가지 않을 거란 뜻이죠? 우리도 저 별이 땅에서 다 타 버리도록 내버려 둘 수밖에 없단 거고요?"

어처구니가 없어서 키로의 입이 헤 벌어졌다.

키로는 별들이 죽어 가도록 내버려 둘 수밖에 없는 마음이 어떨지 진지하게 생각해 본 적이 없었다. 막상 눈앞에서 별들이 최후의 불꽃을 터트리며 사그라들 걸 생각하니 두려움과 슬픔이 차올랐다.

티런이 가까이에 있는 의자에 털썩 주저앉았다.

"어떤 건 사람이 구할 수 없단다."

"그건 스타셰퍼드 선서를 배신하는 거예요. 어떻게 자신들의 의무를 저버리게 만드는 소문을 믿을 수 있어요?"

"많은 사람, 이를테면 평범한 마을 사람들한테는 스타셰퍼드들이 별을 돌보는 것조차 옛날부터 전해 온 소문과 미신에 근거를 둔 행동으로 비춰진단다. 한때는 다크셰도우들도 지금 너나 나처럼 실제로 존재했다는 그 이야기 말이다."

"하지만 별들이 막아 주잖아요. 어릴 적에 아빠가 늘 해 준 이야기잖아요."

키로는 인상을 찌푸리며 사이퍼의 배를 쓰다듬었다. 사이퍼가 꼬리를 세게 내리치며 하품을 했다.

"그래야 하는 건데……."

티린이 한숨을 내쉬었다.

이윽고 두 사람을 진정시켜 줄 어색한 정적이 흘렀다. 키로가
먼저 입을 열었다.

"참, 위원회에서는 뭐라고 그랬어요?"

"별거 없었단다."

티린은 자신의 손을 가만히 내려다보며 머리를 세차게 흔들었
다. 뭔가 난처한 일이 있었는데 도무지 이해할 수 없다는 행동이
었다. 키로는 아빠가 안쓰러우면서도 밀려드는 온갖 근심들이 바
늘이 되어 머리를 찌르는 것만 같았다.

스타셰퍼드 위원회는 티린이 보고한 추락한 별에 대한 이상한
점들을 조사하지 않을 거라고 했다. 티린으로서는 자신도 받아들
이기 힘든 결정을 아들에게 납득시킬 수 없어 답답했다. 티린은
깊은 한숨을 들이마셨다. 이제라도 꺼내 놓아야 할 어떤 심각한
비밀의 무게를 가늠하는 모습이었다.

"흠흠, 위원회 회의에서 한 가지는 알게 되었단다. 나 말고도 스
타셰퍼드 두 명이 우리가 본 것과 비슷한 사례를 보고했더구나.
별들이 무리 지어 떨어진다거나 정체를 설명할 수 없는 그림자가
나타나 주변의 기온을 뚝 떨어뜨렸다는 해괴한 사건 말이다. 그런
데 난 그림자의 정체가 다름 아닌 비슬라라고 믿고 있단다. 그 끔

찍한 생명체들이 어떻게 다시 나타나게 되었는지는 모르겠지만 말이다. 하긴 우리가 모르는 거야 이루 셀 수가 없지. 어쨌거나 세상이 그 어느 때보다 위험해지고 있는데, 솔직히…… 키로야, 아빠도 두렵단다."

키로는 망원경을 다시 한번 훑어보았다. 멀리 산자락 사이로 한 줄기 불빛이 새어 나오고 있었다. 불빛이 희미해지는 것을 지켜보던 키로는 가슴 안쪽까지도 움푹 팬 느낌이 들자, 망원경에서 눈을 떼었다.

키로는 며칠 전에 보았던 사악한 다크셰도우 이야기를 지금껏 아빠에게 털어놓지 않은 게 마음에 걸렸다. 지금이라도 알려 드려야겠다는 생각을 막 하던 참이었다.

"내가 구할 수 있는 별들이 저리도 많은데 아쉽구나."

티린이 혀를 끌끌 차며 촉촉한 눈망울로 아들을 쳐다봤다. 키로는 의자에 가만히 앉아 있을 수밖에 없었다. 계속해서 무언가가 어깨를 짓누르는 듯했다.

별들을 구할 수 없게 되었다는 티린의 고백은 엄마에 대한 슬픈 기억들을 떠올리게 했다. 오래전 엄마의 병세는 빠르게 악화되었고, 티린은 죽어 가는 아내를 손 놓고 지켜볼 수밖에 없었다. 심각하게 아프다는 걸 알았을 땐 이미 몸속에서 생명의 불씨가 저 별 무리처럼 꺼져 가고 있었으니까.

그것이 티린이 처음으로 스타셰퍼드 일을 맡게 된 계기였다. 키로의 외할아버지 역시 스타셰퍼드였기에, 티린은 아내와의 추억이라도 되살리고자 스타셰퍼드 일을 운명처럼 받아들였다.

'라다막 산맥 사이로 떨어진 별 중에 아빠와 내가 처음으로 구했던 별이 있으면 어쩌지? 엄마와의 옛 추억을 훤히 밝혀 주길 바라는 심정으로 우리끼리만 알 수 있는 징표를 넣어 둔 엄마의 별이라면?'

키로는 엄마 별 생각으로 더 이상 견딜 수 없을 만큼 괴로워지기 전에 화제를 바꿀 필요를 느꼈다.

"아빠, 꼭 드려야 할 말씀이 있어요."

"뭔데?"

티린이 인상을 찌푸리며 물었다. 키로는 일단 사이퍼를 들어 자신의 무릎 위에 방패막이로 올려놓았다.

"며칠 전 밤에 저도요……. 그러니까, 그게…… 다른 스타셰퍼드들이 보고했다는 다크셰도우 한 놈을 본 것 같아서요."

티린이 허리를 곧추세우고 앉았다.

"무슨 일이 있었지? 말해 봐라, 뭘 봤다고?"

키로는 사이퍼의 부숭부숭한 털 사이로 얼굴을 파묻었다.

"아빠가 저 혼자서 별을 구해 보라고 했던 밤이었어요. 작업장으로 돌아오고 있었는데 숲속의 나무들 사이로 엄청나게 커다란 그림자 하나가 나타났어요. 기온까지 뚝 떨어져 으슬으슬해서 그때부터는 뛰어왔고요."

티린은 의자 팔걸이를 두 손으로 꼭 거머쥐었다.

"그런 생김새의 그림자를 또다시 본 적이 있었니?"

"아뇨. 맹세코 없었어요."

티린은 조금 안심한 듯했다.

"알았다. 또다시 그것들을 보게 되더라도 별부터 구하러 달려가야 하는 걸 명심해라. 별이 비슬라의 손아귀로 들어가게 돼서는 절대로 안 되니까."

키로는 고개를 끄덕이면서도 미간을 찌푸렸다.

"그것들도 별에 손을 댈 수 있어요? 제가 별을 들어 올리려 할 때, 별빛이 움츠러드는 것 같았거든요."

"별 안에는 무언가 혹은 누군가 휘두를 수 있는 기운 같은 것이 있단다. 하늘에 매달려 있는 동안에는 다행히 일곱 장로의 마법이 다크셰도우들에 맞서도록 그 힘을 지배하고 있지만, 일단 땅에 떨어진 별들은 누구라도 마음만 먹으면 멋대로 부릴 수가 있지. 아마 그런 이유로 몹쓸 사람들이 별들을 베는 게 아닌가 싶다만……."

티린은 자신의 두 뺨을 문질렀다.

키로는 다시 망원경 하나를 들여다보다가 의자에서 벌떡 일어났다.

"보세요."

티린도 허리를 굽히고서 망원경을 들여다보았다. 금세 얼굴빛이 창백해졌다.

하늘에서 또 다른 별 무리가 떨어지고 있었다. 이번엔 티린의 담당 구역 안으로 별들이 곤두박질치고 있었다.

이번엔 티린도 아들이 떨어지는 별을 쫓아가는 걸 반대하지 않았다. 키로는 아빠와 함께 첨탑에서 한달음에 내려가 숲속을 뚫고 별 무리가 떨어지는 방향으로 나아갔다. 빛줄기의 흔적이 땅에 닿는 순간, 두 사람의 발밑까지 땅이 흔들렸다. 그래도 달리는 속도를 늦추지는 않았다. 바람이 나뭇가지를 채찍질하고 외투 자락을 할퀴듯 긁어 댔지만, 두 사람은 한 발자국도 헛딛지 않고 앞으로 나아갔다.

티린은 왼쪽으로 치우쳐 달리고, 바로 그 뒤를 키로가 뒤쫓았다. 사이퍼 역시 그들을 따라오며 짖어 댔다. 마침내 별 무리가 떨어진 곳에 도착했다. 역시나 움푹 팬 분화구의 흔적이 있었지만 아무래도 석연치 않았다.

키로는 눈앞의 것들을 조금이라도 더 정확하게 보기 위해 스타 고글을 매만졌다.

하지만 그 어느 분화구에서도 타오르는 빛이 보이지 않자, 티린은 가장 가까운 분화구로 뛰어들었다. 키로도 그 뒤쪽 분화구로 달려가 가장자리에 무릎을 꿇었다. 티린이 헉하고 내뱉는 소리가 가느다랗게 들려왔다.

분화구는 비어 있었다.

다음 분화구로도 서둘러 달려갔지만, 역시 비어 있었다. 그다음 것도, 또 그다음 것도 마찬가지였다.

혼란스러워진 키로는 숨을 헐떡이면서도 그 일대를 맴돌았다.

모든 별이 사라지고 없었다. 심지어 별을 감쌌던 삼베 케이스의 흔적조차 남아 있지 않았다. 그저 연기를 내뿜는 텅 빈 구멍들만 휑하니 남아 있었다.

티린은 분화구를 내려다보며 머리카락을 쥐어뜯었다. 스타 고글까지 벗어 던지고 중얼거리며 서성이기 시작했다.

"말도 안 돼. 누가 이딴 짓을 할 수 있지? 귀신이 곡할 노릇이야."

티린은 계속 웅얼거렸다.

"아빠, 제가……."

키로가 말하려는데 티린이 고개를 똑바로 쳐들고 키로를 봤다.

"넌 집으로 가거라. 지금 당장. 밖에 있는 건 위험해. 사이퍼 데리고 어서 가."

티린이 재빨리 스타 고글을 고쳐 쓰며 말했다.

"난 별들을 찾아 봐야겠다."

티린은 키로가 자신의 말을 순순히 따랐는지 확인조차 않고서 서둘러 숲 쪽으로 뛰어갔다.

"사이퍼, 이리 와."

사이퍼를 챙긴 키로는 첨탑으로 가려고 발걸음을 돌렸다. 키로는 생각에 푹 빠져 있었다. 사이퍼가 자신의 바지 자락을 잡아당기는 걸 알아차리기 전까지 고개 한 번 들지 않았다.

"왜 그래?"

사이퍼가 낑낑거렸다. 키로는 사이퍼의 시선이 향한 곳을 따라 밤하늘을 올려다봤다. 믿기지 않지만, 또 다른 별 하나가 머리 위로 떨어지고 있었다.

심지어 가까운 곳이었다.

이렇게 많은 별이 하필이면 같은 날 밤에 우수수 떨어지다니, 정말이지 온 우주가 이상하게 돌아가는 게 분명했다.

또렷한 빛줄기를 발견한 키로는 별이 떨어지는 방향으로 빠르게 뛰기 시작했다. 사이퍼도 바짝 따라붙었다. 긴박감이 키로의 초조한 마음을 더욱 자극했다. 오늘 밤만 해도 두 성단 사이에 있는 열 개쯤 되는 별들을 구하는 데 두 번이나 실패했다. 그러니까 지금이 악의 세력으로부터 뭔가를 구할 수 있는 마지막 기회처럼 느껴졌다.

키로와 사이퍼는 숲속에서 빛을 뿜어내고 있는 분화구 가까이로 다가가고 있었다. 그때 어디선가 얼음이 깨지는 듯한 굉음이 나무 사이로 울려 퍼졌다. 둘은 동시에 걸음을 멈췄다. 땅이 얼음장처럼 차가워지고 있었다.

키로가 얼어붙어 서 있는 곳에서 분화구 사이로 어두운 그림자가 드리우더니 사이퍼의 다리 뒤쪽으로 휙 날아가 버렸다. 키로는 단 몇 초 만에 입김에까지 서리가 맺히는 것을 볼 수 있었다.

별이 떨어진 곳은 시커멓고 거대한 형체가 가물거리는 곳으로부터 너무나도 가까웠다. 두려움에 사로잡힌 키로는 이러지도 저러지도 못한 채 삼베 케이스 위로 얼음 알갱이들이 미끄러지는 것만 지켜보았다. 키로는 젖 먹던 힘까지 쥐어짜며 달아나고 싶었지만, 두 발이 꽁꽁 얼어붙어 버린 것만 같았다. 다크셰도우는 어둠의 일부를 긴 낫으로 만들어 삼베 케이스를 자르고 있었다.

키로가 '멈춰!'라고 말한들 놈들은 들은 척도 하지 않을 게 뻔했다.

'그나저나 아빠는 어디 있을까? 아빠라면 이놈들을 물러나도록 할 수 있을 텐데.'

이윽고 그림자의 형체가 땅바닥에 널브러진 별 속으로 검은 손을 뻗어 별의 심장을 꺼냈다. 놈의 차디찬 손바닥 안에서 식어 버린 별의 심장은 남아 있던 마지막 빛조차 사위어 갔다. 다크셰도우는 자신의 시커먼 손가락으로 그것을 움켜쥐었다. 얼음 조각과 먼지로 으깨어진 별의 잔해가 숲 바닥으로 흩어져 내렸다.

"안 돼!"

키로는 결국 생명이 꺼진 별을 향해 주저앉아 울부짖었지만, 이미 때는 늦었다. 시커먼 그림자는 벌써 나무들 속으로 스며들었고, 마지막 별빛도 눈앞에서 가뭇없이 사라져 버렸다. 조금 전까지 키로의 마음에 깃든 실낱같던 희망마저 증발해 버렸다.

무거워진 몸이 차가운 땅속으로 꺼져 들어가는 것 같았다. 덜덜 떨리는 두 손으로 머리를 감싸 쥐고, 이건 절대 현실이 아니라고 도리질을 해 본들 그림자의 실체를 부인할 수 없었다. 놈은 엄마가 알려 준 싸늘하고 무시무시한 비슬라의 모습과 똑 닮아 있었다.

별들이 처음 하늘에 걸리고 서로 연결된 빛줄기에 의해 별빛 그물이 만들어졌을 때, 다크셰도우들은 우주에서 가장 어두운 구석과 지하 세계로 추방되었다. 일부는 라다막 산맥과 블랙랜드의 잿빛 모래 밑으로 숨어들었다는 소문도 나돌았다. 햇빛과 별빛은 그곳에 가둔 놈들을 낮이고 밤이고 감시하며 제멋대로 돌아다닐 수 없게 했다.

그렇다면 별빛 그물에 틈이 생겨 다크셰도우들이 우주 감옥을 탈출하기 시작한 걸까? 놈들은 언제부터 빛의 세상에서 어둠을 휘저으며 돌아다니기 시작한 걸까? 낮에는 태양이, 밤에는 별들이 이 세상을 지켜 주기로 되어 있었다. 이 약속은 은하가 생긴 이래 계속해서 지켜져 왔다.

키로는 몸을 덜덜 떨며 무릎을 끌어안았다. 사이퍼가 키로의 얼굴을 핥아 주었다.

키로는 머릿속에서 뱅글뱅글 도는 부정적인 생각을 털어 내며 그 자리에서 일어섰다. 오늘 밤, 하늘에서 떨어진 별들을 위해 자신이 할 수 있는 일은 아무것도 없었다. 키로는 자포자기의 심정이 되었다.

"집에 가자, 사이퍼."

지칠 대로 지친 키로는 첨탑으로 돌아오자마자 간이침대에 쓰러졌다. 잠이 든 뒤에도 별들이 죽어 가는 악몽에 시달렸다.

키로는 첨탑 문이 '쾅' 닫히는 소리에 잠에서 깼다. 사이퍼가 문 옆에서 낑낑거리고 있었다. 키로는 간이침대에서 일어나 사이퍼를 데리고 밖으로 나가려다 가방을 싸고 있는 아빠를 봤다. 아빠의 머리는 헝클어졌고 얼굴은 새카맸으며 알아들을 수 없는 말을 미친 사람처럼 중얼거리고 있었다.

키로를 본 티린의 눈도 휘둥그레졌다.

"누군가 훔쳐 갔어."

티린의 목소리가 심하게 떨렸다.

"내가 찾아내야만 해."

키로는 눈을 쓱쓱 비볐다. 창 너머가 환한 것이 아침이 된 게 분명했다.

"별들을요?"

키로가 되물었다. 티린은 고개를 끄덕이며 가방 덮개를 닫았다.

"다른 수가 없단다. 네게 뭐라고 설명할 수도 없어. 다른 가능성? 말도 안 되지. 키로, 이건 아주 중요한 일이란다. 그러니까 넌 여기 남아서 별들을 지켜보고 있어라. 아빠가 하루 이틀 안에 돌아올 테니."

순간 커다란 두려움과 동시에 그만큼의 기대감이 키로의 마음을 파고들었다.

"그렇게 오래요? 저 혼자서 별들을 지켜보라고요?"

티린은 부엌 식탁에서 반짝이는 가루가 든 스타 파우더병 두 개를 집어 들더니, 키로의 손에 쥐어 주었다.

"잘 갖고 있어라. 단 필요할 때만 써야 한다."

키로는 수상쩍은 눈으로 그 병들을 쳐다봤다.

"이게 뭐예요?"

"별 가루란다."

티린은 외투를 걸치고 어깨에 가방을 둘러멨다.

"하지만 아빠……."

"화급을 다투는 일이 아니었다면 나도 나서지 않았을 거다. 모든 건 이 일에 달렸으니 어쩌겠니."

티린이 한숨을 내쉬었다.

"어디로 가시려는 건데요?"

키로가 얼굴을 찌푸리며 물었다. 그러자 티린의 표정이 차갑게 굳었다.

"그건 너한테까지 알려 줄 수 없다. 절대로 날 뒤쫓아 와서는 안 된다. 내가 돌아올 때까지 넌 여기에 있어야 해."

티린은 키로가 뭐라고 대꾸할 틈도 주지 않고, 키로의 머리를 한 번 쓰다듬더니 서둘러 나갔다.

*

아빠가 돌아오겠다고 했던 이틀은 너무도 빨리 지나갔다. 그러나 이틀 뒤에도, 또 그 이틀 뒤에도 아빠는 돌아오지 않았다. 키로는 거의 일주일 동안 말 한마디 못 한 채 벙어리 냉가슴을 앓듯 지냈다.

하루하루 날이 갈수록 키로는 점점 더 불안해졌다. 일주일째가 되자 더 이상 가만히 앉아 있을 수 없다는 생각이 들었다. 지금까지 이렇게 오랫동안 혼자 지낸 적도 없었다. 키로는 오후 늦게 눈을 뜨자마자 침실 문을 활짝 열어젖혔다. 혹시나 싶었지만 역시나 아빠는 돌아오지 않았다.

키로는 사이퍼를 밖으로 내보내 마당을 둘러보게 했다. 아빠의 흔적은 어디에도 없었다. 아빠의 스타 카트도 평소처럼 창고 뒤쪽에 덩그러니 있었다. 키로는 그 점마저 이상하다는 생각이 불쑥 들었다.

'아빠는 어디로 간 걸까? 스타 카트도 필요치 않은 곳이라니, 도대체 어디일까?'

키로는 비틀거리며 다시 집 안으로 들어왔다. 모서리가 뾰족한 돌멩이들이 배 속에서 덜거덕거리는 것 같았다.

'어떻게 아빠라는 사람이 날 버리고 가 버릴 수 있지?'

키로는 서운했다. 평소에도 티린은 키로에게 곁을 내주지 않았지만, 이렇게 오랫동안 집을 비우거나 키로 혼자 별을 보도록 허락한 적도 없었다.

키로는 텅 빈 식탁 옆에 멈춰 섰다. 어쩌면 아빠가 가는 길에 식료품을 사러 드렌에 들렀을 가능성도 무시할 수 없었다. 만약 그렇다면 시장통의 누군가는 아빠가 어디로 갔는지 단서를 줄 수 있을지도 모를 일이었다. 때마침 먹을 것도 다 떨어졌으니, 머리를 잘 쓰면 정보를 얻을 수 있을 것 같았다.

초조했다. 마음을 차분하게 가라앉히려 해도 안절부절못했다. 결국 키로는 외투와 가방을 아무렇게나 챙겨 들고 최대한 빨리 밖으로 나섰다.

점점 더 어두워지고 있었다. 키로는 드렌 마을을 향해 달리는 동안 걸핏하면 하늘을 올려다봤다. 아빠가 떠난 뒤로 별 무리는 떨어지지 않았다. 가까이서든 멀리서든 아직 단 한 개의 별도 떨어지지 않았다. 하지만 키로는 그마저도 걱정이 되었다. 어느새 등 뒤쪽에서 키 큰 나무들이 사방으로 긴 그림자를 드리웠다. 수시로 바스락거리는 소리가 기분 나쁘게 들렸다. 키로는 겁을 집어먹고 달리는 속도를 높였다. 스치는 밤공기마저 칼로 살을 베는 것처럼 아리게 느껴졌다. 뒷덜미로 한기가 스칠 때마다 키로는 비슬라가 근처에 있는 게 아닌지 의심했다. 온몸이 덜덜 떨렸다. 다시는 그놈을 만나고 싶지 않았다.

마을에 도착한 키로는 지난번에 안드라가 알려 준 쪽문으로 살며시 들어갔다. 키로는 아빠가 마을 사람들한테 환영받지 못하게된 것이 얼마나 심각한 일인지, 앞으로 자신에게 어떤 영향을 끼칠지 여전히 가늠할 수 없었다.

'혹시 아빠가 이곳에 들렀다가 곤경에 처했을 가능성도 있지 않을까? 그래서 아빠가 집으로 돌아오는 게 늦어진 건 아닐까?'

이런저런 걱정을 내려놓지 못하면서도 키로는 별 탈 없이 시장 통으로 들어섰다. 아빠가 왔다 간 실마리를 찾아낼 방도는 보이지 않았다. 아직까지 몇몇 상점은 문을 열어 두었지만, 밤이 되자 대부분의 가게들이 문을 닫고 있었다.

키로는 빵집부터 들러 안드라에게 고맙다는 인사라도 전하고 싶었다. 빵집 앞을 지나며 슬쩍 본 창문 안쪽에는 바닥을 쓸고 있는 보딘만 있었다. 하필이면 그 순간, 창밖의 인기척을 느낀 보딘이 고개를 쳐들더니 인상을 썼다. 키로는 얼른 고개를 숙이고 식료품 가게로 발걸음을 돌렸다.

키로가 가게 안으로 들어서자 주인 노인은 오늘도 한숨부터 내쉬었다.

"아저씨, 미안한데요. 제 아빠, 티런을 찾고 있는데 혹시 오늘 못 보셨어요?"

가게 주인은 눈썹을 치켜세우며 고개를 저었다.

"미안하다, 얘야. 난 지난번 네 아빠가 여기서 소란을 피운 뒤로 본 적이 없다."

노인은 목청을 가다듬었다. 키로는 노인의 말과 행동이 무슨 뜻인지 알아챘다. 아빠는 그날 이후 드렌 시장의 불청객이 되어 버린 것이었다.

키로는 재빨리 필요한 것만 몇 개 샀다. 필요 이상으로 가게에 머무르는 건 아무래도 마음에 내키지 않았다. 식료품 가게에서 나온 뒤로도 불이 켜져 있는 가게마다 들러 아빠를 봤는지 물었다. 가게 주인들은 약속이라도 한 듯 똑같은 대답만 되풀이했다. 최근 들어 아빠를 본 적이 없다고 하면서도 아빠가 사라진 걸 대수롭지 않게 여겼다. 아니, 오히려 잘됐다는 말투였다. 마지막으로 대장간에 들렀을 때 키로는 심장이 새빨갛게 녹아 버릴 것만 같았다. 아빠는 대장장이 도먼의 단골손님이었다. 아빠가 사라진 걸 그나마 걱정해 주는 사람이 드렌에 있다면, 그가 유일했다.

키로는 가게 문간에서 잠시 멈춰 섰다. 문을 열자마자 제련용 고로에서 톡 쏘는 쇳내가 키로를 덮쳤다. 그와 동시에 뜨거운 열기도 확 느껴졌다. 키로는 떨리는 손을 얼른 주머니 속에 쑤셔 넣었다.

"도면 아저씨?"

키로가 대장장이 주인장을 불렀다.

"잠깐만!"

가게 뒤쪽에서 커다란 목소리가 울려 퍼졌다.

가게 앞쪽에는 반짝반짝 광을 낸 온갖 물건들이 줄을 맞춰 진열되어 있었다. 칼, 검, 낚싯바늘은 물론이고 각종 기계 장치들까지 멋들어지게 전시되어 있었다. 스타 케이스 몇 개는 구석 자리를 차지하고 있었다.

도면이 새로 만든 칼날을 한 손에 들고나왔다.

"키로, 네가 이 늦은 시간에 어쩐 일이냐?"

"아빠를 찾고 있어요. 최근에 본 적 있으실 것 같아서요."

아주 잠깐이었지만 키로는 희망을 느꼈다.

금세 도면의 표정이 일그러졌다.

"유감스럽게도 최근 두 주 동안 네 아빠와 만난 적 없단다. 그나저나 요사이엔 별들도 드문드문 떨어지던데, 다행이지."

도면이 미소를 지어 보였지만, 키로는 어쩐지 자신과 아빠한테서 거리를 두려는 게 느껴졌다.

'도대체 왜 이 아저씨까지 속마음을 감추려 할까?'

"어쨌든 감사합니다."

키로는 애써 실망감을 감추며 인사를 건네고 가게 밖으로 나왔다.

이제 키로는 텅 빈 시장통 한가운데 서 있었다. 아빠는 별을 훔친 사람이 누가 되었든 뒤를 쫓겠다며 키로를 버려두고 떠났다. 어쩌면 벌써 곤경에 처했거나 지금까지도 시간 가는 줄 모르고 있을 터였다. 키로는 지금 당장 아빠가 처한 상황이 어느 쪽일지 판단조차 할 수 없어 애가 탔다. 아빠가 어디로 갔는지 어디서부터 찾아 봐야 할지 전혀 알 수 없었다.

뜨거운 눈물이 차올라 눈망울이 글썽거렸다. 이제 티런은 스타셰퍼드의 공식적인 직책과 아들까지 방치한 무책임한 사람이 되었다. 키로는 이 모든 상황을 받아들일 준비가 되어 있지 않았다. 아빠를 대신해서 기꺼이 스타셰퍼드 일을 맡고 싶은지도 몰랐다. 그런데도 어쩔 수 없이 별을 구해야 하는 아빠의 책임을 떠맡게 된 셈이었다.

집에 도착한 키로는 잠시 마당에서 걸음을 멈추고, 눈앞에 우뚝 서 있는 첨탑을 올려다봤다. 첨탑 지붕에 점점이 설치된 수많은 망원경이 기괴한 곤충의 더듬이처럼 보였다. 언제나 그것으로 별들을 지켜보았고, 앞으로 또 다른 별들이 떨어지는 걸 지켜볼 것인데도 그랬다.

오늘 밤에도 키로의 말벗은 사이퍼뿐이었다. 키로는 마음이 허전했다. 배도 고픈 줄 모르겠고, 당장 뭐부터 해야 할지 막막했다. 그때 가장 가까이 떠 있는 별 하나가 키로에게 윙크를 보냈다. 사실 키로는 자신이 무얼 해야 하는지 알고 있었다. 이대로 아빠가 돌아오길 마냥 기다리다 보면 쉽게 지칠 터였다.

숲속에는 비슬라가 돌아다니고 있었다. 비슬라를 직접 목격한 다음부터 키로는 그놈들이 별똥별을 해쳤다고 확신했다. 당장 어떤 조치든 취해야 했지만, 이제 그 일을 할 사람은 키로뿐이었다. 키로는 일주일 전처럼 별들이 비슬라의 손아귀에서 죽어 가는

72

걸 두 번 다시 보고 싶지 않았다.

'그래, 어쩌면 그런 일이 다시 일어나지 않도록 아빠가 꼭 필요한 도구들을 남겨 뒀을지도 모르잖아.'

키로가 집 안으로 들어서자 사이퍼가 달려와 반겼다.

"안녕, 이리 온."

키로는 무릎을 꿇고 사이퍼를 껴안았다. 그런 다음 아빠가 이상한 약병들을 보관해 두는 작업장으로 향했다. 엄마는 언젠가 키로에게 별 가루에 보호 성분이 들어 있다고 말해 준 적이 있었다. 하지만 별 가루는 쉽게 구할 수 없는 귀한 것이었다. 이 스타 파우더병에 들어 있는 별 가루도 새벽녘에 떨어져 미처 구하지 못한 별에서 얻은 터였다. 키로는 별 가루가 다크셰도우를 물리치는 데 효과가 있기를 바랐다.

키로는 비슬라가 별을 집어 드는 것을 본 이후, 예전에는 별빛으로 그놈들을 어떻게 막을 수 있었는지 궁금했다. 생각할수록 혼란스러웠지만 아빠의 수수께끼 같은 말 속에 실마리가 있을 것만 같았다. 아빠가 집을 떠나기 직전에 해 준, 모든 건 별에 깃든 힘을 누가 휘두르느냐에 달렸다는 말이 마음에 걸렸다.

별들은 저마다 하늘에 던져진 별빛 그물의 일부로서 제각기 사악한 생명체를 견제할 힘을 갖고 있다고 했다. 그렇다면 키로 역시 별을 손에 넣으면 비슬라에 대항할 힘을 휘두를 수 있다는 뜻이 된다. 하지만 그 힘을 적극적으로 사용하지 않는다면 비슬라가 별을 파괴해 버릴 수도 있었다. 실제로 키로가 목격한 사악한 생명체는 너무나도 오랜 세월 동안 별을 손에 넣길 기다려 왔다는 듯 날래게 행동했다.

키로는 스타 파우더병에 든 별 가루가 하늘에 떠 있는 별만큼은 아니더라도 가까이 접근해 오는 비슬라의 악한 행동을 조금이라도 늦춰 줄 수 있길 간절히 바랐다. 사악한 비슬라들은 갈수록 강해지고 있는데, 때를 놓치면 현관문까지 따라 들어오는 것조차 막을 수 없을 터였다. 어쩌면 별 가루가 하늘로 별들을 돌려보내는 데 최소한 몇 분이라도 확보해 줄지도 모를 일이었다.

키로는 마당 가장자리로 걸어가 별 가루 띠를 둘렀다. 그런 다음, 호기심을 품고 땅바닥에 뿌려진 별 가루를 내려다보았다. 얼핏 소금과 비슷해 보였지만 그보다는 훨씬 더 반짝였다.

집 안으로 돌아온 키로는 곧장 첨탑 계단으로 올라가 아빠의 태엽 장치 의자에 털썩 주저앉았다. 긴 호흡을 내뱉어도 숨이 가빴다.

이제 이 의자도 키로의 것이었다. 적어도 티린이 돌아올 때까지 이곳에 있는 모든 게 그의 것이었다.

'아빠가 돌아오시면…….'

키로는 생각에 잠겼고, 사이퍼는 키로의 손을 핥았다.

"너라도 내 곁에 있어 줘서 기뻐."

키로가 버튼을 누르자 의자가 돌기 시작했다.

저 멀리 밤하늘의 별들이 춤추는 동안, 금세 몇 분이 몇 시간이 되어 흘러갔다. 모처럼 별 탈 없이 저녁 시간을 보내고 있는데, 갑자기 현관문을 두드리는 소리가 들렸다.

처음엔 '아빠다!'라고 혼잣말했지만, 키로는 곧 그 생각이 얼마나 어리석은 건지 깨달았다. 아빠라면 문을 두드릴 이유가 없었다. 다른 사람인 게 확실했다.

누구인지 궁금해진 키로가 서둘러 아래층으로 내려갔다.

문을 열자 안드라가 검은 눈동자를 반짝이며 문 앞에 서 있었다. 키로는 입이 쩍 벌어질 정도로 놀랐지만, 미소 짓고 있는 안드라를 환한 웃음으로 맞이했다.

"안녕, 보이."

안드라가 인사했다.

"늦은 시간인 건 알지만, 네가 밤샘하는 것도 알고 있어서 손님으로 와도 괜찮을 것 같았어."

안드라는 들고 온 가방을 만지작거리며 멋쩍어했다.

"들어가도 돼? 아저씨 얘긴 들었어. 최근 들어 마을 사람들이 너에게 더 쌀쌀맞게 구는 것도 알고 있고. 그래서 내 생각엔 너한테 먹을 게 필요할 것도 같았어."

키로의 배 속에서 반사적으로 꼬르륵 소리가 났다. 지난번에 식료품 가게에서 주인 노인 눈치가 보여 당장 필요해 보이는 두어 개만 집어 들고나왔었다. 무안해진 키로의 얼굴이 달아올랐지만 안드라는 빙그레 웃기만 했다.

"내 생각이 맞았네."

"응, 어서 들어와."

키로는 문을 활짝 열어 주었다. 안드라가 안으로 들어오자, 갓 구운 쿠키의 달콤한 냄새가 났다. 썰렁했던 이 집에 따뜻한 온기도 조금 가져다준 느낌이었다.

사이퍼 앞에서 걸음을 멈춘 안드라가 강아지 귀를 쓰다듬더니 주머니에서 비스킷을 꺼냈다. 냉큼 받아 삼킨 사이퍼는 좀 더 달라며 꼬리를 흔들었다.

키로는 음식부터 챙겼다. 안드라에게서 건네받은 가방 속에는 빵과 치즈, 신선한 채소가 가득했다. 정육점에서 구해 온 살코기도 조금 들어 있었다. 안드라가 자기 아빠 몰래 늘 챙겨 주던 사탕은 따로 작은 손가방 속에 있었다.

"고마워, 안드라. 정말이지……."

키로는 갑자기 목이 메었다.

"정말 고마워. 물건값은 아빠가 위원회에서 다음번 급여를 받으면 갚을 수 있을 거야."

안드라가 손사래를 쳤다.

"그런 걱정은 하지 마. 내가 널 생각해서 가져온 거니까."

키로는 헝클어진 검은 머리칼을 손가락으로 쓸어 넘기며 조그마한 부엌과 작업장 쪽을 둘러보았다. 지금껏 찾아오는 사람도 없었지만, 이곳엔 손님을 모실 만한 마땅한 장소도 없었다.

"앉을래? 음, 뭐 좀 마실 걸 가져다줄까? 아니면 뭐 먹을래?"

"아니, 잠깐 앉았다 갈 거야."

안드라가 웃으며 대답했다.

"그래, 그럼."

키로도 안드라 맞은편 식탁 의자에 앉았다. 긴장된 두 다리가 눈치 없이 후들거렸다. 다행히 안드라는 커다란 눈망울을 굴리며 집 안을 둘러보고 있었다.

"그런데 여기서 별들을 어떻게 지켜보는 거야?"

"아, 맞다!"

키로는 안드라를 집 안으로 들이고 잠시 당황한 나머지, 별을 지키는 자신의 임무를 깜박 잊고 있었다.

"어쩌지, 별을 지켜봐야 하는데. 그러려면 지금 당장 첨탑으로 올라가 봐야 하거든."

키로는 머리를 긁적였다.

"나도 볼 수 있을까?"

안드라가 들뜬 목소리로 물었다.

키로는 안드라를 첨탑으로 안내했다. 사이퍼까지 신이 났는지 졸졸 따라다녔다. 마침내 입구에서 안쪽에 있는 태엽 장치가 달린 의자가 보이자 안드라의 눈이 휘둥그레졌다.

"저건 뭐야?"

"아빠가 만드신 거야."

키로가 기어를 톡톡 두드리며 답했다.

"우리 아빠는 스타셰퍼드가 되기 전엔 시계 만드는 일을 하셨어. 손재주가 좋아서 온갖 것을 만드셨지. 요즘엔 주로 스타셰퍼드 관련 장비들과 별을 하늘로 돌려보낼 때 사용하는 스타 슈터를 개조하는 데에만 관심이 있지만 말이야."

"그런데 이 버튼들은 다 뭐야?"

안드라가 손끝으로 의자 팔걸이의 버튼들을 조심스레 만졌다.

"설명보다는 내가 직접 보여 줄게."

키로는 의자에 털썩 앉으며 첨탑 안을 천천히 돌게 해 주는 버튼을 눌렀다.

"캬악!"

의자가 움직이기 시작하자 안드라가 소리를 질렀다. 그러더니 어떻게 각각의 망원경 앞에서 의자가 정확한 시간 동안 멈추고 하늘을 구석구석 볼 수 있게 설계되었는지 놀랍다며 감탄을 쏟아 냈다.

"이 버튼은 뒤로 가게 하는 거야."

키로가 노란색 버튼을 누르자 의자가 뒤로 움직이기 시작했다.

"직접 해 볼래?"

"좋아."

키로는 의자를 멈추고 안드라를 앉히기 위해 자리에서 벌떡 일어섰다. 키로보다 키가 작은 안드라의 발이 바닥에 닿지 않았지만, 의자에 폭 파묻혀 앉아 있는 모습은 의자의 진짜 주인 같았다. 키로는 미소를 지어 보였다.

"어떤 버튼을 눌러야 좀 더 빨리 움직이나요?"

안드라의 말투가 키로를 웃게 했다.

"푸른색, 그런데 그건……."

키로가 말을 채 끝마치기도 전에 안드라가 푸른색 버튼을 눌렀다. 그러자 의자가 망원경들에 닿을 듯한 회전 궤도로 돌기 시작했다. 안드라는 깔깔거리며 빙글빙글 돌고 있었다. 하지만 어지러운 속도에 적응이 되지 않는지 두 바퀴를 돌고 나서야 겨우 정지 버튼을 눌렀다. 회전이 완전히 멈춘 뒤에도 안드라의 두 눈동자는 뱅글뱅글 돌고 있었다.

"너희 아빠는 네가 자주 이러도록 내버려 두셔?"

안드라가 태엽 장치 의자에서 비틀거리며 내려와 사이퍼 곁에 털썩 주저앉았다. 망가질까 봐 은근히 걱정이 되었던 키로의 낯빛도 안도감에 밝아졌다.

"아니, 보통은 안 그래. 밤새 앉아 있어 본 적도 없어. 아빠가 몸이 안 좋으시거나 위원회 회의에서 늦게 돌아오실 때만 잠깐씩 작동해 봤을 뿐이야."

"너희 아빠가 어디 가셨는지 짚이는 곳은 없니?"

안드라가 부드러운 목소리로 물었다.

키로는 의자에 푹 주저앉았다. 이번엔 방 한가운데 있는 의자였다. 원하기만 하면 각각의 망원경을 다 볼 수 있는 자리였다. 다만 별들에게서 어떤 낌새가 느껴져 그중 하나를 좀 더 자세히 관측하려면 다른 의자로 옮겨 앉아야 했다.

"아니. 아빠는 이틀 뒤에 돌아온다고 하셨는데, 일주일이나 지났어."

안드라가 키로의 팔뚝 위에 손을 얹었다.

"미안, 난 그런 줄도 모르고. 아마 어쩌지 못하는 상황이실 거야. 곧 돌아오시겠지."

키로는 눈을 깜빡였다.

"응, 나도 그랬으면 좋겠어. 그런데 아빠가 위험한 일에 걸려들었을지도 모른다는 생각이 자꾸 들어서."

안드라가 눈썹을 치켜올렸다.

"그게 무슨 소리야?"

이야기를 나누고 있는 동안에도 혹시 하늘에서 떨어지는 별을 놓칠까 싶어 키로의 눈은 망원경 사이를 왔다 갔다 했다.

"요전 날 밤에 이상한 일이 있었어. 하나도 아닌 두 개의 별 무리가 떨어지는 걸 봤는데, 그런 일은 절대 일어나지 않거든. 하룻밤엔 별 두 개도 많은 거야. 보통은 하나도 안 떨어지니까."

안드라의 표정이 어두워졌다.

"왜 한꺼번에 떨어진 것 같아?"

"나도 몰라. 하지만 별들한테 안 좋은 일이 생겼다는 생각을 떨쳐 버릴 수 없어. 아빠도 그렇게 생각하셨고."

키로는 스웨터에서 삐져나온 실오리를 뽑아내며, 어떻게 말해야 안드라가 자신을 미쳤다고 오해하지 않게 하면서도 더 많은 걸 알려 줄 수 있을지 고민했다.

"첫 번째 별 무리는 여기에서 아주 먼 곳으로 떨어졌지만, 두 번째 별 무리는 이 근방으로 떨어졌어. 아빠랑 내가 하늘에서 떨어지는 별들을 쫓아가 보았는데 숲속 여기저기에 생겨난 분화구들은 텅 비어 있었어. 누군가 우리보다 먼저 별들을 가져가 버린 거지."

"누군가 가져갔다고? 설마 누가 그런 일을 하겠어?"

흥분한 안드라가 씩씩거리자, 사이퍼도 안드라의 품에서 벗어나려고 낑낑거렸다.

"나도 모르지. 그러니까 이상하다는 거야."

키로가 어깨를 으쓱해 보였다.

"그래서 아빠가 나한테 집으로 가라고 했는데, 내가……."

키로는 잠시 망설였다. 비슬라를 만난 일까지 알려 주기엔 아직
이르다는 생각이 들었다.

"음, 내가 눈을 떴을 땐 다음 날 아침이었고, 아빠는 짐을 꾸리
고 있었어. 그래서 난 아빠가 숲속에서 단서를 찾아 지금까지 그
들을 쫓고 있다고 생각해. 그게 어딘지는 전혀 모르겠지만."

키로는 팔짱을 끼고 의자 등받이에 몸을 기댔다. 그러자 사이
퍼가 한 발로 톡 치며 키로의 허벅지 위쪽으로 다리를 쭉 펼쳤다.
그 모습은 마치 주인을 위로하려는 듯 보였지만, 키로의 마음은
여전히 쓸쓸하고 불안했다.

"도착하기 전에 별들이 그냥 타 버리지 않았다고 어떻게 장담
해?"

안드라가 물었다.

"적어도 땅으로 떨어진 별들이 담겨 있던 스타 케이스는 찾을
수 있으니까. 오래된 별들은 자루 같은 삼베 케이스에 싸여 있거
든. 스타셰퍼드들은 떨어진 별을 다시 유리와 금속으로 된 신형
케이스에 담아 하늘로 돌려보내."

키로는 의자에서 몸을 일으키며 바닥에 쌓아 둔 삼베 케이스 중 하나를 집어 들었다.

"봐 봐. 이게 그 낡은 삼베 케이스야."

"그럼 애초에 별들은 어떻게 거기에 담겨져서 하늘에 걸려 있게 된 건데?"

안드라가 되물었다. 그런 다음 두 다리를 모아 가슴 쪽으로 끌어당기고 무릎 위에 턱을 괴었다.

키로는 그 사연을 술술 말해 줄 수 있을 정도로 잘 알고 있었다. 아빠가 스타셰퍼드가 되기 전부터 엄마가 자장가처럼 들려줬으니까. 그렇지만 얼마 전까지 키로는 그것이 엄마의 일부이자 엄마의 삶이란 걸 눈치채지 못했다. 엄마는 아들이 스타셰퍼드 일을 이어 가길 바라는 마음으로 귀에 못이 박히도록 그 이야기를 들려주었을 터였다.

키로는 엄마가 자신에게 그랬듯이, 머잖아 안드라에게 그 이야기를 전부 들려주게 되리라 생각했다.

키로는 안드라에게 일곱 장로에 관한 전설을 모두 알려 줬다.

"그렇게 해서 별들이 하늘에서 휴식을 취하게 되었고, 스타셰퍼드가 별들을 보호하게 된 거야."

키로는 마지막 문장을 이렇게 맺었다. 안드라가 황홀한 표정을 지었다.

"일곱 장로가 별들을 하늘에 올려놓은 거야? 그런데 어떻게? 너한테 있는 스타 슈터 같은 걸 쓴 거야? 아님, 키가 하늘에 닿을 만큼 큰 거였어?"

안드라는 들떠 있었다.

"아니, 기계 장치의 도움을 약간 받은 거야. 일곱 장로는 스타 슈터로 쏘아 올린 별들을 하늘에 매달린 갈고리에 걸어 주는 거인 로봇을 발명했대. 아빠는 거기에서 영감을 얻어 시계 제작자가 되었다고 말했지. 아무튼 우리 아빠는 말이야, 언젠가는 그것만큼이나 특별한 걸 만들고 싶어 하셨는데……."

키로의 말끝이 흐려졌다. 사실 티린은 꽤 오랫동안 아들인 키로에게도 자신의 속내를 털어놓지 않았다.

"그런데 우리는 더 이상 삼베 케이스와 갈고리를 사용하지 않아. 우리한테는 더 견고하고 고리까지 안쪽에 달려 있는 신형 케이스가 있거든. 그래서 거인 로봇의 도움 없이 별을 하늘에 매달 수 있게 된 거야."

"정말 대단해. 그런데 말이야, 너는 이 모든 이야기를 믿는 거야?"

안드라의 질문에 키로의 말문이 막혔다.

'믿고 있다는 걸 인정하는 편이 현명한 걸까?'

키로는 엄마가 잠자리에서 들려준 이야기를 하나도 빠짐없이 전부 믿고 싶었다. 아빠가 지난 몇 년 동안 삼베 케이스에 담긴 별들을 찾아내어 하늘로 돌려보내는 걸 지켜보면서 그중 몇 가지는 사실이라는 것도 알게 되었다. 게다가 그 무섭고 차가운 다크셰도우와 마주친 다음부터는 그동안의 막연한 의심마저 사라져 버렸다.

"응, 믿고 있어. 별들은 전설에서 말하는 그대로였고, 누군가는 별들을 하늘에 돌려놓아야 하는 거였어. 그리고 난, 음…… 최근에 다크셰도우 중 하나인 비슬라도 본 적 있거든."

키로는 무릎 위에 두 손을 모으고 손가락을 꼬기 시작했다. 안드라와 이런 이야기를 나눌 수 있는 게 좋긴 했지만, 겁을 줘서 달아나게 하고 싶진 않았다. 그렇다고 안드라를 거짓말로 안심시키고 싶지도 않았다.

"전부 사실이야. 만약 누군가가 계속 별을 훔친다면 어둠의 세력이 돌아올지도 몰라. 비슬라가 제일 먼저 그 별들을 가져가 버릴까 봐 걱정이야."

안드라가 허리를 펴고 똑바로 앉았다.

"네가 직접 다크셰도우 한 놈을 본 거야?"

"혼자서 숲속을 달릴 때 봤어. 놈은 차가운 기운을 뿜어 대며 별을 차지하려고 했어. 난 무서워서 도망쳤어. 그 뒤 아빠가 떠나기 전날 밤에 또 한 놈을 봤으니까 말 다 했지."

키로는 몸서리를 쳤다.

"그놈이 먼저 하늘에서 떨어진 별에 도착했는데, 내가 어떻게 할 수 없었어. 놈이 별의 심장을 꺼내 죽이는데도, 난 그저 지켜만 봤거든. 놈의 끔찍한 기운이 그 불쌍한 별에 닿자마자 생명이 차갑게 식어 버렸는데도……. 아빠가 거기 있었다면 놈을 막기 위해 뭔가 하셨을 텐데, 아빠는 없었어. 그렇더라도 내가 비슬라에 맞섰다면 놈이 헛걸음질이라도 쳤을 텐데……. 지금은 아빠가 어디 있는지, 아빠가 없는 동안엔 내가 무슨 수로 별들을 지켜 줄 수 있을지 모르겠어."

키로의 입에서 저절로 한숨이 새어 나왔다. 온종일 품고 있던 죄책감 때문에 키로의 어깨가 축 처졌다. 키로는 엄마가 죽은 뒤 줄곧 아빠한테 화가 나 있었지만, 막상 아빠 없이 혼자서 이 막중한 일을 해낼 자신은 없었다.

"키로!"

안드라가 망원경 하나를 가리키며 소리쳤다. 키로는 재빨리 안드라가 가리킨 쪽을 바라봤다. 별 하나가 동쪽 하늘을 가로지르며 날아가고 있었다. 키로는 허리를 쭉 펴고 똑바로 앉았다. 그런 다음 스타 고글을 집어 들고 눈 위치에 맞춰 썼다.

"구하러 가자."

키로의 말에 안드라가 눈이 부실 정도로 환하게 웃었다.

안드라는 키로의 손을 꼭 잡았다. 둘은 함께 계단으로 내려와 졸고 있는 사이퍼를 내버려 두고 현관문 밖으로 나왔다. 장비를 확인하려고 키로가 걸음을 멈췄을 때를 제외하면 잠시도 쉬지 않고 별똥별이 떨어진 곳을 향해 달렸다.

"매일 밤 이러는 거야?"

안드라가 달리며 물었다.

"아직 시작도 안 했어."

키로가 큰 소리로 대꾸했다.

두 사람은 하늘에서 떨어진 별이 점점 더 밝게 이글거리는 곳을 향해 달렸다. 나뭇가지와 쓰러진 나무를 요리조리 피하며 숲속을 내달렸다. 마침내 아름드리나무 두 그루 사이로 떨어진 별의 분화구에 도착했을 때, 두 사람이 맞이한 별똥별의 빛은 여전히 아름다웠다. 키로는 별이 훼손되지 않고 그대로 있다는 사실만으로도 마음속에서 희망의 감정이 치솟아 오르는 걸 느꼈다.

이대로 시간을 낭비할 수는 없었다. 키로는 별을 조심히 퍼 올린 다음, 안드라와 함께 첨탑 쪽으로 발걸음을 서둘렀다. 그러나 별을 떨어뜨리지 않으려면 걷는 속도를 조금 늦춰야 했다.

"작업장에 도착하면 새로운 케이스에 담아서 하늘로 돌려보내 줄 거야. 보면 알겠지만 그때가 가장 멋진 순간이야."

키로는 우쭐해지려는 마음을 숨겼다. 어디선가 얼어붙은 연못이 깨지는 듯한 '쩍' 소리가 나면서 숲속의 나뭇가지들이 흔들렸다. 키로와 안드라를 둘러싼 밤의 어둠도 몇 겹으로 겹치면서 으쓱해졌다.

"조심해."

키로가 안드라에게 속삭였다.

"뭔데?"

안드라가 물었다.

"비슬라야."

키로가 작은 소리로 대답했다. 안드라의 얼굴빛이 하얗게 질려 있었다. 키로는 비슬라에게 별을 빼앗기고 싶지 않아 가슴 깊숙이 끌어안았다.

"조용히 서둘러야 해."

안드라는 키로의 바로 뒤에서 발을 맞췄다.

얼음장이 깨지는 듯한 소리가 점점 커지면서 주변 공기까지 싸늘하고 오싹해졌지만, 키로는 걸음을 멈추지 않았다. 지금 생각은 얼마 전 비슬라의 손아귀에서 먼지가 되었던 별의 슬픈 운명에만 꽂혀 있었다. 다시는 눈앞에서 그런 일이 벌어지도록 놔두지 않을 각오였다.

키로는 숲속을 살폈다. 그리 멀지 않은 곳에서 시커멓고 싸늘한 무언가가 움직이고 있었다. 숨이 막혔지만 키로는 안드라의 손을 꽉 잡았다. 다른 한쪽 팔에 안고 있던 별도 더 꽉 끌어안았다.

"달려, 안드라!"

이제 둘은 전속력으로 첨탑을 향해 달렸다. 다행스럽게도 마당 가장자리에 뿌려 둔 별 가루가 비슬라의 접근 속도를 늦춰 주었다. 만에 하나 별 가루가 효력이 없었다면, 이번에도 키로는 별수 없이 당했을 터였다.

둘은 마당을 가로질러 작업장 문을 향해 돌진했다. 키로는 숲으로 사라지는 다크셰도우를 확인하기 위해 잠시 몸을 돌렸다.

놈이 움직일 때마다 발밑으로 빙판길이 생기면서 쩍쩍 갈라지는 소리가 났다. 놈은 몇 걸음쯤 더 가더니, 키로의 인기척을 느꼈는지 옆으로 샐 것처럼 머뭇거리다 멈춰 섰다. 키로는 너무 놀라 꼼짝도 할 수 없었다. 놈이 날아들어 공격이라도 해 올 것 같았다. 놈은 다른 쪽으로 몸을 비비 꼬았지만 운이 나빴다. 순식간에 무시무시한 굉음이 사방으로 울려 퍼지더니, 두툼한 얼음벽이 반원형으로 둘러쳐지면서 마당 가장자리를 막았다. 마치 첨탑과 집을 보호하는 투명한 얼음 돔이라도 만들어진 것처럼.

키로는 별 가루가 단순히 비슬라의 움직임을 느리게 하는 것만 아니라, 앞으로 나아갈 수 있는 길까지 막아 준다는 걸 알아챘다. 순간 입이 저절로 헤 벌어졌다. 게다가 돔이 생기자 머리부터 발끝까지 따뜻해졌다. 키로는 눈물을 글썽거렸다. 아빠가 진심으로 자신을 보호하려고 애쓴 게 느껴졌다.

일단 이곳은 안전했다. 그래도 키로는 서둘렀다. 먼저 문을 활짝 열어젖히고 안드라가 집 안으로 들어서자마자 재빨리 걸쇠를 잠갔다. 키로는 숨을 고르며 작업대 위에 꺼져 가는 별을 조심조심 내려놓았다.

"이제 뭘 해야 해? 놈이 여기까지 쫓아왔을까? 왜 멈췄지?"

안드라는 질문을 퍼붓더니, 덜덜 떨리는 손을 주머니 속에 감췄다.

키로는 숨을 헐떡이며 작업대에 기대섰다.

"아빠가 떠나기 전에 별 가루를 줬는데, 내가 방어용으로 마당 가장자리에 뿌려 뒀거든. 사실 나도 효과가 있을지 알 수 없었는데 별 가루 덕분에 놈이 우리를 더 이상 쫓아오지 못했잖아. 내 생각엔 여기 있으면 안전할 거 같아."

키로는 별 옆에 놓아둔 칼을 집어 들며 말했다.

"지금부터는 별을 새로운 케이스로 옮겨야 해."

"내가 뭘 도우면 돼?"

안드라가 물었다.

"저기 있는 무더기 보이지?"

키로는 아빠가 대장장이 도먼에게 특별히 부탁해서 만든 유리와 금속으로 된 신형 케이스를 가리켰다.

"두 개만 갖다 줄래?"

안드라는 키로가 시킨 대로 작업대 위로 조심스럽게 신형 케이스를 내려놓았다. 키로는 삼베 케이스를 자르고 그 안에 든 별을 보석 다루듯이 살살 꺼냈다.

키로의 손바닥 안에서 별이 뿜어내는 빛줄기가 꿈틀꿈틀 춤을 추고 있었다. 황홀한 붉은빛이 군데군데 감도는 푸른 광채가 첨탑 안을 환하게 밝혔다. 안드라가 잠시 머뭇거리다 제 손바닥을 별 위에 살포시 얹었다.

"정말 아름다워. 매일 밤 이런 별들을 구하다니, 넌 정말 멋진 일을 하는 거야."

안드라가 감탄했다. 키로의 얼굴이 금세 발개졌다.

"서둘러야 해. 별이 벌써 시름시름 꺼져 가고 있어."

키로는 삼베 케이스를 옆으로 밀쳐 두고 신형 케이스 안으로 별을 옮겼다. 유리문을 닫으려 하자, 별이 감사 인사라도 전하려는 듯 한꺼번에 눈부신 빛을 뿜어냈다.

안드라가 키로의 손을 꼭 쥐었다. 감출 수 없는 황홀한 표정과 온기 덕분에 키로의 심장 박동이 빨라졌다. 처음으로 스타셰퍼드가 맡은 일에 뿌듯한 자부심이 느껴졌다.

"지금부터가 진짜 재미있을 거야."

키로는 창문을 통해 비슬라가 사라진 것을 확인한 후, 안드라를 데리고 밖으로 나갔다. 다행스럽게도 놈은 어디에도 보이지 않았고, 놈이 남겨 놓은 얼음 흔적들만 녹고 있었다. 이제 마당에는 가로등 불빛을 받고 서 있는 스타 슈터뿐이었다. 아빠가 매일 저녁부터 밤늦은 시간까지 저절로 켜졌다 꺼지도록 만든 가로등이 봉홧불처럼 이 둘의 길을 비추고 있었다.

"스타셰퍼드라면 누구나 스타 슈터를 가지고 있지만, 우리 아빠 것은 기어와 톱니를 몇 개 더 달아서 속도와 정확도를 업그레이드한 거야."

"너희 아빠의 시계 제작 기술이 여기에도 적용된 거야?"

안드라가 물었다.

"그래, 맞아."

키로가 웃으며 답했다. 하지만 웃고 있을 때가 아니었다. 별 가루가 만들어 낸 보호막을 뚫고서 비슬라가 돌아오기 전에 별을 하늘로 보내야 했다.

키로는 스타 슈터의 그물 속에 별을 넣었다.

"어떻게 하는 거야?"

안드라가 궁금해했다. 키로는 각 부분을 가리키며 설명하기 시작했다.

"먼저 레버를 당겨야 해. 그런 다음 빨간불이 깜빡임을 멈추면 이 버튼을 눌러서 별을 발사할 거야. 어때, 직접 해 보는 영광을 누려 볼래?"

안드라가 대답하기도 전에, 출렁거리는 칙칙한 뭔가가 나뭇가지 사이를 기웃거리기 시작했다. 비슬라가 돌아온 건 아닌지, 키로는 갑작스러운 불길한 예감에 숨이 막혔다.

그 정체가 비슬라가 아니더라도 결코 기분 좋은 것은 아니었다.

"안드라, 여기서 뭐 하는 거냐? 당장 그 망할 기계에서 떨어지지 못해?"

보딘이 두 사람을 향해 쿵쿵거리며 걸어오고 있었다. 키로는 스타 슈터 안쪽으로 몸을 웅크리고 별 대신 자기 자신을 하늘로 쏘아 올릴 수 있기를 바랐다.

안드라는 그 자리에서 얼어붙었다.

"아, 아빠, 난……."

보딘은 딸의 팔을 덥석 잡고 마을로 난 길 쪽으로 끌어당겼다.

"어린 계집애가 세상 무서운지도 모르고 큰일 날 짓을 하고 있으니!"

보딘이 으르렁거렸다.

"아빠 말 잘 들어라. 넌 스타셰퍼드와 어울려서는 안 돼."

보딘은 키로를 노려봤다.

"머리에 피도 마르지 않은 녀석이 내 딸아이한테 뭔 꿍꿍이야?"

보딘은 키로의 가슴팍을 손가락으로 찔러 댔다. 키로는 움츠리며 뒷걸음치다 스타 슈터에 등을 기대섰다. 사이퍼가 짖으며 보딘의 바짓가랑이를 잡아당겼지만 이내 뿌리쳐졌다.

"죄송해요. 절대 그런 뜻은 없었어요."

키로가 입을 열었다.

"무슨 뜻? 내 딸아이를 밤새도록 붙잡아 두는 꿍꿍이? 지금 네 아비란 작자는 어디 있는 게냐? 똑똑하게 내 생각을 알려 주고 가야지, 이대로 더는 못 참겠다. 지금껏 너희 부자가 우리 마을에 피해를 준 것도 부족해서 이젠 내 딸아이까지 타락시키려 접근해? 우리가 가만 놔둘 줄 알아?"

"아빠!"

안드라가 얼굴을 찌푸렸다.

"저도 스스로 결정을 내릴 수 있을 만큼 나이 먹었어요."

안드라는 팔짱까지 끼며 단호하게 말했다. 딸의 반응에 당황한 보딘의 얼굴이 새빨개졌다. 키로는 보딘이 지금 당장 폭발하더라도 놀라지 않을 자신이 있었다.

"네가 내 집에서 사는 동안은 안 돼."

안드라는 아빠의 말에 입을 꼭 다물었다. 안드라의 얼굴도 보딘만큼 붉어져 있었다.

어느새 뒷동산을 넘어온 새벽이 키로네 마당 하늘까지 짙푸른 빛으로 물들이려 했다. 키로는 입이 바짝바짝 타들어 가는 것 같았다.

"아빠가 실종됐어요. 그래서 오늘 밤엔 제가 별을 지켜보고 있던 거예요. 안드라를 오래 붙잡아 두려던 건 아니었어요. 걱정 끼쳐 죄송해요."

키로가 사과하는 동안에도 보딘은 험악한 눈빛으로 째려보고 있었다.

"다시는 내 딸 근처에 얼씬거리지 마라. 안드라와 우리 마을에서 손 떼."

보딘이 어서 가자며 안드라를 끌어당겼다. 돌아가는 모습이 숲에 가려질 즈음, 안드라가 살짝 뒤돌아보며 입 모양으로 미안하다고 속삭였다.

키로의 가슴속으로 스머든 기쁨은 바람에 실려 간 연기처럼 희미해졌다. 키로는 무거워진 팔다리를 휘청대며 스타 슈터의 빨간 버튼을 눌렀다. 삐 소리와 함께 몇몇 기계 장치들이 돌아가기 시작했다. 그것도 잠시, 덜덜거리는 소리로 바뀌더니 기계 아랫부분에서 검은 연기가 올라왔다.

"안 돼, 안 돼, 안 된다고."

키로가 울먹였다. 하지만 이대로 있을 수는 없었다. 키로는 곧장 작업실로 달려가 티린의 연장을 챙겨 나왔다. 지난번 스타 슈터가 고장 났을 때 아빠가 어떻게 고쳤는지 기억해 내려 애썼지만 아무래도 자신은 없었다.

키로는 스타 슈터 아래쪽에 달린 작은 문을 열었다. 매캐한 연기가 얼굴 쪽으로 훅 밀려왔다. 고개를 흔들며 떨쳐 내려 한들 별 도움이 되지 않았다. 문득 주머니에 넣어 둔 낡은 손수건이 기억났다. 키로는 손수건을 꺼내 입과 코를 감쌌다. 그래도 기침은 계속 나왔다. 마음을 진정시키고 장치 하나하나를 살피며 스타 슈터 내부를 들여다봤지만, 이미 기계는 고칠 수 없을 정도로 망가져 있었다.

'동이 트기 전에 어떻게든 해야 하는데…….'

키로는 축 늘어진 몸을 스타 슈터에 기대고 머리를 흔들었다.

곧 동이 틀 시간이었다. 키로는 신형 케이스를 열고 별을 바라보았다. 부디 별의 생명이 다하기 전에 하늘로 던져 줄 수 있기를 바랐다. 하지만 서늘한 절망감이 발바닥부터 올라와 뼛속까지 파고들었다. 어찌어찌 용케도 별이 비슬라의 손아귀로 넘어가는 것을 막을 수 있었지만, 상황이 이 지경이 되니 얼마 전과 다를 게 없다는 생각이 들었다. 키로는 별 옆에 주저앉았다. 사이퍼도 그 곁에 무릎을 꿇고 앉았다.

새벽빛이 머리 위로 밝은 기운을 드리우자, 별빛은 한결 더 시들해졌다. 키로는 반사적으로 별의 심장을 양팔로 끌어안고 아기 요람처럼 흔들어 줬다. 형제자매도 없는 땅에 떨어져 홀로 죽어 간다고 생각하니 감상적으로 느껴졌지만, 키로가 눈물을 흘리기엔 충분했다. 키로는 사이퍼가 얼굴에서 소금기를 핥아 줄 때까지도 제 자신이 울고 있는지조차 몰랐다.

이내 해가 떠오르고 눈부신 햇살이 부챗살을 펼쳤다. 키로의 품속에서 녹아내린 별에서는 간당간당하던 빛마저 꺼져 버렸다. 이제 키로의 손에는 잿빛 돌덩이처럼 굳어 버린 별의 시체만이 남아 있었다.

키로는 이 별마저 잃었다. 아빠 엄마와의 좋은 추억까지 다 잃었다. 키로 스스로 별을 돌볼 준비가 되어 있지 않다는 아빠의 판단이 결국엔 옳았다.

키로는 끔찍한 불안 속에서 며칠을 보냈다. 먹고, 자고, 밤하늘을 보는 사이사이에도 스타 슈터에 매달렸다. 빨리 고치지 않으면 별들을 구할 수 없었다. 스타 슈터가 고장 난 뒤로 벌써 별 두 개를 놓쳐 버렸다.

어젯밤 별똥별이 떨어졌을 때, 키로는 첨탑에서 뛰어내려 숲속을 질주했다. 별이 떨어진 곳 반쯤까지 가자 끔찍한 울부짖음이 평화로운 밤공기를 산산조각 내고 있었다. 그 소리에 놀라 꼼짝할 수 없었지만, 키로는 금세 정신을 차리고 발걸음을 재촉했다.

소리의 정체가 숲속을 돌아다니는 시커멓고 위험한 비슬라라는 확신이 들었다. 키로가 먼저 별이 떨어진 곳에 도착해야만 했다. 비록 제시간에 스타 슈터를 못 고쳤지만, 또 다른 별이 비슬라의 손아귀에서 죽는 건 생각하기조차 끔찍했다.

분화구를 찾았을 때, 막 떨어진 별과 그 별에서 새어 나오는 황홀한 빛들이 키로를 맞이해 주었다. 키로는 안도감을 느꼈다. 서둘러 별을 주워서 그 자리를 떴다. 숲속을 통과할 때는 뒷골까지 오싹하게 만드는 그놈의 차가운 울부짖음이 키로의 발뒤꿈치를 붙잡고 잡아끄는 느낌이 들었다. 하지만 그럴수록 뒤도 돌아보지 않고 집 마당으로 발걸음을 재촉했다.

키로는 별 가루를 뿌려 놓은 선을 넘자마자 몸을 돌렸다. 그 순간, 나무 뒤쪽에서 비슬라가 나타났다. 턱, 숨이 막혔다. 다크셰도우의 거대한 몸이 끽끽 소리를 내며 움직이자, 이미 빙판이 되어 버린 숲 바닥부터 마당으로 은빛 얼음장이 빠르게 펼쳐지더니 별 가루를 뿌려 둔 지점에 이르러 딱 멈췄다. 사이퍼는 키로 옆에 찰싹 붙어 낑낑대며 발이 시린지 겅중거렸다.

온몸을 얼음으로 휘감아 버릴 것 같은 두려움과 꾹꾹 눌러 둔 자존심이 뒤엉켜 키로의 혈관 속으로 흘러들었다. 키로가 별을 두 손 높이 들어 올리자, 비슬라의 뾰족한 비명 소리가 밤공기를 찔러 댔다. 별에서 뿜어내는 빛도 점점 강해지며 마당과 숲을 채우는 듯했다. 키로는 눈을 보호하려고 한쪽 팔을 들어 얼굴을 가렸다. 다크셰도우는 빛에 삼켜지려는 마지막 순간까지 울부짖음을 토해 냈다.

마침내 별은 정상으로 돌아왔고, 비슬라는 사라지고 있었다. 키로의 발밑에 깔려 있던 빙판도 스르르 녹아 낙엽들만 축축하게 남아 있었다. 키로는 지상에서도 별이 힘을 발휘하는 것이 놀라왔다.

　그날 밤 키로는 별을 하늘로 돌려보내는 데 실패했다. 그대로 자신의 품에서 사라지는 걸 지켜볼 수밖에 없었지만, 적어도 다크셰도우의 손아귀에서는 벗어나게 해 줬다. 게다가 영원히 꺼져 버리는 마지막 순간까지 자신의 소임을 다하는 모습도 지켜보았다. 그런 사실이 위로가 되긴 했어도 충분하진 않았다. 오히려 스타 슈터를 고치려는 결심만 굳어졌을 뿐이었다.

　다음 날 땅거미가 지기 시작할 즈음, 거칠게 문을 두드리는 소리가 들려왔다. 잠에서 깬 키로는 궁금한 마음에 현관으로 달려갔지만 아무도 없었다. 키로가 발견한 것이라곤 테이프로 붙여 둔 쪽지뿐이었다.

　키로는 재빨리 쪽지를 잡아떼어 내용을 훑었다.

내일 해 질 녘 달루스에 있는 위원회 첨탑에서 스타셰퍼드 평의회가 열립니다. 본 위원회는 최근 티린이 드렌에서 신성한 의무를 저버린 것에 대해 논의할 예정입니다. 당사자인 티린은 반드시 위원회에 출석해서 자신의 행동을 변론해야 합니다. 불참할 시, 반역자로 낙인찍힘은 물론이고 별을 돌보는 일체의 행위가 금지될 것입니다.

키로는 그 말들이 주는 쓸쓸함을 삼켰다. 아빠는 여전히 행방불명이었다. 아들인 키로에게 어디에 있다는 연락 한 번 없었다. 키로는 아빠가 무사하다고 믿어야 했지만, 이제는 위원회마저도 아빠의 실종 사실을 알아채게 생겼다.

티린에게 별을 지키는 일은 목숨과도 같았다. 그랬기에 어리석은 판단일지라도 드렌과 아들을 떠날 수밖에 없었을 것이다. 하지만 키로는 무책임한 아빠를 용서할 수 없었다. 성질이 난 키로는 손아귀에 든 쪽지를 구겼다.

사실 위원회의 통지문이 키로를 더 열받게 했다. 이제 키로가 아빠 대신 달루스로 가야 했다. 무슨 수를 쓰든, 아빠가 스타셰퍼드로 남아 있을 수 있게 위원회를 설득해야만 했다.

아픈 엄마의 머리맡을 지켰던 아빠에 대한 기억이 키로의 뇌리를 스쳤다. 아빠는 엄마의 죽음으로 망가져 버렸고, 별들만이 망가진 아빠에게 빛을 가져다주었다. 키로는 아빠가 별을 지키는 일마저 잃어버리게 할 수 없다고 생각했다.

새로운 각오로 마음을 다진 키로는 작업장 문을 열어젖혔다. 마당을 가로질러 가 스타 슈터를 고치는 작업에 다시 매달렸다. 해가 진 뒤에도 주변을 훤히 밝히려고 티린이 세워 둔 가로등이 윙윙 소리를 내며 키로를 비춰 주었다.

거대한 스타 슈터 안쪽으로 몸을 움츠리고 들어갈 땐 팔다리에 잔뜩 힘이 들어가 근육들이 실룩거렸다. 키로는 스타 슈터를 반드시 고쳐 모든 것이 제대로 돌아가고 있다는 걸 위원회에 증명해 보이고 싶었다. 또 자신이 비슬라를 잡았다고 당당히 말할 수 있게 되길 바랐다. 아빠가 맡은 일을 내동댕이치고 근무지를 이탈한 것이 아니라, 오히려 유능한 아들 손에 별들을 맡겨 둔 채 최근 사태에 대한 단서를 쫓고 있는 중이라고 해명하고 싶었다.

이 모든 걸 증명하려면 서둘러 스타 슈터부터 고쳐야 했다. 다행히 이번엔 문제점을 제대로 발견한 것 같았다. 기계 내부 깊숙한 곳에 부속품 하나가 헐거워져 삐딱한 각도로 간신히 붙어 있는 게 보였다. 키로는 망가진 부속품을 꺼내고 새것으로 교체한 뒤, 자신의 작업 결과를 확인하려고 한 발짝 물러섰다.

'아빠가 계셨다면 자랑스러워하셨을까?'

팽팽한 긴장감이 가슴 안쪽을 조여 왔다. 키로는 기계 밖으로 기어 나왔다.

아빠가 지금 여기서 이 모습을 봐 줄 수 있는 것도 아니니까 어떻게 생각하든 상관없었다. 아빠는 아직도 무모한 추적 중이고, 키로는 철저히 혼자였다. 이제 자신을 도와줄 사람은 아무도 없었다. 심지어 드렌 마을 사람들은 자신까지 외면했다. 어쩌면 그들이 아빠가 이 지경이 되도록 만든 것이었다.

키로는 깊은숨을 들이마시고, 아래쪽 판 뚜껑을 덮고 손에 묻은 기름 먼지를 털었다. 드디어 스타 슈터가 제대로 작동하는지 확인할 차례였다.

키로는 레버를 꽉 잡고 아래로 잡아당겼다. 기계 부속품들이 일제히 움직이는 소리가 노래처럼 들려오기 시작했다. 빨간 불빛도 깜박거렸다. 키로는 발사 버튼을 누르며 스타 슈터가 가상의 물건을 하늘로 쏘아 올리는 장면을 그려 봤다. 안도감에 긴장이 풀렸다. 사이퍼도 키로의 허벅지에 앞다리를 올리고 꼬리를 흔들었다.

"꼬마, 집에 가자."

키로가 사이퍼의 털을 쓰다듬으며 말했다.

작업장으로 들어가자마자 탁자에 놓아 두었던 위원회의 구겨진 통지문이 눈에 띄었다. 다시 보아도 처음 보았을 때 느꼈던 분노심이 머리를 치켜들었다.

'어떻게 감히 아빠의 헌신에 의심을 품을 수 있지? 아빠 삶의 전부였는데…….'

키로는 쪽지를 난롯불에 집어 던졌다. 순식간에 불길이 옮겨붙더니 재로 변했다. 키로는 첨탑으로 올라가 아빠 의자에 털썩 주저앉았다. 사이퍼도 꼬리를 흔들며 따라 올라와 그의 얼굴을 핥아 댔다. 키로는 일부러 더 활짝 웃어 주었다.

"앉아, 꼬마."

사이퍼가 어리광을 부리듯 낑낑거리며 키로의 무릎 위로 올라오더니, 금세 꾸벅꾸벅 졸기 시작했다.

키로가 의자에 앉아서 별을 관측하기 시작한 지 한 시간쯤 되었을 때, 또다시 현관문을 두드리는 소리가 들려왔다.

'위원회에서 의사 결정을 바꾸었을까? 아니면 누군가 현관문에 또 다른 쪽지를 꽂아 두고 간 걸까?'

키로는 곤히 잠든 사이퍼를 의자에 두고 일어섰다. 사이퍼는 슬쩍 고개를 들었을 뿐, 이내 꿈속으로 빠져들었다.

현관문을 연 키로는 귀신이라도 본 듯 심장이 튀어나올 것만 같았다. 놀랍게도 또다시 안드라가 현관 계단참에 서 있었다.

"안녕."

안드라가 손을 흔들었다.

"혹시 오늘 밤 별 지키는 일에 도움이 필요하지 않으세요?"

안드라의 표정은 키로의 마음과는 달리 희망에 차 있었다. 키로는 안드라가 안으로 들어오게끔 문을 열어 주었지만, 금세 어두워지는 낯빛을 숨길 수 없었다.

"하지만 너희 아빠가……"

안드라는 키로의 팔에 손을 얹었다.

"우리 아빠가 틀렸어. 날 지나치게 보호하려고만 해. 심지어 너희 아빠는 여기 있지도 않은데. 키로, 이제 너 혼자 모든 책임을 젊어지려고 애쓰지 않아도 돼. 도와주려는 친구가 왔으니까."

"고, 고, 고마워."

키로는 뺨을 붉히며 말까지 더듬었다.

"별 볼 생각을 잠시라도 멈출 수 있어야 말이지."

안드라가 씩 웃으며 안으로 들어섰다.

"먼저 한 바퀴 돌아볼래?"

키로가 고개로 첨탑 쪽을 가리켰다.

"정말 그래도 돼?"

안드라의 두 눈이 휘둥그레졌다.

"물론이지. 그 전에 사이퍼를 의자에서 쫓아내야 하지만."

키로의 말에 안드라가 웃었다.

"같이 있어도 상관없는데."

"그래? 사이퍼도 새로운 절친이 생기고 좋겠네."

사이퍼는 안드라 곁에 바짝 붙어 있는 것에 거리낌이 없었다. 심지어 안드라가 의자를 작동했는데도 사이퍼는 깊은 잠에서 헤어 나오지 못했다. 안드라도 의자가 망원경에서 망원경으로 서서히 움직이며 서로 다른 밤하늘을 보여 주자, 기쁨에 찬 눈망울을 더욱 반짝거렸다.

"난 말이지, 밤엔 항상 잠들어 있어서 밤하늘이 얼마나 아름다운지 생각조차 못 해 봤거든. 그런데 이제 보니 완전히 신세계잖아."

"자세히 보면, 별들이 한데 모여 있는 걸 볼 수 있어. 바로 별자리 또는 별 무리라고 불리는 거야. 난 별 무리들을 가족처럼 생각하고 싶어. 별들에게 자신의 심장을 바친 사람들이 하늘에서도 지상에 살아남은 나머지 가족을 안전하게 지켜 주는 거라고 말이야."

키로는 지금껏 아빠를 뺀 누구에게도 이런 말을 꺼낸 적이 없었다.

"영원히 한 가족이라니, 너무 좋다."

안드라가 맞장구쳤다.

"지금은 예전처럼 영원한 사이가 아니지만."

말하는 순간, 슬픔의 물결이 키로의 마음으로 몰려들었다.

키로는 안드라가 별들에 빠져 있게 놔두고, 옆에 있는 의자에 털썩 주저앉았다. 엄마 생각이 났다. 별이 된 엄마가 지금 아빠가 어디 있는지 알고 있다면, 반짝거려 위치라도 알려 주었으면 좋겠다는 생각이 들었다.

"넌 매일 밤하늘을 망보는구나."

안드라가 몸을 앞으로 기울이며 속삭였다.

"응."

"그러다 별들을 구해 주기도 하고. 그런데 말이야, 전에 없어진 별을 누군가 훔쳐 간 게 네 잘못은 아니잖아."

안드라가 윙크를 했다. 키로는 안드라의 느닷없는 윙크에 축축해진 손바닥을 무릎에 대고 문질렀다.

"나도 아빠처럼 시계 장치를 잘 만들었으면 좋겠어. 우리 아빠는 제대로 가르쳐 주지도 않았거든. 그래서 여기 있는 기계 장치들이 고장 나면, 내 재주로는 제시간 안에 절대 고칠 수가 없어."

키로는 가슴이 답답했다. 무시무시하고 사악한 다크셰도우의 손가락이 등으로 기어올라 목을 죄는 듯했다.

"요 며칠 동안 그런 일은 없었지?"

"우리가 함께 구했던 그 별은 너희 아빠가 널 집에 데려간 바로 뒤에…… 스타 슈터가 고장 나서…… 구할 수가 없었어."

키로는 가슴이 두근거렸다. 숨통이 갑갑해 말도 제대로 할 수 없었다.

"그래서?"

안드라가 눈을 동그랗게 뜨고 물었다.

"난 스타 슈터의 무엇이 잘못되었는지 제때에 알 수 없었어. 그저 내 손바닥 위에서 별빛이 흐려지는 걸 바라보고만 있는데……."

키로는 눈시울이 뜨거워지는 느낌이 들자 안드라에게서 얼굴을 돌렸다. 안드라는 의자를 멈추고, 키로 옆으로 다가가 어깨에 팔을 둘렀다.

"그건 네 잘못이 아니야."

안드라가 키로의 귀에 대고 속삭였다.

"너희 아빠는 널 혼자 두지 말았어야 했어. 하지만 넌 아빠 없이도 잘 해내고 있잖아. 실수는 누구나 하는 거야. 게다가 지금까지 네 힘으로 별들을 구해 줬으니까, 앞으로도 더 많은 별을 구해 주겠지. 넌 정말 잘 해내고 있어."

키로는 눈물이 흐를까 봐 눈을 깜빡일 엄두조차 내지 못했다. 그간 위로의 말이 자신한테 얼마나 필요했는지 안드라가 알고서 이러는 건지, 그저 궁금할 따름이었다.

"우리 둘이 함께 보자."

안드라가 키로의 손을 꼭 쥐고 태엽 장치 의자로 데려갔다. 사이퍼가 졸고 있었지만 의자는 셋 모두가 앉아도 될 정도로 커다랐다. 의자가 움직이기 시작하자, 두 사람은 별을 관측하기에 적당한 위치로 엉덩이를 조금씩 옮겨 앉았다.

키로는 안드라의 몸이 팔뚝에 닿자, 살짝 뒤로 물러나 앉았다. 온몸이 따뜻하고 나른해졌다. 키로는 잠시 눈을 감았다. 마치 자신이 하늘 나라 집으로 날아가고 있는 별이 된 느낌이 들었다.

키로와 안드라는 밤이 늦도록 의자에 앉아 새벽이 하늘의 가장 먼 구석을 밝힐 때까지 망원경으로 별들을 지켜보았다. 관측을 마칠 즈음, 안드라는 아빠가 자신이 사라진 걸 알아채기 전에 집으로 돌아가 있어야 한다고 말했다.

어쩔 수 없이 자리에서 일어나려던 그때, 눈부신 광채가 첨탑 위쪽 하늘을 비추었다. 별자리 하나가 통째로 지구를 향해 곤두박질치고 있었다. 둘은 그대로 얼어붙어 버렸다.

안드라는 숨을 헐떡였고 키로는 초조해졌다. 새벽이 되려면 얼마 남지 않았는데, 수많은 별을 어떻게 옮겨야 할지 막막했다.

키로는 안드라의 손을 잡아끌며 계단 아래로 뛰어갔다. 뭔 일인가 싶어 잠시 고개를 든 사이퍼는 금세 쥐를 쫓는 꿈속으로 돌아갔다. 현관문을 박차고 마당으로 나가려던 둘은 그만 발걸음을 멈췄다.

마당 여기저기에 분화구 십여 개가 생겨났는데 모두 연기만 날

뿐 텅 비어 있었다. 다행히도 비슬라는 보이지 않았고, 마당 위쪽 하늘에서 맴도는 별자리도 흩어지지 않았다.

키로는 가장 가까운 분화구를 향해 비틀대며 걸어갔다. 아빠와 함께 분화구에서 별이 없어진 걸 처음 발견했던 밤이 떠올랐다.

'끔찍한 일이 또다시 일어난 거야!'

키로는 손을 휘저으며 연기를 헤치고 분화구 안쪽을 들여다봤다. 분화구 바닥에 떨어져 있는 무언가가 눈에 띄었다. 키로는 분화구 안으로 뛰어 내려가, 조심스럽게 그 물건을 집어 들었다.

잘린 갈고리였다.

키로는 갈고리를 두 손에 쥐고 분화구 가장자리에 앉았다. 그 사이 안드라는 마당 여기저기에 생긴 분화구들을 찾아다니며 키로가 건져 낸 것과 같은 갈고리를 한 아름 집어 들고 낑낑거리며 돌아왔다. 안드라가 키로 옆에 앉자, 따뜻한 온기가 키로의 몸속으로 스며드는 한기를 막아 주었다.

키로는 직감적으로 무시무시한 생각이 들었다. 삼베 케이스는 갈라지고 갈고리까지 잘라져 있었다. 지금껏 이런 걸 본 적이 없었다. 키로가 아는 한 이런 경우는 단 한 번도 없었다. 일곱 장로가 마법으로 갈고리를 하늘에 고정해 흔들리지 않도록 해 놓았기 때문이었다. 절대로 우수수 떨어질 수 없었다.

키로의 머릿속이 지끈거리더니 숨까지 가빠졌다. 별들은 그저

도둑맞은 게 아니라 잘려 나간 게 분명했다. 이제는 누구도 부인할 수 없는 사실이었다. 비슬라가 어슬렁거리더니 별들이 스스로 타 버렸다. 마을 사람들조차 반박할 수 없는 증거인 잘린 갈고리까지 발견되었다. 게다가 지금 떨어진 별들이 전부 사라져 버렸으니, 누군가 나쁜 일을 꾸미고 있는 게 확실했다.

티린이 자리를 비운 지 오래되지도 않았는데, 키로는 계속해서 별들을 지키는 임무를 실패하고 있었다.

위원회는 하늘의 모든 별을 표시해 둔 지도를 가지고 있었다. 티린도 담당 구역 하늘에 속하는 별들의 지도 하나를 작업장에 걸어 두었다. 이제 첨탑 위에서 사라진 별자리는 영원히 실패로 남을 것이다.

'위원회에 뭐라고 보고해야 하지?'

키로는 고개를 떨궜다. 현기증이 일어났다. 떨리는 손가락에서 갈고리가 스르르 미끄러지며 바닥으로 떨어졌다.

"이 별들은 모두……."

뭔가를 말하려던 안드라의 목소리 끝이 갈라졌다. 동시에 안드라는 팔을 내밀어 자신의 긴 손가락으로 키로의 손등을 꼭 감싸 쥐었다.

동이 터 오르자 별빛이 가물가물 사라지는 걸 지켜보던 두 사람의 눈망울에서 눈물이 반짝거렸다. 땅에 떨어진 별들의 생명이 어디로 사라졌는지도 몰랐고, 구해 줄 때마저 놓쳐 버렸다. 두 사람이 해 줄 수 있는 건 아무것도 없었다.

"이제 그만."

안드라가 키로의 팔을 잡아당기며 말했다.

"안으로 들어가자."

키로는 안드라가 자신을 잡아끌었던 것도, 자신이 비틀거리며 어떻게 집 안으로 돌아왔는지도 전혀 기억나지 않았다. 얼마나 멍하게 있었을까. 키로는 안드라가 탁자 옆에 자신을 앉히고 따뜻한 코코아 컵을 손에 쥐어 주자 비로소 정신이 돌아왔다.

"아빠가 옳았어."

키로가 마침내 입을 열었다.

"누군가 별을 훔치고 있는 거야. 그들이 별을 망가뜨리고 있는 거라고."

"누가 그런 짓을 하겠어? 어떻게? 누가 그 높은 곳까지 올라갈 수 있는데?"

안드라도 답답한지 눈살을 찌푸렸다.

"모르겠어. 누가 왜 그러는지 나도 이해가 안 돼. 마을 사람들은 당연히 거기까지 갈 수 없고, 이 근방에는 아무도 살지 않아. 태초에는 장로들이 거인 로봇들을 이용해 별을 하늘 높은 곳에 매달아 놓았지만, 그들은 없어진 지 오래인걸."

"그렇담 혹시 저번 날 밤에 우리가 본 것 같은 다크셰도우 짓일까?"

안드라의 질문에 키로는 고개를 저었다.

"아니, 그렇다면 우리는 얼음장 깨지는 소리를 들었을 거야. 우리 주위의 기온도 뚝 떨어져 저절로 몸을 떨었을 테지. 별들이 떨어지는 걸 본 순간부터 우리가 마당에 도착하기까지 일 분도 안 걸렸어. 비슬라도 그렇게 빠르지는 않아. 그리고 놈들은 마당 둘레에 쳐 놓은 보호용 별 가루를 통과하지 못했을 거야. 그게 아니라면 내가 놈들에 대해 잘못 알고 있던가."

안드라가 키로의 손을 꽉 쥐었다. 키로도 제 손아귀에 힘을 꽉 줬다.

"음, 너희 아빠가 이미 놈들의 경로를 확보했을 거야. 네가 그랬지? 너희 아빠가 누구 짓인지 찾아내러 떠나셨다고? 맞았어, 너희 아빠가 놈들을 막아 낼 거야. 확실해."

키로는 안드라의 희망적인 자세를 비웃고 싶었지만, 그러는 대신 머그잔을 기울여 코코아를 마셨다. 아빠가 약속을 지킨다는 것부터가 우스꽝스럽다는 생각이 들었다. 어떤 일이든 별과 관련된 것이 아니라면 눈곱만큼도 신경 쓸 사람이 아니었다. 하지만 한편으로는 그런 점이 마음에 걸렸다. 별을 훔쳐 가는 도둑이 다른 곳도 아닌 바로 여기에 있는데, 도대체 별을 지킨다는 사람이 어디를 그렇게 싸돌아다니고 있는지 답답하고 한심했다. 지금 눈앞에서 벌어지고 있는 모든 일이 키로한테는 수수께끼 같더라도 아빠라면 해답을 알 수 있을 것 같았다. 물론 키로는 아빠가 할 수만 있다면 우주 끝까지라도 따라붙을 사람이란 걸 잘 알고 있었다. 남겨진 사람들이야 어떻게 되든 관심도 없을 가장이었다. 그랬기에 당장 키로는 아빠가 자리를 비운 책임까지 몽땅 떠맡아야 했다.

"아빠가 할 수 있을지 잘 모르겠어. 한 사람이 해내기엔 벅찬 일이거든. 사실 아빠가 스타셰퍼드 위원회에 도움부터 청했어야 했는데, 무슨 이유인지 안 하기로 했어."

"왜?"

안드라가 인상을 찌푸리며 물었다.

"글쎄, 아빠가 위원회를 무시했던 건 아니야. 아빠도 위원회를 찾아가서 우리가 처음 목격했던 잘려 나간 별을 보고했어. 하지만 비슬라에 대한 이야기를 듣고는…… 아무튼, 난 아빠가 왜 다시 가서 그 상황은 보고하지 않았는지 모르겠어. 그러니까 지금이라도 내가 아빠 대신 전부 설명해야 하는데……."

키로는 한숨을 내쉬었다.

"그게 무슨 말이야?"

"위원회는 아빠가 스타셰퍼드의 의무를 다하지 않았다고 재판에 넘겼어. 오늘 밤에 그 회의를 열기로 했대. 그런데 회의 장소에도 아빠가 나타나지 않으면 반역자로 낙인찍을 거래. 그러면 스타셰퍼드 일을 더 이상 못 하게 되는 건데……."

키로의 눈가가 촉촉해졌다.

키로 역시 지나치게 별에 집착하는 아빠에게 화가 많이 나 있었다. 그렇다고 아빠에게 딱 하나 남은 마지막 희망마저 위원회가 빼앗아 가도록 놔둘 수는 없었다.

"말도 안 돼. 너희 아빠는 별들을 구하려다 사라지신 거잖아."

안드라가 말했다.

"내 말이……. 아무튼, 그래서 내가 아빠 일을 하는 거야. 나라도 위원회에 참석해서 아빠를 변호해야 하잖아?"

키로가 어깨를 으쓱해 보였다. 안드라는 키로의 손을 다시 한 번 꽉 쥐었다.

"나도 너랑 같이 가고 싶어. 네가 원한다면 말이야. 나도 너희 아빠가 그 일에 얼마나 헌신하는지 똑똑히 봤으니까."

"너를 이 일에 끌어들이긴 싫어."

키로는 고개를 숙였다.

"너희 아빠는 날 싫어하잖아. 네가 나 때문에 또다시 곤경에 빠지는 건 정말 싫어. 지금 여기 있는 것도 넌 충분히 위험을 무릅쓰고 있는 거잖아?"

"언제 떠나야 하는데?"

잠시 침묵하던 안드라가 나직하게 물었다.

"아침이 되면."

키로는 빈 머그잔을 탁자에 내려놨다. 막상 떠나려니 두려웠다. 난생 처음 보는 위원회 의원들 앞에서 어젯밤에 떨어진 별들과 자신이 저지른 실패까지 낱낱이 보고할 생각을 하니 가슴이 두근거렸다. 게다가 자신이 첨탑을 떠나 있는 동안에는 아빠가 맡고 있는 하늘의 별들도 지켜볼 수 없을 터였다.

"짐 싸는 거 도와줄게. 난 아직 집에 갈 마음이 아니거든."

안드라가 기지개를 켜며 서성거렸다.

키로는 아빠가 평소 작업장 서랍에 넣어 둔 위원회 첨탑이 표시된 지도와 간단한 여행 필수품들을 배낭에 쑤셔 넣었다. 안드라는 집에서 몰래 가져온 음식들을 한데 모았다. 침대방에 들어갔다 나온 키로는 식탁에 놓여 있는 작은 봉지를 보고 웃지 않을 수 없었다. 사탕 봉지였다.

키로는 배낭을 어깨에 걸치고 사이퍼를 부른 뒤 마지막으로 집 안을 둘러보았다. 이상한 기분이 들었다. 집을 겨우 하루나 이틀 비우는 건데도, 떠나야 한다고 생각하니 사탕이 목구멍에 걸린 것 같았다.

"가는 길에 너희 집까지 바래다줄게."

키로가 말했다. 사이퍼는 산책이라도 나가는 줄 알고 꼬리를 흔들어 댔다.

침탑에서 나온 그들은 마을 쪽으로 향했다. 너른 집 마당에 흩어져 있는 분화구를 지날 때는 서로 눈치를 보며 아무 말도 하지 않았다. 각자의 생각에 잠겨 숲속을 걷는 동안 약속이라도 한 듯 침묵을 지켰다. 지저귀는 새들의 노랫소리와 날개를 비비적거리는 곤충들의 울음소리 속에서도 자신들의 발소리가 들리는 듯했다. 두 사람의 마음은 갈수록 지난밤보다 무거워졌다.

드렌 마을로 통하는 문 앞에 다다랐을 때, 안드라가 걸음을 멈추고 키로를 마주 보았다.

"행운을 빌게, 키로. 여기 별들은 걱정하지 마. 네가 나한테 별들을 하늘로 돌려보내는 걸 보여 줬잖아. 그러니까 네가 없는 동안 내가 지켜볼게."

"안드라, 그건 너무 위험해. 비슬라는……."

안드라가 손가락을 키로의 입술에 갖다 댔다.

"비슬라는 날 잡지 못할 테니까 어서 가서 아빠를 변호해. 드렌 걱정은 하지 말고."

안드라는 히죽 웃으며 뒤돌아 마을로 향하는 문으로 들어섰다.

키로는 마을 지붕들 위로 떠오르는 태양을 마주 보며 씩씩하게 걸어가는 안드라의 뒷모습이 사라질 때까지 가만히 지켜봤다.

그런 뒤, 깊은숨을 들이마시고 숲을 향해 첫발을 내딛었다. 어깨를 쭉 펴고 두 번째 발을 내밀었다.

그렇게__ 스타보이가__ 되었다

티린은 일 년에 두 번, 달루스로 가서 스타셰퍼드 위원회에 보고를 했다. 지금까지 키로를 데려간 적은 한 번도 없었다. 키로가 듣기로는 위원회 첨탑까지 걸어서 거의 하루가 걸리는 거리라고 했다.

티린은 성인 남자 사이즈에 맞춘 커다란 태엽 기계식 스타 카트를 만들어 타고 다녔다. 스타 카트는 오늘처럼 소년 하나와 강아지 한 마리를 태울 공간은 너끈했다. 태엽 장치가 있는 스타 카트는 키로가 아는 한 아빠가 최초로 발명한 것이었다. 물론 태엽 장치를 이용해 돛을 제어하는 선박이 있다는 이야기를 들어 본적은 있지만, 그런 것도 이제 막 입소문을 타기 시작한 최신형이 었다.

키로는 드렌 마을에서 다시 첨탑으로 돌아와 마당 뒤편의 헛간으로 향했다. 찾고 있던 스타 카트가 눈에 띄자마자, 아빠가 타고 가지 않은 것이 고마우면서도 미안하고 걱정스러웠다.

키로는 헛간 문을 활짝 열고 안으로 들어가 스타 카트의 덮개를 벗겼다. 스타 카트는 투박하지만 성능은 뛰어났다. 티린의 혁신적인 시계 제작 기술로 앞뒤 바퀴가 롤러 위에서 움직이도록 만들어졌다. 놋쇠 기어 쪽은 아침 햇살이 닿는 곳마다 여전히 반짝반짝 광이 났다. 티린이 블랙랜드를 가로질러 여행에서 돌아왔을 때마다 말끔하게 청소를 해 두었기 때문이었다. 키로는 스타 카트를 손바닥으로 쓰다듬으면서 이번 여행에서 돌아오면 똑같이 해 둬야겠다고 다짐했다.

더 이상 꼬물거릴 시간이 없었다. 키로는 스타 카트에 배낭을 던져 넣고, 사이퍼를 바라보며 휘파람을 불었다. 문 근처에서 헛간 안쪽을 킁킁거리던 사이퍼가 키로 곁으로 한달음에 달려왔다. 키로는 먼저 스타 카트로 기어오른 뒤, 사이퍼를 끌어 올렸다. 그런 다음 아빠가 위원회 첨탑에 갈 때마다 잊지 않고 챙기던 지도를 꺼내 놓았다. 문득 아빠가 작업대 의자 서랍에 지도를 그대로 두고 간 게 신의 한 수라는 생각이 들었다. 그러면서도 잠시 오싹한 기분이 들었다. 이 지도야말로 아빠가 어디를 가든 늘 가지고 다니던 것이기 때문이다.

키로는 지도를 펼치고 경로를 살펴보기 시작했다. 두 눈까지 찡그리며 구석구석을 들여다봤지만 지도에서 방향을 올바르게 찾기까지는 약간의 시간이 걸렸다. 키로는 블랙랜드를 관통해야 하는 경로가 마음에 걸렸다. 또 다른 경로는 폐기아해를 항해하는 것인데, 그러려면 보트가 필요했다. 뱃길은 포기할 수밖에 없었다. 제3의 경로가 없다는 걸 확인하자 지도를 붙잡은 손이 덜덜 떨리기 시작했다. 사람들이 블랙랜드의 뜨거운 열기에 정신 줄을 놓고 사막을 떠돌다 영원히 돌아오지 못하는 신세가 되었다는 소문이 떠올랐다.

하지만 지금까지 아빠한테 그런 끔찍한 일이 없었으니 자신도 괜찮을 거라며 마음을 다잡았다. 키로는 하늘을 보고 시간을 읽을 줄 알았다. 지금은 비록 별이 보이지 않는 시간이지만 태양이 떠 있는 위치로 방향을 판단할 자신이 있었다. 하늘은 한결같은 모습을 보여 주기에 키로가 유일하게 의지할 수 있는 대상이었다. 적어도 누군가 별들을 없애기로 마음먹고 나쁜 짓을 저지르기 전까지는.

키로는 사이퍼에게 과자를 건네며 머리를 쓰다듬었다.

"긴 하루가 될 거야."

키로는 옆에 있는 레버를 당기고 예열 신호가 울리기를 기다린 다음, 시동 버튼을 눌렀다. 곧이어 오른쪽에 있는 변속 레버를 조종하며 스타 카트를 운전해 헛간에서 빠져나왔다. 처음에는 좀 버벅거렸지만, 금세 운전하는 요령을 터득할 수 있었다. 스타 카트를 숲 쪽으로 움직이게 조절하는 것쯤은 식은 죽 먹기였다.

지도를 얼핏 보긴 했지만, 한 번도 가 보지 않은 경로라서 무턱대고 속도를 높일 수는 없었다. 스타 카트는 키 큰 침엽수들이 드문드문해지는 곳까지 덜덜 소리를 내며 나아갔다. 약 한 시간 뒤부터는 키 작은 관목과 덤불과 꽃밭으로 풍경도 바뀌었다. 아름답기는 하지만 지루한 풍경이 한나절쯤 지나자, 어느덧 꽃들마저 들판에서 사라지고 가느다란 풀들만 자라는 황무지로 변해 갔다. 스타 카트가 달리는 땅바닥 흙 색깔도 짙어지더니 스타 카트 롤러에도 숯가루들이 들러붙었는지 새카매졌다.

기온이 오르고 등허리에 땀이 차기 시작했다. 키로는 외투를 벗어 배낭 안에 쑤셔 넣었다. 점심 무렵일까? 해가 머리 위에 떠올랐다. 키로는 스타 카트가 블랙랜드로 들어가는 들머리에 이르렀을 거란 생각이 들었다. 잠시 다리를 뻗고 쉬면서 사이퍼와 물을 나눠 마시려고 스타 카트를 멈췄다. 몇 시간째 달려온 스타 카트도 키로의 정수리만큼 뜨거웠다. 눈앞에는 검게 그을린 모래가 지평선 너머까지 쫙 펼쳐져 있었다. 올록볼록한 모래 언덕들이 여기저기 솟아 있고, 그와 반대로 움푹 꺼진 모래 구덩이들도 곳곳에 보였다. 숨을 쉬려고 검푸른 파도 위로 고개를 내밀듯이, 하늘을 향해 뾰족한 가지들을 내민 새카만 나무들도 듬성듬성 눈에 띄었다. 나무들은 불에 타 돌덩이처럼 굳어 있었다. 나무들의 무덤 같은 황폐한 풍경에 키로의 결심이 잠시 흔들렸다.

'이곳도 한때는 내가 사는 드렌의 숲 같았을까? 어떻게 모든 생명력을 잃고 잿빛 모래만이 남았을까?'

사이퍼도 블랙랜드가 두려운지 옆에서 낑낑댔다. 키로는 한숨을 내쉬었다.

"나도 여기서 더 깊이 들어가고 싶지 않아, 사이퍼. 하지만 어쩔 수 없잖아. 해가 지기 전에 위원회 첨탑에 도착해야 하니까."

둘은 물을 한 잔 더 나눠 마신 뒤, 스타 카트에 시동을 걸고 또다시 모래 언덕을 향해 움직였다.

블랙랜드로 들어온 지 몇 분이 채 되지 않았는데 이곳에서는 누구라도 길을 잃을 수밖에 없다는 소문이 이해되었다. 정수리를 달구는 태양만이 눈부시게 환할 뿐, 그 밖의 모든 것이 이름처럼 침침했다. 감각에 혼란이 찾아왔다. 블랙랜드는 그야말로 끝이 없어 보였다.

키로는 스타 카트가 덜컹거리며 가는 동안 일정 간격을 두고 지도와 태양을 번갈아 보며 현재 위치를 확인했다. 손목시계에는 위원회 회의까지 남은 시간이 분 단위로 표시되었다.

거대한 구조물에서 부서져 나온 잔해들과 버려진 옛 건물들에서 떨어져 나온 목재들이 널브러진 검은 모래사막이 이어졌다. 을씨년스럽기 짝이 없는 풍경이지만 계속 못 보던 쓰레기들이 보이는 것이야말로 한자리만 빙글빙글 돌고 있는 게 아닌, 목적지를 향해 제대로 가고 있다는 증거였다. 오후로 갈수록 서쪽으로 기울고 있는 태양까지 뜨거워지자, 스타 카트에서도 '크르르르' 하고 앓는 소리가 났다. 키로의 심장이 덜컹 내려앉았다.

스타 카트가 덜덜거리며 멈춰 섰고, 밑창에서부터 연기와 먼지가 꼬불꼬불 피어올랐다. 키로는 제멋대로 뻗친 머리카락을 쥐어뜯었다. 스타 카트마저 고장 나면 안 된다는 생각이 들었다. 키로는 "지금은 아니야!"라고 외치며, 급히 스타 카트에서 빠져나왔다. 아래쪽 부분을 틀어막고 있는 기계 장치들을 들여다보던 키로는 맥없이 주저앉아 버렸다.

어젯밤 본 것과 마찬가지로 끊어진 갈고리들이 롤러 기어에 끼어 있었다. 톱니바퀴 하나는 구멍이 뚫렸고 반대쪽 톱니바퀴에는 갈고리가 깊숙이 걸려 손을 댈 수조차 없었다. 키로는 최근 들어 하늘에서 벌어진 괴이한 일들로 인한 피해가 자신이 살고 있는 지역에만 국한되지 않으리라고 예상은 했었다. 그래도 막상 그 증거를 보니 심장이 쿵쿵거렸다.

키로는 헛간에서 나올 때 아빠의 도구들을 가져갈까 잠시 생각했다. 하지만 부품을 챙길 시간도, 그럴 만한 여유 공간도 넉넉히 없었다. 어깨가 움츠러들었다. 이제 이대로 스타 카트를 버리고 갈 수밖에 없었다. 아빠가 이 일을 알면 몹시 화를 낼 테지만, 그래도 결국엔 스타 카트를 찾으러 와서 나중에라도 고칠 수 있을 터였다. 다행히 블랙랜드는 모래가 모든 걸 삼킬 것처럼 보이긴 해도 사람이 많이 다니지는 않았다. 키로는 톱니바퀴에서 갈고리를 빼내어 배낭 속에 넣었다. 왠지 그대로 두고 가면 안 될 것 같았다.

키로는 허리를 펴고 스타 카트에서 사이퍼를 끌어내렸다. 몰려오는 절망감에 두 다리가 후들거렸지만, 사이퍼가 얼굴을 핥아 줄 때는 억지 미소를 지어 보였다.

"미안해, 꼬마야. 오래 걸어야 할 것 같아."

키로는 배낭을 어깨에 짊어지고 생각을 갉아먹는 걱정에서 벗어나려고 기를 쓰며 걸음을 재촉했다. 한 시간쯤 걸었을 때 잠시 쉬려고 걸음을 멈췄다. 때마침 눈앞에는 지금껏 보았던 거대한 구조물 못지않게 커다란 건물이 보였다. 두 동강 난 듯 잘려 있었는데 그마저도 절반은 모래에 파묻혀 있었다. 키로는 그늘진 쪽에서 앉을 만한 자리를 찾아 보았다. 사이퍼는 혀를 입 밖으로 내밀고 숨을 헐떡거렸다.

"여기 있어, 꼬마야. 물 좀 마셔."

키로가 물통에 담긴 물을 작은 그릇에 부어 주었다. 물을 핥아 먹은 사이퍼는 키로 곁에 웅크리고 앉아 꾸벅꾸벅 졸기 시작했다. 키로는 시계를 들여다봤다.

걸음걸이의 이동 속도로 도착 시간을 가늠해 보니, 지금 입고 있는 더러운 옷 그대로 위원회에 참석해 아빠의 안건을 제출해야 할 판이었다. 도착 후엔 간신히 숨을 돌릴 여유가 몇 분쯤 있겠지만 세수를 한다거나 옷을 갈아입을 시간까지는 없을 것 같았다. 키로는 신발 끈을 풀고, 걸어오는 내내 살갗을 쓸던 모래알들을 털어 냈다. 발가락 사이사이로 바람이 통하자 안도의 한숨이 저절로 나왔다.

키로는 신발을 옆에 내려놓고 석조 구조물에 머리를 기댔다.

'잠깐 눈을 붙였다가 다시 길에 오르면……'

컹컹, 개 짖는 소리가 아련하게 들려왔다. 깜박 졸던 키로가 눈을 떴을 땐 곁에 있던 사이퍼가 보이지 않았다. 키로는 정신을 차리고 자리에서 벌떡 일어났다. 멀리서 개 짖는 소리가 또다시 들려왔다. 심장이 조여 왔다. 키로는 사이퍼의 이름을 부르짖으며 맨발로 모래 위를 달리기 시작했다.

"사이퍼, 형 여기 있어. 꼬마야, 어디 있니?"

키로는 개 짖는 소리가 들려오는 방향으로 몸을 움직였다. 그런데 사이퍼의 울부짖음이 조금 전보다 더 목이 조인 절박한 소리로 들렸다. 키로는 건물의 반대쪽 방향으로 다시 돌아갔다.

돌처럼 굳어진 나무 밑동이 툭 튀어나와 있는 나지막한 모래 언덕이 보였다. 그 한가운데에서 사이퍼가 온몸을 비틀고 있었다. 멀리서 봐도 몸이 모래 속으로 가라앉고 있었다.

코와 앞발은 여전히 모래 위로 올라와 있지만, 사이퍼는 제 몸을 빨아들이는 모래 구덩이의 가장자리를 미친 듯이 긁어 대고 있었다. 키로는 아랫배에 힘을 주었다. 사이퍼를 구해야만 했다. 사이퍼야말로 키로 곁에 유일하게 남아 있는 가족이었다.

키로는 가장 가까이에 있는 나뭇가지를 한 손으로 단단히 움켜쥐고, 모래 구덩이 쪽으로 다른 쪽 팔다리를 뻗었다. 사이퍼도 조금 전보다 기운을 내어 버둥거렸지만, 키로가 내민 손에 닿을 수는 없었다. 키로는 눈앞이 깜깜해지는 공포에 사로잡혔다.

키로는 얼른 배낭을 끌러 가져온 담요를 꺼냈다. 그런 다음 한 번 빠지면 영영 헤어 나올 수 없는 모래 구덩이 가장자리로 최대한 가까이 다가가 담요를 던졌다. 모래가 사이퍼의 머리를 파묻고 이제 곧 앞다리까지도 묻어 버릴 기세였지만, 키로는 가까스로 사이퍼를 구해 낼 수 있었다. 다섯 번째로 담요를 던졌을 때, 사이퍼가 드디어 모래 속으로 빨려 들어가는 담요 자락을 이빨로 꽉 문 덕이었다.

담요 끝을 힘껏 잡아당기자, 사이퍼가 모래 덫에서 서서히 벗어나기 시작했다. 키로가 이를 악물고 두 손에 힘을 주고 끌어당긴 끝에 마침내 사이퍼가 키로의 팔에 안겼다. 살아난 기쁨에 겨워 사이퍼가 키로의 얼굴을 핥으려 했지만 키로는 얼른 몸을 피했다. 빠른 속도로 꺼지는 모래 구덩이 속으로 둘이 함께 파묻힐 수는 없었다. 좀 더 안전한 구조물 쪽으로 몸을 피하려면 서둘러 여기를 벗어나야 했다.

키로는 검은 모래를 잔뜩 뒤집어썼지만 개의치 않았다. 사이퍼도 키로가 꽉 껴안아 주자 얌전해졌다. 이대로 위원회에 참석하기에는 온몸이 엉망이었지만, 둘 다 살아서 갈 수 있게 된 것만으로도 감지덕지했다.

"지금부터는 좀 더 서둘러야 해."

키로는 모래 덫을 또다시 만날 경우를 대비해 사이퍼의 목줄을 가까이 잡았다. 몇 발짝 앞으로 걸어갔을 뿐인데 발밑에서 꿈틀, 검은 모래땅이 지진이라도 난 듯 흔들렸다. 마치 사막 한가운데에서 거대한 굴뚝 연기에 휘감긴 것만 같았다. 모래땅이 회오리 돌풍을 일으키며 살아 움직였다. 키로는 죽기 살기로 앞으로 걸어가야 했다. 걸을수록 빠르게 지쳐 갔지만 다른 선택의 여지는 없었다. 이럴 때는 멈추는 것이 가장 위험한 일일 게 뻔했다. 머리 위로는 거짓말처럼 새빨간 태양이 떠 있었다. 둘은 검은 모래가 일으킨 깜깜한 모래 벽에 둘러싸인 것만 같았다. 걷는 내내 키로는 엄마가 들려준 블랙랜드에 도사리는 위험한 괴물들 이야기를 떠올리지 않으려고 애썼다.

얼마나 지났을까, 키로의 귀에 이상한 소리가 들려왔다. 온몸이 커다란 귀가 된 것처럼 갈수록 그 소리에 민감해졌다. 금속판을 긁어 대는 기분 나쁜 소리였다. 소리가 줄어들기는커녕 모래사막 한가운데에서 점점 더 날카롭게 고막을 긁어 댔다. 반사적으로 심장 박동이 빨라졌다. 키로는 얼른 주위를 살폈지만 몇십 미터 반경 내에는 검은 모래밖에 보이지 않았다. 그래도 용기를 내어 한 발짝 더 내밀었다.

바로 그때 키로의 발밑에서 모래 기둥이 시커먼 석유처럼 솟구쳐 올랐다. 동시에 고막을 찢을 듯한 쇳소리와 함께 그리 멀지 않은 모래 언덕 위쪽에서 여러 개의 다리를 휘젓는 뭔가가 나타났다. 긴 다리를 가진 곤충 모양의 거대한 생명체였다.

키로가 비틀거리며 뒷걸음치는데 사이퍼가 겁 없이 앞으로 나서며 컹컹 짖었다. 그사이에도 놈은 긴 다리를 삭삭 휘두르며 다가오고 있었다. 검은 모래와 뒤범벅이 된 놈의 몸뚱이는 까맣디까만 흑색이었다. 뿐만 아니라 셀 수 없이 많은 돌기가 등 쪽으로 솟아나 있었는데 하나같이 매우 날카로웠다. 심지어 얼굴에는 커다란 집게 한 쌍이 양옆으로 달려 있었다.

"안 돼!"

갑자기 놈이 아가리를 쫙 벌리고 귀에 거슬리는 쇳소리를 내며 둘을 향해 돌진했다. 키로는 재빨리 옆으로 몸을 수그려 아슬아슬하게 피했다. 하지만 놈은 또다시 긴 다리들을 마구 휘둘렀다. 이번엔 키로가 반대쪽으로 몸을 굴려 놈이 꼬리를 내리칠 것 같은 곳에서 간신히 벗어났다.

키로는 숨을 멈추고, 주위를 빙빙 돌고 있는 놈의 생김새를 살펴보았다.

'이놈이 엄마가 들려준 이야기에 나오던 또 다른 다크세도우일까?'

엄마의 이야기 속에 등장한 괴물의 종류는 너무 많아서 전부 기억할 수 없었다. 눈앞이 잠시 깜깜해지는 것 같았다. 상대에 대해 알고 있는 게 전혀 없다는 생각이 들자 팔다리에서 힘이 쏙 빠져 버렸다.

하지만 곧바로 거대한 생명체가 달려들었을 땐 키로도 꾀가 났다. 급한 대로 스타 카트를 망가뜨린 갈고리를 엉뚱한 방향으로 힘껏 던졌다. 놈을 헷갈리게 하려고 일부러 달려온 방향으로 던진 전략이었다. 놈은 그 미끼를 물려고 폴짝 뛰어올랐지만 집게로 잡지는 못했다.

키로와 사이퍼는 또다시 죽을힘을 다해 도망쳤다. 약이 바짝 오른 놈도 둘을 향해 미친 듯이 돌진해 왔다. 이 끔찍한 사막은 놈에게서 도망칠 곳이 없었다. 키로의 시선이 닿는 곳마다 드문드문 잔해들이 보이는 모래 언덕만 있을 뿐, 숨어 있을 곳은 없었다.

둘은 당장 눈에 띄는 첫 번째 돌덩이 뒤로 몸을 피했다. 한때는 제법 우람하고 나이도 많은 나무였겠지만, 지금은 불에 타 돌처럼 굳어진 나무 밑동만이 남아 있었다. 키로는 그 뒤에 몸을 움츠리고 사이퍼를 바짝 끌어안은 채 숨을 죽였다.

놈이 덜컥덜컥 움직이는 쇳소리가 점점 가까이 들려왔다. 좀 전에 던진 갈고리에 흥미를 잃고 둘을 찾고 있는 게 분명했다.

키로는 두 눈을 꼭 감았다. 사이퍼의 몸에서 피어오르는 열기에도 온몸이 부르르 떨렸다. 자신들 위를 덮친 거대한 그림자가 놈이 가까이 있음을 알려 줬다. 생생하게 들려오는 거대한 곤충의 집게가 덜컥일 때마다 번개가 번쩍였다. 온몸에 소름이 돋았다. 마침내 놈이 여러 개의 다리를 한꺼번에 움직이는지, 천 개의 북을 두드리는 듯한 소리가 났다. 키로는 심장이 뛰었다.

바로 그때 새로운 소리가 끼어들었다. 모래가 움직이기 시작하며 모래바람이 모래 언덕을 밀어 버리더니, 키로와 사이퍼가 숨어 있던 나무 밑동까지 쓸어 버렸다. 둘은 숨 막히는 침묵 속에서 꼬박 일 분을 숨조차 쉬지 못한 채 웅크리고 있었다.

웬일인지 놈의 소리가 들리지 않았다. 키로가 용기를 내어 나무 밑동 너머로 훔쳐보니 놈도 사라지고 없었다. 모래 언덕 너머 어딘가에 있는 놈들의 은신처로 돌아간 게 틀림없었다. 하지만 아무리 생각해도, 이런 대낮에 밖으로 나와 돌아다닌다는 건 이상했다. 별들이 사라지기 시작한 뒤로 다크셰도우는 점점 대담해지고 있었다. 블랙랜드가 품고 있었던 어둠의 힘이 놈들에게 도움을 주고 있는 것 같았다.

키로는 후들거리는 다리를 털고 일어나 깊은숨을 들이마셨다. 어찌 되었든 이제 또다시 서둘러 길을 떠나야 했다.

남은 길을 가는 동안 키로는 자신들을 위협할 수 있는 놈들에 대한 경계를 단 한순간도 늦추지 않았다. 위원회에서 무슨 일이 일어날지 알 수 없었지만, 당장은 절대 이곳으로 돌아오지 않으리라는 생각만 맴돌았다.

늦은 오후가 되어서야 블랙랜드 반대쪽 끄트머리에 도착했다. 마침내 거친 수풀과 덤불밭이 펼쳐진 벌판을 뒤로 하고, 키로는 드넓은 바다를 바라보게 되었다.

멀지 않은 곳에는 바다가 내려다보이는 절벽 꼭대기에 거대한 첨탑이 서 있었다. 이 정도 거리에서도 스타셰퍼드 위원회 첨탑은 키로의 집이나 다름없는 드렌 첨탑의 몇 배쯤 커 보였다. 폭넓은 드레스 같은 원뿔형 지붕 위로 여기저기 툭툭 튀어나와 있는 수많은 망원경이 눈길을 끌었다. 바로 저것 때문에 지금까지 여러 스타셰퍼드들이 아빠처럼 일자리를 잃고 보통 사람이 되었으리란 생각이 들었다.

마침내 다 왔다는 생각에 키로는 전율을 느꼈다. 아니, 눈앞의 위원회 첨탑에 전율을 느꼈다. 불쾌한 상황이 아니었다면 키로는 지금쯤 첨탑의 웅장한 모습에 감명받았을 게 분명했다. 할 수만 있다면 첨탑으로 올라가 별을 보려 했을지도 모를 일이었다. 그렇게 바다로 곧장 이어지는 절벽 위의 한 지점에서 온 세상을 마음 편히 내려다볼 수도 있을 것 같았다.

하지만 키로는 아빠를 위해 이곳에 왔지, 별을 보며 감탄하러 온 게 아니었다. 키로는 마음을 다잡았다. 먼저 사이퍼의 털을 털고 자신의 옷에 묻은 모래 먼지도 탈탈 털어 냈다.

"가자, 사이퍼. 이제 다 왔어."

키로는 아빠의 상황과 입장을 변호하기 위해 첨탑으로 이르는 오솔길을 부지런히 오르기 시작했다.

절벽 끝에 있는 웅장한 첨탑 입구에 다다랐을 때, 키로와 사이퍼는 지칠 대로 지쳐 있었다. 키로는 쇠로 된 문고리를 간신히 들어 올리고 겨우겨우 문을 두드렸다. 묵직한 소리가 뼛속까지 떨리게 했다. 잠시 눈이라도 붙이고 싶었지만 키로는 오히려 정신을 바짝 차렸다. 순식간에 머리끝부터 발끝까지 찌릿찌릿 전율이 퍼지고 있었다.

무거운 나무 문이 삐걱대며 열리자, 삭발한 머리에 숱이 많은 수염을 기른 남자가 문 앞을 막고 서 있었다. 남자의 팔뚝이 키로의 눈에 들어왔다. 드렌에서 가끔 보던 선원들의 팔뚝보다 더 검게 그을려 있었다. 남자도 팔짱을 낀 채 키로를 신기한 듯 내려다보았다.

키로는 입이 다물어지지 않았다. 다른 스타셰퍼드의 모습이 어떨지 상상해 본 적은 없지만 그래도 이런 모습은 아니었다. 얼마전 현관문에 붙여 둔 쪽지를 보았을 때 느꼈던 딱 그만큼의 위엄

이 이 남자의 첫인상에도 서려 있었다.

"안녕하세요? 저, 저는 스타셰퍼드 회, 회의 때문에 왔는데요."

키로는 말을 더듬거렸다.

"아직 어린애 같은데?"

남자의 눈썹이 치켜 올라갔다.

"저는 아빠하고 함께 우리 첨탑에서 별을……."

키로의 뺨이 달아올랐다.

"너희 아버지는 어디 가고?"

키로는 좋은 질문이라고 생각하며 얼른 대답했다.

"오실 수 없었어요."

남자는 잠시 키로를 의심하는 표정으로 쳐다보더니, 옆에 있는 더러운 강아지에게로 시선을 돌렸다. 사이퍼는 여유롭게 꼬리를 흔들며 의젓한 자세로 앉아 있었다.

"알겠네."

남자는 키로가 들어갈 수 있도록 옆으로 비켜서며 말했다.

"자네 근무 지역은 어디지?"

남자가 근처에 있는 탁자에서 등록부를 집어 들었다.

"드렌입니다. 저희 첨탑은 드렌 마을 바로 바깥에 있습니다."

키로의 대답에 남자는 눈살을 찌푸리고 눈을 동그랗게 떴다. 까만 눈동자가 더 새카맣게 보였다.

"드렌이라고, 어? 자네 아버지가 회의에 참석하지 못하는 것도 당연하지. 부끄러운 일이야."

키로는 고개를 숙였지만 속에서 뜨거운 것이 올라왔다.

"난 자크리스라고 하네."

남자는 키로가 악수할 수 있도록 손을 낮춰 내밀었다.

"이제 자네가 티런이 아니란 건 알겠네만, 등록부에 올릴 자네 이름은 뭔가?"

"제 이름은 키로입니다."

키로는 악수를 하며 대답했다.

"좋아. 키로, 고개를 들게. 자네 아버지의 진실을 알려 위원회를 설득하고 관대한 조치를 얻어 가려면 용기를 내야지."

남자의 말에 키로는 명치끝에 맺혀 있던 응어리가 풀리는 느낌이 들었다. 자크리스는 그리 나쁜 사람이 아닐 것 같았다.

"감사합니다, 어르신."

"그냥 자크리스라고 부르게. 자, 이리로 오게. 위원회에서 기다리고 있다네. 몇 명 더 참석할 수도 있겠지만, 자네가 미리 가서 손쓰는 편이 나을 테지."

자크리스는 느긋하게 절벽 기반암 안쪽으로 들어선 뒤, 첨탑을 빙 두르고 있는 복도로 키로와 사이퍼를 안내했다. 각 층의 복도 양쪽으로 문들이 띄엄띄엄 있었다. 키로는 그 문 뒤쪽 방들엔 각종 장식품과 별들을 하늘로 돌려보낼 때 사용하는 도구들이 가득하리라 생각했다.

회랑의 벽을 따라 그림과 명판들이 줄줄이 걸려 있었다. 대체로 웅장한 첨탑의 야경을 그린 그림이었다. 그림 아래쪽엔 '펠리아나의 탑', '스핀토의 첨탑', '에갈의 요새'와 같은 제목들이 멋들어진 틀에 새겨져 있었다. 묘사된 첨탑은 하나같이 정교했고, 별들이 지붕 위쪽 하늘에서 반짝거렸다. 그림들 사이사이에는 스타셰퍼드의 이름과 제각기 하늘을 관측한 기간과 구해 낸 별들의 숫자를 기록해 둔 명판이 걸려 있었다.

키로는 심장이 목구멍으로 뛰어오를 것 같았다. 문득 아빠도 이 회랑 복도에서 명판들을 여러 차례 봤을 거란 생각이 들었다. 그럴 때마다 언젠가는 이 사이에 당신의 이름이 있기를 바랐을 것 같았다. 키로는 목이 탔다. 자신이 위원회를 설득하지 못한다면, 티린에게는 그런 기회조차 없을 게 확실했다.

키로는 벽면을 보지 않으려고 애썼지만 명판의 이름들을 지나칠 때마다 신경이 쓰였다. 그러다 어느 명판 앞에서 걸음을 멈추게 되었다. 심장이 쿵 내려앉으면서 아찔했다. 키로는 손으로 특별한 명판 옆의 벽을 짚었다.

〈룸비 첨탑의 잭스와 야나〉

다름 아닌 키로의 외할아버지 외할머니의 이름이었다. 그분들은 키로가 아주 어렸을 때 세상을 떠났지만, 키로가 태어난 롬비 마을에서 오래도록 침탑을 지킨 스타셰퍼드였다.

"아는 분들이니?"

자크리스가 물었다.

"제 외할아버지와 외할머니 같아요."

키로는 얼른 손을 떼며 차렷 자세를 취했다.

"그렇구나. 이 회랑 복도에는 스타셰퍼드로 활약했던 여러 세대 분들의 명판이 걸려 있으니……."

자크리스가 담담하게 대꾸했다. 키로는 회랑 안쪽으로 더 걸어 들어갈수록 손바닥까지 축축해질 만큼 긴장되었다.

'언젠가 아빠 이름도 여기 걸릴 수 있을까? 아빠도 진짜 그러길 바랄까?'

잘 해낼 자신감이 사라져 버렸다. 키로는 머릿속에 엉켜 있는 말들을 풀어낼 자신이 없었다.

"행운을 빈다."

자크리스가 키로에게 손을 내밀었다. 키로는 축축한 손을 내밀려다 말고 바지에 닦았다. 악수를 하면서도 곧 회의에서 꼭 해야할 말들을 되뇌었다. 자신을 내려다보는 사람들로 가득 찬 회의 장에서 하나도 빠짐없이 기억해 낼 수 있기를 바랐다.

마지막으로 키로는 침을 꿀꺽 삼키고, 두 손을 호주머니에 쑤셔 넣었다. 자크리스는 커다란 오크 나무 문의 손잡이를 잡아당기려다 말고 사이퍼를 내려다봤다.

"네 강아지는 여기에 두는 게 좋겠지?"

"네."

키로는 사이퍼를 향해 허리를 굽혔다.

"착하게 굴어, 알았지? 여기서 형을 기다려."

키로는 사이퍼의 머리를 쓰다듬어 주었다. 사이퍼는 키로가 허리를 펴자 잠시 칭얼거리는가 싶더니 금세 얌전해졌다.

"준비됐니?"

자크리스가 물었다.

"네."

키로가 답했다.

"잘할 수 있을 거다. 자네 아버지를 알거나 좋아하는 의원들도 참석했을 테니, 용기를 내라."

자크리스가 미소를 지으며 말했다.

키로는 열린 문틈으로 회의장 안쪽을 들여다보며 깜짝 놀랐다. 유감스럽게도, 키로의 겁먹은 표정을 자크리스는 전혀 알아채지 못했다.

대형 회의장의 벽면을 따라 층층이 놓여 있는 좌석들은 전 세계 각 지역을 대표하는 다양한 피부색의 남녀 스타셰퍼드들로 꽉 차 있었다. 천장은 엄청나게 높았고, 원형의 회의장 중앙에는 높이를 조절할 수 있는 단상과 의자가 놓여 있었다. 잿빛 수염에 날카로운 녹색 눈을 가진 깡마른 남자가 그 의자에 앉아 있었다. 문이 열리자 키로와 남자의 눈이 딱 마주쳤다. 순간, 높았던 단상이 낮아지기 시작했다.

"카드모스, 스타셰퍼드 최고 지도자란다."

자크리스가 속삭이며 키로의 등짝을 떠밀었다.

마침 카드모스는 연설을 막 마치고 무대 중앙으로 내려서던 참이었다. 키로를 쳐다보는 표정이 못마땅했다.

"누구죠?"

카드모스가 자크리스에게 물었다.

"이 친구는 드렌 첨탑의 키로입니다. 제 아비 티린을 대신해 오늘 이곳에 왔답니다."

자크리스가 몇 발짝 앞으로 나서며 키로를 소개했다. 카드모스는 팔짱을 끼고 있던 두 팔을 청회색 예복 앞으로 내밀며 어깨를 으쓱했다. 얼굴엔 찡그린 표정이 여전했다. 키로는 그제야 여기 있는 모두가, 심지어 자크리스까지도 똑같은 복장을 하고 있다는 걸 알아챘다. 그 즉시 납작한 종이 인형으로 변신하여 마루 밑으로 숨어 버리고 싶었다.

'스타셰퍼드 복장 규정이 있었나?'

키로는 아빠가 저런 옷을 입은 모습을 본 적 없었다. 티린 또한 스타셰퍼드 복장에 대해 키로에게 이야기를 꺼낸 적이 없었다.

"그래, 키로. 네 아버지는 어디 있지?"

카드모스가 입을 열자, 회의장 안이 웅성거리기 시작했다.

"네 아비가 왜 직접 안 왔지?"

두 번째 질문에 키로는 깊은 한숨을 내쉬었다.

"아빠는 지금 집에 안 계십니다. 아빠는……."

"오호, 티린이 정녕 근무지를 이탈했다는 말인가? 지금 네 말인즉, 우리가 알게 된 드렌에서 새어 나온 소문이 모두 사실이란 게지?"

되묻고 있는 카드모스의 눈빛이 싸늘하게 반짝거렸다.

"저희 아빠는 맡은 일을 소홀히 한 적이 없습니다. 다만 지금은……."

"그럼 왜 직접 참석하지 않았지?"

카드모스가 키로 쪽으로 다가서며 되물었다.

"티린은 드렌 하늘을 지키라고 임명한 스타셰퍼드다. 그 지역에서 유일한 스타셰퍼드인 네 아버지가 별들을 지켜보고 있지 않았으니 임무를 소홀히 한 게 아니냐?"

키로는 눈을 마주치기 싫어 고개를 숙이려다 카드모스의 입가에 비웃음이 번지는 걸 보고야 말았다.

"티린은 반역자다. 티린은 반역자다. 티린은 반역자다."

여기저기에서 웅성대는 소리가 첨탑의 꼭대기까지 회오리치며 메아리로 되울려 키로는 귀가 멍했다.

"아빠는 반역자가 아니에요!"

키로는 더 이상 견딜 수가 없어서 고함을 질렀다. 회의장이 조용해졌다. 키로도 언성을 높인 걸 후회했지만 이미 엎질러진 물이었다.

"그럼 도대체 티린이 어디 있는 건지, 내 질문에 대답을 해라."

카드모스는 자신의 손으로 직접 키로의 대답이라도 받으려는 양, 두 팔을 뻗었다. 키로의 등에서는 땀방울이 줄줄 흘러내렸고 얼굴은 화끈거렸다.

"아빠는 삼베 케이스들이 몇 번이나 이상하게 잘린 걸 확인하고, 위원회에 보고하러 이곳에 왔었습니다. 하지만 돌아오는 길에 비슬라가 되살아나 별들까지 길을 잃고 엉뚱한 궤도로 움직이고 있다는 또 다른 소문을 들으신 겁니다."

"그래, 그랬지. 그 정도는 우리도 다 알고 있다. 그래서 오늘 이 자리에 모인 거니까."

카드모스가 위원회 의원들을 향해 어깨를 으쓱해 보였다.

"그리고 좀 전에 네가 '보고'랍시고 말한 건 정작 대수롭지도 않은 것이었단다."

키로는 한숨을 깊이 들이마셨지만 이대로 포기할 수는 없었다.

"아뇨. 아빠가 집으로 돌아온 다음, 저는 그보다 훨씬 더 무서운 것도 발견했어요. 며칠 전 밤이었는데 별 무리 하나가 통째로 라다막 산맥 위로 떨어졌다고요."

"다시 한번 일러두는데 그런 일은 불가능하다."

카드모스가 코웃음을 쳤다.

"그걸 보기 전엔 저희도 그렇다고 생각했어요. 하지만 무리 지어 떨어진 별들을 잃고 아빠와 저는 깊은 슬픔에 잠겼어요. 그런데 그날 밤, 또 다른 별 무리가 드렌 외곽에 떨어졌어요. 서둘러 별들을 구하려고 추락 현장으로 달려갔지만, 도착했을 땐 빈 분화구밖에 남아 있지 않았어요. 누군가가 별들을 훔쳐 간 거예요. 하나도 빠짐없이요. 그런데 그게 전부가 아니에요. 그보다 더 나쁜 걸 제 눈으로 똑똑히 봤어요. 되살아난 비슬라를 제 눈으로 확인했다고요. 맞아요. 지난 몇 주 사이, 적어도 세 번은 봤어요. 그중에 한 놈은 없앴고요. 놈들은 엄청나게 무서웠어요. 전설은 사실이었어요. 놈들이 가까이 다가가지 못했을 땐 별들한테도 저항할 힘이 있었겠지만, 이번에는 아빠와 제가 별들을 미처 구하기도 전에 놈들 손아귀에서 다 죽어 버렸어요. 놈들이 죽인 거라고요."

군중 속에서 '헉' 하는, 외마디 소리가 들렸다. 금세 여기저기에서 "말도 안 돼. 그런 건 불가능해!"라고 웅성거리는 소리로 회의장이 들썩였다.

"네가 비슬라를 없앴다?"

카드모스의 입꼬리가 실룩거렸다.

"우리 같은 사람이 네 녀석의 얼토당토않은 거짓말을 믿을 거라고 생각했더냐? 하지만 어쩌냐, 네 상상력도 네 아비만큼 어처구니없는 것을!"

카드모스는 머리까지 흔들며 키로를 비웃었다.

"사실이에요. 맹세할 수 있어요."

키로는 두 주먹을 꽉 쥐었다. 머리까지 어질어질했지만, 이를 악물었다.

"거짓말, 거짓말, 거짓말, 거짓말……"

사방에서 키득키득 웃어 대는 소리가 계속 들렸다. 키로의 얼굴이 화끈거렸다.

"그래, 알겠다. 네가 없앴다 치자꾸나. 자, 그럼 계속해서 네 아버지 실종 사건을 해명해 보거라."

카드모스가 비아냥거리는 투로 말했다.

키로는 입안이 말랐다. 마른침을 꿀꺽 삼켰다. 목구멍으로 모래알이 넘어갔다.

"그날 밤, 아빠는 비슬라가, 아니면 다른 누군가가 별을 가져간 걸 알게 되었어요. 그래서 그놈들을 뒤쫓기 시작했어요. 잡으려고요. 막아야 했으니까요. 하지만 며칠이 지나도록 돌아오지 못했어요. 저는 아빠를 대신해 별을 지키기 시작했는데 놈들의 도둑질은 그치지 않았어요. 알고 보니 별들만 가져간 게 아니라 조각조각 잘라 버린 거였어요. 이것 좀 한번 보실래요?"

키로는 어젯밤 분화구에 남겨진 잘린 갈고리 하나를 배낭에서 꺼냈다. 회의장이 순식간에 쥐 죽은 듯 고요해졌다.

"저도 처음엔 비슬라의 짓이라고 생각했는데 아니었어요. 이걸 발견한 밤에는 저희 첨탑 위로 여러 개의 별들이 한꺼번에 떨어졌어요. 제가 지켜보고 있다가 쏜살같이 밖으로 뛰쳐나갔지만 별들은 흔적도 없이 사라지고 없었어요."

키로는 단숨에 말들을 쏟아 냈다.

"그럴싸한 이야기야. 좋은 이야기꾼임을 인정하마."

카드모스가 입술을 실룩거렸다.

"한데 네 이야기가 진짜라는 걸 증명해 줄 사람이 있니? 네가 혼자서 목격했다고 하면, 우리로서는 아버지를 걱정하는 마음으로 지어낸 것이라고 생각할 수밖에 없는데, 안 그렇겠냐?"

키로는 주먹을 불끈 쥐었다.

"아빠는 별들을 구하기 위해 홀로 나서신 거라고요. 왜냐하면 아빠가 처음 위원회까지 찾아와서 보고했을 때 귀담아듣지 않으셨으니까요."

"꼬마야, 네 아비란 작자가 신성한 위원회까지 와서 거짓 이야기와 온갖 음모론을 몇 번이나 떠들다 간 줄 아니?"

카드모스가 발끈했다.

"처음 몇 번은 우리도 네 아비의 의견을 진지하게 받아들이고 조사했다. 하지만 모든 게 그의 머릿속에서 나온 걸로 드러났다. 흥."

카드모스가 같잖다는 듯이 코웃음을 쳤다.

"네가 하는 짓을 보고 있자니, 반역자인 네 아버지와 똑같구나!"

키로의 뺨이 새빨갛게 달아올랐다. 지금껏 누구한테도 이런 모욕적인 비난을 들어 본 적이 없었다. 키로는 억울하고 답답했다. 하지만 또다시 고함을 지르지 않기 위해 혀를 꽉 깨물고 입술을 꾹 다물어야 했다.

"아무도 네 이야기의 진실성을 증명해 줄 수 없겠지. 당연히 거짓말일 테니까."

카드모스가 비아냥거렸다.

회의장에 모인 의원들이 "배신자!"라고 웅성거리는 소리가 또다시 귓가를 맴돌았다. 키로는 당장이라도 쓰러질 것처럼 어지러웠다. 자크리스가 키로의 어깨에 손을 얹었다. 키로는 화들짝 놀라며 정신을 차렸다.

"저는 티린을 믿습니다. 비록 그가 오늘 여기 모이신 의원님들의 인내심을 몇 차례 시험한 적 있지만, 이번엔 다릅니다. 이미 몇 몇의 스타셰퍼드도 이 아이가 말한 이상한 점을 발견했습니다. 저 역시 비슬라를 직접 보았는데 너무나도 생생합니다. 만일 이 순간에도 누군가가 별들을 고의로 잘라 내고 있다면, 지금이라도 위원회에서 티린을 도울 사람들을 보내 줘야 마땅합니다. 티린은 반역자가 아니라 영웅입니다."

"영웅이라니? 자크리스, 자네 제정신인가?"

카드모스가 단상 위에서 펄쩍 뛰었다.

"꼬마는 진실만을 말하거라. 네 아버지가 첨탑을 떠난 뒤로 별이 몇 개나 떨어져 죽었느냐?"

카드모스가 키로를 노려보았다. 키로는 잔뜩 독이 오른 카드모스의 눈을 보자 코브라의 눈이 떠올랐다. 이 질문이야말로 키로가 염려한 질문이었다. 블랙랜드를 건너오는 내내, 위원회에서 물어보지 않기를 바라고 또 바랐다. 하지만 거짓말은 키로에게 도움이 될 리 없었다. 카드모스는 먹잇감이 거의 다 잡힌 걸 알고 있는 포식자답게 키로를 당당하게 노려봤다. 키로는 카드모스가 이미 정답을 알고 있다는 생각이 들었다.

"열다섯 개요."

키로의 소리가 목구멍으로 움츠러들었다.

"제가 구할 수 없던 별은 모두 열다섯 개였어요. 스타 슈터가 고장 나서……."

키로는 대답을 마칠 수 없었다. 속이 메슥거리고 입안에서 모래알이 서걱거렸다.

"열다섯 개의 별을 영원히 잃어버렸다! 열다섯 개를?"

카드모스는 두 팔을 번쩍 쳐들었다 내리치며 의자로 돌아갔다. 홱 돌아서는 찰나, 청회색 제복 자락이 일으킨 바람에 키로의 몸이 잠시 휘청거렸다.

"스타셰퍼드로서 지키기로 맹세한 별들을, 무려 열다섯 개의 별들을 며칠 사이에 잃어버리다니. 이건 모두 네 무책임한 아비가 자리를 비운 탓이다."

"아니에요, 아빠 잘못이 아니라 제 잘못이었어요. 처음 몇 개는 제때에 스타 슈터를 수리하지 못해 놓쳐 버린 거였고, 어젯밤 한꺼번에 십여 개가 떨어졌을 땐 누군가 먼저 훔쳐 가 버렸다고요. 제가 분화구에 도착했을 땐 아무것도 없었단 말이에요."

"음, 매우 그럴듯하게 둘러대는구나. 하지만 너희 스타 슈터는 네 아비가 표준 사양 이상으로 변형시켜 놓은 게 아니더냐? 어때, 내 말이 맞으면 그렇다고 대답해라."

순간, 키로는 심장이 튀어나올 것 같았다.

"네, 위원장님."

키로는 간신히 대답을 했다.

"자자, 그럼 투표할 시간이 된 것 같으니……."

카드모스가 큰 소리로 말하며 의자 손잡이에 달린 버튼을 눌렀다. 의자가 눈 깜짝할 사이에 가장 높은 의원석까지 치솟아 올랐다.

"9구역, 자네들은 티린을 어떻게 생각하나?"

카드모스의 쩌렁쩌렁한 목소리가 위쪽에서부터 울려 퍼졌다. 키로는 고개를 젖히고 투표의 결과를 기다렸다.

투표용 막대기의 색깔이 하나둘씩 바뀌고 있었다. 그런데 미리 약속이라도 한 듯 전부 검은색이었다. 키로의 두 다리가 후들거렸다. 눈치를 챘는지, 자크리스도 키로의 어깨를 움켜쥔 손아귀에 힘을 줬다.

위원장 카드모스가 의원 한 사람 한 사람의 의견을 묻고 다니는 동안, 아래쪽에서는 위원회의 비서인 듯 보이는 사람 하나가 종종거리며 투표 결과를 받아 적고 있었다.

"8구역, 당신들 생각은?"

8층에 앉아 있는 사람들이 술렁거리더니 검은 막대들의 물결 속에서 흰색 투표용 막대기 두 개가 어른거렸다. 그 즉시 키로의 가슴속에서 꺼져 가던 희망의 불씨가 다시 타오르기 시작했다. 하지만 그것도 잠시뿐, 이어진 아래 두 개 층의 투표 결과에 불씨는 사그라들었다. 다섯 번째 층에서 또 하나의 흰색 막대기가 얼룩처럼 어른거렸지만, 나머지 네 층의 결과는 만장일치로 검은색이었다. 4층 모두 검정, 3층 모두 검정, 2층도 모두 검정, 마지막 1층 역시 모두 검정.

심지어 맨 아래 홀 구역에서 흰 막대기를 든 사람은 키로 옆을 지키고 있던 자크리스가 유일했다. 이제 단상과 함께 카드모스의 의자가 내려와 회의장 바닥에 닿기도 전에 어떤 판결이 내려질지 확실해졌다.

'유죄.'

키로는 속으로 웅얼거렸다. 억울하고 분했다.

카드모스는 단지 보여 주려는 의도만으로 비서에게 개표를 서둘러 마치도록 지시를 내렸다.

"오늘 위원회의 투표 결과에 따라, 위원장인 나 카드모스는 드렌의 스타셰퍼드 티린의 태업을 유죄로 판결한다."

카드모스는 공식 집계를 확인한 뒤 미소를 지으며 판결 선언을 했다.

"안 돼요. 이건 잘못된 거예요. 아빠는……."

키로가 울부짖었다.

"아빠는 어떻게든 별들을 구하려고 노력했을 뿐이라고요. 당신들이 우리 아빠를 뭘 알아요? 위원장이면 위원장답게……."

키로는 억울하고 분해서 미쳐 버릴 것 같았다. 그때 자크리스가 키로의 입을 막고 더 이상 경솔한 행동을 하지 못하도록 팔뚝을 움켜쥐었다.

"하하하, 꼬마 네가 티린의 결백을 증명하지 못한 건 아니고?"

카드모스가 또다시 조롱을 했다.

"두고 보세요. 제가 꼭 증거를 찾을 테니까요. 제 손으로 반드시 아빠의 누명을 벗길 거라고요. 제가 해낼 거예요."

키로는 자신의 입을 틀어막고 있는 자크리스의 손바닥에 대고 고래고래 소리를 질렀다. 그러면서 자신의 팔뚝을 꽉 붙잡고 있는 자크리스의 손을 떨쳐 내려 했으나 쉽지 않았다.

"흥, 그렇게 할 수 있으면 언제든 해 보거라. 어쨌거나 이 순간부터 네가 그리 해낼 수 있을 때까지 티린이 담당하던 구역은 공식적으로 인근 스타셰퍼드들이 나눠 관리하게 될 것이다."

카드모스가 콧방귀를 뀌며 말했다.

"그리고 네 아버지와 너, 두 사람은 오늘부터 별을 건드릴 수 없다는 점을 명심하고 그만 가 보도록."

키로는 카드모스가 입술까지 핥으며 약을 올리자 심장이 터져 버릴 것 같았다. 휘청거리며 문 쪽으로 걸어가는 동안에도 귓가를 울려 대는 스타셰퍼드들의 웅성거림이 따라오는 듯했다. 다행히 그 불쾌한 소음 속에서도 개 짖는 소리가 들렸다. '사이퍼!' 키로는 사이퍼라도 문을 박차고 들어와 자신을 대신해 카드모스를 공격해 주길 바랐다.

키로는 해 질 녘이 다 되어서야 배낭을 챙기고 사이퍼와 함께 위원회 첨탑에서 나왔다. 자크리스는 위원회가 좀 더 이성적으로 판단할 수 있도록 설득하겠다며 키로를 안심시켰다.

다행히 위원회가 곧바로 대체 근무자를 보내는 것은 아니었다. 우선 드렌 근처의 스타셰퍼드들이 돌아가며 첨탑을 지키는 것이 더 신중한 결정이라고 판단했기 때문이었다. 공식적인 스타셰퍼드 위원회의 승인 절차도 남아 있어서 그때까지 키로네 첨탑은 새로운 주인을 들이지 않을 거라고 했다.

자크리스가 추가로 귀띔해 준 바에 따르면, 최근 들어서는 스타셰퍼드 지원자가 그리 많지 않아 후임자를 임명하기까지 적어도 몇 달이 걸릴 거라고 했다.

그렇더라도 아빠가 구제될 수 있으리라 품었던 희망들이 다 달아난 셈이었다. 위원회는 키로가 별똥별을 쉽게 찾을 수 없도록 키로의 스타 고글마저 빼앗아 버렸다. 판결에 불복종할 경우까지 염두에 둔 것이다. 키로는 별을 다루는 것이 금지되었다는 사실이 실감 나지 않았다. 그저 당장 허전하고 허탈한 마음이 들이닥칠 일들에 대한 징조 같아서 두려웠다.

어스름이 내리고 어둑어둑한 밤이 되었다. 지칠 대로 지친 키로는 당장 근처에서 눈을 붙일 곳을 찾거나, 밤새도록 집으로 걸어 돌아가야 했다. 키로는 위원회가 아빠를 어떻게 대했는지 생각할수록 기가 막혀, 달루스에서는 잠시도 머물고 싶지 않았다.

하지만 한밤중에 스르르 움직이는 모래 덫과 무시무시한 생물체들이 어슬렁거리는 블랙랜드에 다시 발을 들여놓을 생각만으로도 등골이 오싹해졌다. 뾰족한 돌기와 거대한 집게를 가진 괴물의 습격이나, 모래 구덩이로 빨려 들어가 발버둥 치던 사이퍼의 모습이 떠오르며 저절로 온몸이 움츠러들었다.

위원회 첨탑이 있는 절벽 아래에는 항구 마을이 있었다. 일단 그곳으로 가면 집으로 돌아가는 더 좋은 방법을 알아낼 수 있을지도 몰랐다. 키로는 언젠가 아빠에게 바닷길이 블랙랜드를 통과하는 것보다 시간도 덜 걸리고 안전하다는 말을 들은 적 있었다. 물론 뱃삯은 비쌌다. 게다가 키로에게는 뱃삯을 흥정해 볼 여윳돈이 없었다.

키로는 사이퍼를 달래며 언덕을 내려와 사람들 눈을 피해 항구 마을로 들어섰다. 제일 먼저 눈에 띈 물웅덩이에서 사이퍼를 대충 씻기고, 흙먼지투성이가 된 자신의 손과 얼굴도 최대한 깨끗하게 닦았다. 여러 차례 씻어 내도 숯가루처럼 시커먼 모래가 여전히 묻어났지만 차가운 물 덕분에 조금은 개운해졌다. 낯선 마을에서 도움이라도 구하려면 좀도둑질이나 해 대는 길거리의 부랑아처럼 보이지 않는 게 중요했다.

항구 마을의 규모는 작았지만 위험하단 생각은 들지 않았다. 언덕 위 저택들부터 길거리 선술집과 상점, 부두에 이르기까지 곳곳에서 신선한 활기가 넘실거렸다. 다만 한 번씩 숨을 깊이 들이쉴 때마다 키로는 바다 쪽에서 밀려오는 소금기 섞인 바람 탓에 집 생각이 울컥울컥 났다. 작은 부두가 있는 드렌의 공기에서도 짭짤한 맛이 났기 때문이었다.

누가 누구인지 알 수 없는 여행객이거나 경계심 많은 마을 사람들이 더러 키로를 이상한 눈으로 쳐다봤지만, 대부분은 그러려니 하며 제 갈 길을 갔다. 키로는 이제 투명 인간이 된 것 같았다. 여기서 자신을 알아보는 사람은 없었다. 키로는 바로 이 점 덕분에 용기가 생기는 것 같다가도 서글퍼졌다. 마음속이 복잡했다. 이 마을 토박이 눈에 보이는 키로의 존재는 여기 사람이 아닌, 확실한 이방인이었고, 여전히 어른의 돌봄이 필요한 고아 소년에 불과할 터였다.

키로는 좀 더 용기를 내어 가게들 앞을 지나갔다. 문득 안드라 생각이 나서 가게 유리창 안을 들여다봤다. 황금빛 갈색으로 잘 구워진 초콜릿 크루아상의 달콤한 냄새가 코끝을 간지럽혔다. 드렌 빵집 페이스트리처럼 달콤한 냄새에 안드라의 따뜻한 손길과 기분 좋은 웃음소리가 떠올랐다.

키로는 안드라가 첨탑에서 별들을 지켜보려고 한밤중에 몰래 집을 빠져나왔는지 궁금했다. 그러다 보딘한테 잡혀 곤경에 빠진 건 아닌지 걱정되었다. 키로는 부디 자신뿐만 아니라 별들을 위해서라도 그런 일이 일어나지 않았기를 바랐다.

부두로 내려갈 때, 키로의 배에서는 쉴 새 없이 꼬르륵 소리가 났다. 배가 고프니 집과 첨탑이 더 그리웠다. 혹시라도 누군가를 잘만 꼬드기면, 드렌으로 가는 배 안에서 일할 기회를 줄 것도 같았다.

키로는 터벅터벅 걷다 길바닥에 버려진 빈 종이 상자를 발견하고, 기웃대는 갈매기들을 쫓아 낸 뒤 상자 위에 퍼질러 앉았다. 배낭을 끌러 자신이 먹을 육포와 사이퍼에게 줄 비스킷 몇 개를 꺼내고는 허겁지겁 배고픔을 때웠다.

입가를 닦으며 갈매기들이 하늘에서 부두 쪽 수면 위로 떼 지어 급강하하는 장관을 넋 놓고 지켜보던 그때, 한 무리의 선원들과 어려 보이는 남자애들이 허둥대며 부둣가를 가로질러 갔다. 또 다른 무리의 선원들도 근처 선술집 앞에서 어슬렁거리다 말고 부두에 정박해 있는 커다란 선박들을 향해 발걸음을 옮겼다. 그들은 서로를 밀치고 농담을 주고받으면서 걷고 있었다. 그 웃음소리가 허공을 가르며 날아와 키로의 마음을 스쳤다. 키로는 속이 쓰라렸다. 사이퍼 말고는 자신과 함께 웃어 줄 사람이 아무도 없다는 생각에 우울해졌다.

"드렌!"

항구 쪽에서 누군가 외쳤다. 키로는 재빨리 몸을 일으켰다.

"뭐 해? 얘들아, 서둘러야지!"

다른 선원들보다 앞서 걷던 한 선원이 선박 근처에서 냅다 소리를 질렀다.

"우리 때문에 드렌으로 가는 게 늦어지면 선장이 단단히 화를 낼 거야. 산포리아까지 계속 항해해야 하는데 여기서 꾸물거릴 시간이 없다고."

키로는 하마터면 손에 쥔 음식을 떨어뜨릴 뻔했지만, 곧장 선원들을 향해 달려가 외쳤다.

"뭐라고 하셨어요?"

하지만 선원 대부분은 들은 체 만 체했고, 단 한 명만 키로를 내려다보며 낄낄거렸다.

"알아서 어쩌려고?"

선원이 건들거리며 되물었다. 피부는 햇볕에 그을렸고, 코에는 둥근 링까지 끼고 있는 젊은 남자였다.

"혹시 배에 일손이 필요하지 않나요? 저는 잡일은 뭐든 다 할 수 있고, 바닥도 잘 닦을 수 있어요."

키로의 대답에 나머지 선원들이 키득키득 웃었다.

"미안하지만 꼬마야, 우리 배엔 이미 잡일을 해 줄 애송이 선원이 있단다. 그래도 승선을 원한다면 선장님께 돈을 내면 될 텐데."

키로는 실망하거나 포기하는 대신에 선원들의 마음을 바꿀 수 있을 만한 말을 궁리하며 쫓아갔다.

잠깐 사이에 뾰족한 수가 떠오르지는 않았지만, 선원들을 뒤따라가는 내내 드렌을 거쳐 산포리아로 간다는 배를 살펴보았다. 멋들어지게 생긴 배는 석탄으로 움직이는 큰 증기선인데 신기하게도 돛을 태엽 장치로 조절하고 있었다. 키로는 아빠가 보면 좋아하리라 믿어 의심치 않았다. 배는 계기판 위의 각각 다른 버튼을 눌러 밧줄, 도르래, 쇠사슬, 톱니바퀴 등을 포함한 온갖 것을 조종하도록 설계된 최첨단 시스템이 갖춰져 있었다. 덕분에 선원들이 일일이 수작업에 매달릴 필요가 없었다. 하지만 과학적인 장비들을 설치하는 데 큰돈이 들었을 테니 뱃삯도 만만치 않을 게 뻔했다.

키로는 배낭 안쪽에 손을 넣고 바닥에 깔린 작은 동전 두 개를 집으려다가 가슴이 철렁 내려앉는 걸 느꼈다. 아빠가 스타셰퍼드 위원회로부터 받은 급여는 이게 전부였다. 이제 별을 지키는 일까지 금지당했기 때문에 앞으로는 돈 생길 구멍마저 사라졌다. 키로는 마지막 남은 돈을 뱃삯으로 내서는 안 된다는 생각에 눈앞이 깜깜해졌다.

배 속이 부글거리기 시작하더니 방금 전에 먹은 형편없는 음식이 벌써 소화되었는지 목구멍으로 신물이 올라왔다. 집 안 창고에도 식료품이 조금밖에 남지 않았지만, 키로는 얼른 집으로 돌아가고 싶었다. 위원회가 첨탑을 잠가 놓으려고 벌써 사람을 보냈을까 봐 마음이 불안했다.

키로는 두려움을 떨쳐 버리고자 다시 마음을 굳게 먹었다. 아빠의 스타 카트 없이 블랙랜드를 가로지르는 위험을 감당할 자신도 없었고, 뱃삯을 낼 수 있는 형편도 아니었다. 하고 싶지 않았지만 잡히지 않고 배에 몰래 타는 수밖에 없었다.

키로는 사이퍼의 목줄을 잡아끌며 배 옆구리에 적혀 있는 목적지가 보이는 거리만큼 떨어져 부두를 서성였다. 이 배 저 배의 행선지를 유심히 살펴본들 좀 전에 말을 건넨 선원들이 일하는 배가 유일한 드렌행이었다. 그렇다면 이제 어떻게든 이 배에 실릴 화물 컨테이너 속으로 숨어들 방법을 찾아내야 했다.

사이퍼를 데리고 조금 전 육포와 비스킷을 먹었던 개울가 웅덩이 옆으로 돌아가 앉았다. 잠시도 배에서 눈을 떼지 않은 채, 어떤 선택을 해야 할지 고민하고 있었다. 그때 저 멀리 부두 아래쪽에서 생선 장수와 흥정하고 있는 키 큰 남자의 낯익은 모습이 보였다. 누구인지 알 것 같았다. 키로는 곧장 자리를 털고 일어섰다. 위원회 첩탑을 떠나기 직전, 남자는 키로를 어떻게든 돕고 싶다고 말했었다. 키로는 그 말을 믿고 싶었다.

키로가 근처까지 갔을 때, 남자는 은빛 물고기 두 마리를 매단 막대기를 어깨에 걸치고 생선 장수에게서 돌아서려는 찰나였다.

"키로, 왜 집에 안 갔니?"

자크리스가 깜짝 놀란 표정으로 물었다.

"저를 도와주고 싶다고 하신 말씀 기억하시죠?"

멋쩍어진 키로는 널빤지 사이에 낀 돌멩이를 발로 찼다. 그런 다음 희망에 들뜬 미소를 지어 보였다. 하지만 자크리스는 의심의 눈초리로 키로를 쳐다봤다.

"키로, 너랑 네 아버지가 징계를 받은 지 얼마 되지도 않았잖아. 하물며 내가 네 뱃삯을 대 준 걸 위원회가 알게 되면, 나까지 추궁하려 들 게다."

"아뇨, 그런 건 절대 아니니까 걱정 마세요. 저도 아저씨한테 제 뱃삯을 내주십사 부탁할 생각은 꿈에도 없어요. 그저 잠시 사람들 신경을 다른 데로 돌려 주시면 돼요. 혹시 그렇게 도와준 것마저 책임져야 하는 법 같은 게 있는 건 아니죠?"

키로의 질문에 자크리스의 눈이 휘둥그레졌다.

"어째서 그래야 하는데?"

키로는 자크리스의 비겁한 모습에 속이 뒤틀리는 것 같았지만, 억지로라도 자신감을 더 드러내기 위해 환하게 웃었다.

"몰래 저 배에 타려고요. 아무래도 다시 블랙랜드로 갈 수는 없어서요. 오는 길에 하마터면 제 강아지를 잃어버릴 뻔도 했고요."

자크리스는 키득키득 웃었다.

"키로, 너는 네 아버지와는 참 많이 다르구나."

그러더니 숨을 고르고 말했다.

"좋다, 그런 것까지 금지하는 규칙은 없으니. 나라도 그 정도는 도와줘야겠지."

"고마워요, 아저씨."

자크리스의 말에 키로는 일단 걱정을 좀 덜 수 있었다.

"그럼 조금 있다가 제가 사이퍼를 데리고 저기 저 배를 지나가는 척할 때……."

키로는 잠시 말을 끊고 드렌행 배를 손가락으로 가리켰다.

"자크리스 아저씨?"

"알았다."

"그런 다음엔 얼른 부둣가에 있는 컨테이너 뒤쪽에 몸을 숨길 거예요. 아저씨는 그동안 선원들의 주의를 딴 데로 돌려 주시면 돼요. 그사이 저희는 적당한 컨테이너를 골라 안으로 기어들어가 있을게요."

"좋다, 좋아. 정말 스릴 넘치겠다. 아무렴 위원회의 따분한 일보다는 훨씬 재미나겠구나."

자크리스가 윙크까지 하며 맞장구쳤다.

키로는 얼른 감사 인사를 하고 재빨리 배낭을 챙겨 들고 사이퍼를 바짝 뒤따라오게 했다. 하지만 막상 큰 배 근처까지 오자, 심장이 갈비뼈 밖으로 튀어나올 듯 펄떡거렸다. 머릿속에서는 오만 가지 질문이 맴돌았다.

'만약 잡히면, 뱃사람들은 무슨 짓을 할까? 부두에 있던 선원들이 내가 되돌아온 걸 눈치채지 않을까? 만에 하나라도 잘못된 컨테이너 속에 들어가 다른 배에 실리게 되면? 혹시 자크리스 아저씨가 사람들 신경을 딴 데로 돌리는 데 서투른 사람이라면? 설마 그럴 리야 없겠지만, 자크리스 아저씨가 고자질을 한다면?'

키로는 증기선 옆에 정박해 있는 돛이 두 개 달린 범선도 지나친 다음, 드렌행 배 쪽으로 발길을 돌렸다. 그러고는 잽싸게 대형 화물 컨테이너 뒤쪽으로 몸을 숨겼다. 부두에 정박한 선체 옆구리들과 나란한 부두 쪽에는 키로의 몸집만 한 기어를 이용해 화물용 컨테이너들을 실어 나르는 거대한 도르래와 철판들이 보였다. 키로는 사이퍼의 입을 막고 주변을 살폈다. 저 멀리 선원들 주위에서 어슬렁거리고 있는 자크리스가 보였다. 키로가 팔을 올리며 은밀한 신호를 보냈다.

이제 무사히 컨테이너 속으로 숨어들 수 있도록 시간을 벌어주겠다던 자크리스의 약속이 지켜지길 바라는 수밖에 없었다. 잠시 뒤, 자크리스의 길쭉한 그림자가 선원들 사이로 파고들었다.

"이봐, 너. 그래, 너 말이야. 네놈이 지난주 카드놀이에서 금화 백 개를 속여 먹었잖아."

자크리스가 버럭버럭 소리를 질렀다.

키로는 컨테이너 옆으로 슬쩍 고개를 내민 채 자크리스가 겁도 없이 애먼 선원의 가슴팍을 손가락으로 찌르는 모습을 지켜봤다.

"어이, 친구. 당신이 사람을 잘못 봤다고! 우리는 지난주에 셀레스틴호를 타고 펠리아나 근처에 있었거든."

순식간에 선원의 동료들이 방패막이를 하러 몰려들었다.

"아니, 턱도 없는 소리! 난 사람 얼굴을 절대 잊지 않아."

자크리스도 기세에 눌리지 않고 계속해서 삿대질을 해 댔다. 덕분에 모든 선원이 키로를 등지고 서 있게 되었다. 바로 지금이 키로에겐 절호의 기회였다. 키로는 최대한 소리가 나지 않게 컨테이너 문을 열고 사이퍼를 들여보냈다.

컨테이너 속은 밀짚 더미와 커다란 목재 몇 개, 널빤지들로 채

워져 있었다. 아무래도 드렌 시장 안에 있는 목공소로 운반될 물건 같았다. 키로는 컨테이너 안쪽으로 쏙 들어가 목재 사이 지푸라기 위에 자리를 잡고 컨테이너 문을 닫았다. 그 바람에 자동으로 걸리는 걸쇠 소리가 났지만, 다행히 다들 말다툼 구경을 하느라 눈치채지 못했다.

저 멀리 바깥에선 자크리스가 교란 작전을 갈무리하고 있었다.

"진심이야? 이 친구가 항구에 없었던 게 확실해?"

"마지막으로 말해 주겠는데 전부 사실이야. 자, 이제 우리도 일을 해야 하니까 저리 꺼져."

"쌍둥이 형이나 동생이 있는 건 아니고?"

자크리스가 다시 물었다.

"없어."

덩치 큰 선원이 자크리스의 어깨를 밀쳤다. 자크리스는 중얼거리며 그 자리를 떴다. 두 사람을 둘러싸고 있던 선원들도 제각기 흩어졌다. 키로는 컨테이너 틈새로 언덕으로 올라가는 자크리스의 뒷모습이 점점 작아지는 걸 지켜보았다. 이제 이대로 얌전히 기다리다 무사히 배에 실릴 일만 남았다. 마른 입술 밖으로 안도의 한숨이 새어 나왔다.

키로와 사이퍼는 컨테이너 안쪽에 쪼그려 앉았다. 증기선의 선창으로 옮겨질 때를 기다리는 동안 컨테이너 틈으로 바라본 하늘은 조금씩 어두워지고 있었다. 처음 한동안은 발각될까 두려웠지만, 얼마 되지 않아 둘은 꾸벅꾸벅 졸기 시작했다.

컨테이너가 흔들리면서 이리저리 쏠리기 시작하자 누가 먼저랄 것도 없이 잠에서 깨어났다. 그 바람에 키로는 혀를 깨물고 사이퍼에게 들러붙었다.

"장담하지만, 이것들은 날이 갈수록 무거워질 거야."

선원의 투덜거리는 목소리가 들려왔다.

"네가 약골이니까 그딴 소리를 하는 거야."

또 다른 선원이 그 말을 되받아치자 여럿이 깔깔거리는 웃음소리가 이어졌다.

컨테이너는 화물칸 바닥에 내쳐질 때까지 쉴 새 없이 이리저리 흔들렸다. 여기저기에서 고함치는 소리가 들리더니 누군가가 두

툼한 손으로 컨테이너를 두드렸다. 키로의 이빨까지 덜덜 떨리게 만들 만큼 진동이 느껴지는 큰 소리였다.

"그 짐이 마지막이니까 선장에게 가서 닻을 올릴 준비가 되었다고 말해."

근처에 있는 선원이 말했다.

곧이어 철판으로 된 층계를 뛰어 올라가는 발소리가 멀리서 들려왔다. 또 다른 선원은 짐들을 내려놓은 팔레트 주변을 두들기며 돌아다녔다. 발소리 하나하나가 키로의 신경을 긁어 댔다. 키로는 두 팔로 무릎을 감싸 안고 될 수 있는 한 꼼짝하지 않았다. 다행스럽게도 옆에 있는 사이퍼는 잠이 들었다. 덕분에 걱정거리 하나가 줄어들었다.

이제 키로가 할 일은 배가 드렌에 정박할 때까지 기다리는 것뿐이었다. 키로는 나머지 여정 동안 모든 것이 순조롭게 돌아가기를 바랐다. 그래야 배에서 빠져나와 첨탑으로 돌아갈 수 있을 터였다.

*

배가 출발하기 직전에 잠이 든 키로는 몇 시간 후에나 깨어났다. 키로는 뱃길이 블랙랜드로 이동하는 것보다 좋은 선택이었는지 불안해지기 시작했다. 키로는 배를 타 본 적이 없었다. 아빠가 위원회에 가 봐야 할 일이 있어 첨탑을 떠날 때 드렌에 있는 항구까지 따라가 본 게 전부였다.

배가 파도에 출렁이며 곤두박질치거나 좌우로 흔들리면, 키로는 배 속까지 울렁거렸다. 그래도 최대한 견딜 수 있을 때까지 버텨야 했다. 배가 거친 바닷길에서 요동치면 창자까지 목구멍으로 솟아오를 것처럼 속이 뒤집혔다. 이를 악물고 버텨 보려 한들 무리였다. 결국 키로는 컨테이너 한쪽 구석에서 구역질을 하다 사이퍼를 깨우고 말았다. 잠결에 놀란 사이퍼가 컹컹 짖기 시작했다.

"저게 뭔 소리야?"

선원의 목소리가 들려왔다.

키로는 얼어붙었다. 누군가가 선창의 짐칸까지 내려와 있으리라곤 생각조차 못 했다. 식은땀이 등줄기를 타고 흘러내렸다. 선원이 컨테이너 바로 옆을 스쳐 지나갈 때는 물통을 잡고 있을 엄두조차 내지 못하고 목구멍으로 거듭 올라오는 신물만 뱉어 냈다.

"거기 누구요?"

다시 외치는 소리가 들렸다.

"이곳에 밀항자가 있다면 당장 나오는 게 좋을 거요. 그럼 우리도 당신을 배 밖으로 던지지 않을 테니."

키로는 온몸이 후들후들 떨렸다. 부디 선원의 협박이 진심이 아니길 바랐다. 선원은 근처에 있는 컨테이너 하나를 열고 확인하는지, 쇠로 된 문고리가 삐걱거리는 소리가 났다.

'컨테이너들을 모두 들여다볼까?'

키로의 심장이 벌렁거렸다. 당장 항복하고 컨테이너 밖으로 나가야 할지, 발견되지 않길 바라며 이대로 숨어 있어야 할지, 판단이 서지 않았다. 하지만 시간을 끌수록 키로에겐 손해였다.

첫 번째 컨테이너에서 의심스러운 점을 발견하지 못한 선원이 슬그머니 키로가 숨어 있는 컨테이너 쪽으로 다가왔다. 그런 다음 키로가 어쩌지도 못하게 문을 활짝 열어젖혔다. 선원은 키로의 셔츠 깃을 한 손으로 움켜잡고, 다른 손으로는 사이퍼의 목덜미를 끌어당겼다.

"다들 여기 좀 봐. 누가 숨어 있었는지?"

목청껏 외쳐 대는 남자는 아침나절에 부두에서 마주친 선원 중 하나였다. 남자는 진작에 키로가 이럴 줄 알고 있었다는 듯 자신만만한 표정을 지었다.

"네놈을 기억하고말고. 오늘 아침에 공짜로 배를 타려던 개구쟁이 놈이잖아."

선원이 키로의 옷깃을 놓자, 대롱거리던 발바닥이 선창 바닥에 닿았다.

"너에게 알려 줄 소식이 있다, 꼬마야."

선원이 키로 쪽으로 고개를 수그리고 음흉하게 속삭이기 시작했다.

"우리 선장은 밀항자들을 좋아하지 않는단다. 우리 선원들도 마찬가지지만."

선원은 키로 옆으로 사이퍼를 떠밀더니, 둘을 한꺼번에 메인 갑판으로 올라가는 층계 쪽으로 질질 끌고 갔다.

"죄송해요, 그럴 의도는 없었어요."

키로의 사과에도 선원은 목젖이 보이도록 웃어 젖혔다.

"뭐야? 컨테이너 안으로 몰래 들어가 낮잠이나 자며 밀항을 하려던 게 네놈의 속셈이 아니었다고? 내 눈으로 똑똑히 봤는데, 변명을 해?"

두려움이 키로의 살갗을 뚫고 뼛속까지 파고들었다.

메인 갑판 위로 올라갔을 때, 배가 심하게 요동쳤다. 키로는 이리저리 비틀거렸지만 선원은 이 정도 파도는 같잖다는 듯 똑바로 서 있었다. 파도가 배를 삼킬 기세로 하얀 이빨을 드러내며 으르렁거리고 있었다. 눈에 보이지 않는 생명체로 가득한 바다는 한순간도 쉬지 않고 물거품을 뱉어 내며 몸부림을 쳤다. 그 바람에 저 멀리 수평선까지 기우뚱거리며 요동치고 있었다. 쉴 새 없이 키로의 배 속이 메슥거렸다.

신이 난 선원은 키로가 그러거나 말거나 등짝을 밀었다. 키로는 자신을 쏘아보며 눈살을 찌푸리는 선원들 앞을 지나 선체 한쪽 끝에 위치한 선실로 끌려갔다.

이윽고 둥근 창이 있는 철문을 활짝 열어젖힌 선원이 키로와 사이퍼를 안쪽으로 떠밀었다. 키로는 첫눈에 선장실일 거라고 생각했다. 가장 먼저 책상 여러 개가 눈에 띄었는데, 선실 안쪽은 처음 보는 신기한 지도들과 온갖 항해 기구들로 가득했다. 벽면에는 금빛으로 반짝이는 아기자기한 장식품들과 책들이 빼곡하게 꽂혀 있는 책장이 늘어서 있었다.

키로는 두툼한 책들 사이에서 스타 고글을 발견했다. 반가운 마음에 하마터면 손을 뻗어 만질 뻔했다. 그때 선실 중앙 책상에 앉아 있던 시커먼 곱슬머리의 중년 여자와 눈이 마주쳤다.

티린 나이쯤으로 보이는 여자는 험악한 표정으로 키로와 사이퍼를 번갈아 쳐다보았다. 키로는 마른침을 삼켰다. 속으로는 이 아줌마가 스타 고글처럼 희귀한 물건을 가지고 배 위에서 무얼 하는지 궁금했지만, 감히 물어볼 엄두조차 내지 못했다.

"설반 선장님, 갑판 아래 화물 선창에서 이 녀석이 숨어 있는 걸 발견했습니다. 아침나절에 드렌행에 대해 이것저것 물어 오던 녀석인데, 셀레스틴호를 공짜로 얻어 타려는 꿍꿍이가 있어 보였습죠."

여자 선장은 자리에서 일어나며 선원을 노려보았다.

"그만. 그만하고 가 보게, 설리."

선장의 명령이 떨어지자 선원은 키로를 남겨 두고 선장실 밖으로 나가 버렸다. 선장의 기세에 키로의 몸이 저절로 움츠러들었다. 사이퍼도 옆에서 낑낑거렸다.

선장은 책상 가장자리에 걸터앉았다. 키로와 눈높이가 비슷해졌다.

"그래, 내게 똑바로 말해 봐라. 무슨 생각으로 내 배에 숨어들 배짱을 부렸는지. 네 행동은 꽤나 경우 없는 짓이건만, 너희 마을 어른들은 그런 기본적인 것도 가르쳐 주지 않더냐?"

차렷 자세로 서 있던 키로의 손이 덜덜 떨렸다.

"그게 아니라, 죄, 죄송합니다. 드, 드렌에 있는 집으로 돌아갈 생각에 급, 급해서 그만."

키로는 입술까지 부르르 떨려 말을 더듬었다. 설반 선장은 답답한지 벌떡 일어났다.

"그래? 그런데 어째서 너 혼자 돌아다니는 거냐?"

선장의 목소리는 의외로 부드러웠다.

"저, 전 호, 혼자가 아니라 제 강아지 사이퍼와 하, 함께 다녔어요."

키로는 허리를 간신히 펴며 한숨을 길게 내뱉었다.

"음, 난 사람 동행자를 말한 것이다. 이를테면 네 부모님 같은."

설반 선장이 빙그레 웃으며 키로를 빤히 쳐다봤다. 멋쩍어진 키로는 흙투성이가 된 신발을 내려다보았다. 배가 다시 심하게 흔들려 속이 울렁거렸다.

"낯빛이 푸르죽죽한데, 너 배를 처음 타 봤구나."

선장이 책상 서랍을 열더니 조그맣고 딱딱한 사탕을 건넸다.

"먹으렴. 멀미에 도움이 될 게다. 배에 몰래 탄 것도 용서해 주기 힘든 판에 선실까지 엉망으로 만들게 놔둘 순 없지."

"고맙습니다."

키로는 사탕을 받아 냉큼 입안에 넣었다. 생강같이 톡 쏘는 향신료가 들어 있는 특이한 맛이었다.

"이리 와서 앉아라."

설반 선장이 등받이가 있는 의자를 가리켰다.

"자, 전부 털어놔 보렴."

키로는 무시무시한 선장의 기세에 눌려 시키는 대로 얌전히 따랐다. 하지만 사이퍼는 네 발바닥이 바닥에 닿자마자 선장을 향해 꼬리를 쳤다. 키로는 숨을 고르며, 이리저리 기우뚱거리는 사이퍼가 얌전해지기를 기다렸다.

설반 선장 역시 왈츠라도 추듯 설쳐 대는 사이퍼를 가만히 지켜보고 있었다. 어느 정도 잠잠해지자 선장이 미소를 지으며 머리를 쓰다듬어 주었다. 사이퍼도 선장의 손길이 마음에 들었는지 키로 곁으로 다가와 의자 밑에 몸을 웅크리고 앉았다.

"아빠는 스타셰퍼드예요. 우리 첨탑은 드렌 마을 근처에 있고요. 달루스에 급한 일이 있어서 갈 때는 블랙랜드를 통과했었는데, 차마 그 길로 다시 돌아올 엄두가 나지 않았어요."

키로는 이야기를 꺼내 놓기 시작했다. 설반 선장은 눈도 깜빡이지 않고 키로의 이야기에 집중했다.

"그러니까 네가 스타셰퍼드 회의에 참석했다는 거로구나. 늙은 바보들과 어리석은 애송이들이 득실득실한 곳에 말이다."

선장은 비웃고 있었다.

"그래, 그럼 지금 네 아버지는 어디에 계시니?"

키로는 속으로 발끈했지만 티 내지 않으려고 애썼다. 솔직히 위원회에 대한 선장의 평가는 틀리지 않았으니까.

"네, 제가 회의에 참석했어요. 아빠 대신이요. 아빠는 일주일 전에 실종되었거든요."

선장은 한쪽 눈썹을 치켜올렸다.

"그럼 너 혼자서 블랙랜드를 건넜다는 말이니?"

키로는 고개를 끄덕이며 몸을 덜덜 떨었다.

"너처럼 어린 친구가 그랬다니 놀랍구나. 믿기지 않을 정도로 어리석고 무모한 도전인데, 도대체 네 아버지한테 무슨 일이 있었니?"

키로는 대답을 하려다 잠시 머뭇거렸다. 선장을 믿어도 되는지 확신할 수 없었다. 그러면서도 아무것도 숨기지 말아야 한다는 생각이 들었다. 적어도 드렌에 도착할 때까지 선장의 신세를 지려면 그래야만 할 것 같았다.

"얼마 전부터 별들에게 이상한 일이 생겼어요. 아빠도 위원회에 보고했지만 그쪽에선 아무런 조치도 취하지 않았어요. 아빠는 누군가 별들을 훔쳐 간다고 믿고 범인을 찾아 나선 거예요. 하지만 위원회는 아빠가 첨탑을 비웠다며 스타셰퍼드 직위를 빼앗기로 결정했어요. 저랑 아빠가 다시는 별똥별을 만지지도 못하게 했어요."

설반 선장이 얼굴을 찡그렸다.

"첨탑을 지킬 사람도 없이 나온 거라고?"

"아뇨. 제가 없는 동안엔 친구가 지켜보고 있어요."

키로는 안드라가 제발 그러고 있으면 좋겠다고 생각했다.

"그렇다면 너까지 무책임하다고 탓할 수는 없구나. 그래, 넌 네 아버지와는 다르구나."

키로는 선장의 말에 화가 났지만 무릎 위에 올려놓은 주먹만 불끈 쥐었다.

"아빠는 무책임하지 않아요. 별을 구하기 위해 노력하고 있다고요."

결국 키로는 발끈했다.

"글쎄다. 네 아버지는 자신이 선서한 의무마저 소홀히 하고, 아무것도 모르는 네게 자신의 일까지 떠맡기고 떠났잖니?"

키로는 도대체 이분이 누구이기에 스타셰퍼드 일을 이렇게나 잘 알고 있는지 궁금했다. 물어보고 싶었지만 쓸데없는 문제가 생길 것 같은 께름칙한 느낌이 살짝 들었다.

"아빠는 혼자 떠날 수밖에 없었어요. 위원회가 도와주지 않으니 다른 선택의 여지가 없었던 거예요. 아빠는 가만히 앉아 별들이 죽어 가는 걸 손 놓고 지켜볼 사람이 아니라고요. 별들을 진짜 아꼈어요."

선장은 잠자코 듣고 있었다. 어느새 표정이 누그러져 있었다.

"넌 좋은 아들이구나. 용감하기도 하고. 그런 점들은 칭찬하마."

곧바로 선장이 다른 말을 꺼내려 하는데, 갑자기 갑판 쪽에서 끔찍한 소리가 들려왔다. 키로에게 익숙한, 태엽 장치에 뭔가가 걸렸을 때 기어가 끽끽거리는 소리였다.

설반 선장이 벌떡 일어나 갑판 쪽으로 성큼성큼 걸어갔다. 키로도 뒤따라갔다. 선원들은 이리저리 뛰어다니며 제멋대로 흔들리는 돛을 손보려고 허둥대고 있었다. 키로가 서 있는 자리에서도 돛대 높은 곳에서 꼬물꼬물 피어오르는 연기가 아주 선명하게 보였다.

"어떻게 된 거야?"

선장이 제일 가까운 데 있는 선원을 붙잡고 물었다.

"잘 모르겠습니다, 선장님. 뱃머리를 드렌 방향으로 바꾸려고 할 때 돛이 작동을 멈췄습니다."

"그럼, 고쳐 봐."

"어떻게 손봐야 하는지 도통 모르겠습니다. 저희 돛은 최신형이고, 십 년 동안 고장 없이 쓸 수 있다고 했는데 뭐가 뭔지……."

선원은 변명을 늘어놓고 있었다.

"잠깐만요."

키로가 설반 선장의 소매를 잡아당기며 말했다. 선장은 키로를 돌아보더니 인상을 썼다.

"지금은 바쁘다. 네 이야기는 이따 내 선실로 돌아가면 그때 들어 주마."

키로는 깊이 숨을 들이마셨다.

"선장님, 제가 돛대의 연결 장치를 고칠 수 있어요. 우리 아빠는 스타셰퍼드가 되기 전에 시계 제작자였거든요."

선장이 키로를 빤히 쳐다봤다.

"네가 어떻게 고쳐야 하는지 안다고?"

키로는 심장이 갈비뼈 밖으로 튀어나올 것 같았다. '제발 고칠수 있어야 되는데.'라는 간절한 마음이 불안을 재촉했다.

"네, 같은 방식으로 작동하는 기어를 본 적 있어요. 간단해요. 정말이지, 저 선원 아저씨 말대로 본래 몇 년 동안 별 탈 없이 사용할 수 있는 거예요."

"그렇다면 왜 작동을 안 하는 거지?"

키로는 눈을 가늘게 뜨고 돛을 올려다보았다.

"저 막대기 보이시죠? 저 안에 새가 둥지를 튼 것 같아요. 둥지가 작은 기계 부품들을 엉망으로 만들어 톱니바퀴가 제자리에서 벗어났을 거예요."

키로는 자신의 말이 맞기를 바랐다. 선원들이 모두 곱지 않은 눈으로 키로를 지켜보고 있었으니까. 잠시 뒤, 키로는 갑판 위를 샅샅이 살피기 시작했다.

"여기 보세요."

드디어 뭔가를 찾아낸 키로가 소리쳤다. 손에는 배 한쪽 구석으로 떨어진 반짝이는 놋쇠 조각이 들려 있었다. 설반 선장이 고개를 갸웃거리며 그것을 내려다봤다.

"좋다. 네가 배를 고쳐 주면, 네 뱃삯은 해결해 주마. 계속해서 고쳐 봐라."

키로는 돛대를 타고 둥지까지 올라가는 데 사용할 안전띠를 건네받자 온몸이 뻣뻣하게 긴장되었다. 하지만 집에서 챙겨 온 작은 공구 상자를 배낭에서 꺼내 어깨에 메고 돛대 아래쪽을 끌어안왔다.

'아래를 보지 마, 아래를 보지 마.'

잠시 숨을 멈추고 제 자신에게 최면을 걸었다. 이윽고 선원 하나가 키로의 엉덩이를 떠받쳐 주었다. 그래도 두 다리는 계속 후들거렸다.

'아래를 보지 마, 아래를 보지 마.'

키로는 혼잣말을 반복했다. 위쪽으로 올라갈수록 돛대가 휘청거리며 어지러웠다. 생강 사탕을 준 선장이 고마웠다.

연기가 피어오르는 지점에 다다랐을 때, 키로는 빈 둥지를 청소하는 일부터 시작했다. 그런 다음 부품의 연결 부분 디자인을 살펴보고, 조금 안심이 되었다. 이 정도는 아빠의 스타 카트 장치에 비하면 단순한 편이었다. 적당한 도구를 꺼내 솜씨 좋게 매만져 주면 금세 고칠 수 있을 것 같았다.

키로는 제일 먼저 헐겁게 풀려 버린 부품들을 제 위치에 딱 맞게 조여 주었다. 갑판에 떨어져 있던 놋쇠 조각도 제 위치에 밀어넣었다. 나머지 볼트와 나사 몇 개도 좀 더 단단하게 조여 주는 것으로 돛대 수리를 깔끔하게 마무리했다.

마침내 태엽 장치가 정상적으로 재깍거리기 시작했다. 키로는 손이 새카매졌지만 안심이 되었다.

"다 됐어요. 내려갈게요!"

키로가 있는 힘껏 소리를 질렀다.

돛대 위에서 내려갈 일이 꼭대기만 쳐다보며 올라갈 때보다 훨씬 아찔했지만, 키로는 끌어안은 돛대에서 미끄러지듯 주르륵 내려왔다. 사실은 어찌나 무섭던지 두 발이 갑판 바닥에 닿을 때까지 눈 한번 제대로 뜨지 못했다.

"일등 항해사, 뱃머리를 돌려 보도록!"

선장이 명령하자 조타실의 선원 하나가 돛을 원격 조종하는 버튼을 눌렀다. 태엽 장치에서 나는 찰칵찰칵 소리와 함께 돛대가 서서히 드렌 방향으로 회전하기 시작했다.

갑판 위 선원들이 환호성을 질렀다. 선장도 키로를 향해 눈을 찡긋했다. 감사의 뜻이었다.

"멋지구나, 키로. 그래도 이건 분명히 해 두자."

"네?"

"나는 원칙적으로 스타셰퍼드를 싫어하는 사람이다. 멍청한 위원회 놈들도, 한심한 네 아버지도 마찬가지다."

선장은 자신의 손가락 마디마디를 뚝뚝 꺾었다. 그 소리에 키로는 슬쩍 겁이 났다.

"하지만 넌 마음에 든다. 아무튼 드렌에 도착할 때까지 이 배에 있을 자격을 주마. 너도 고생할 만큼 했고, 우리 배도 절반쯤은 왔으니까 이제 쉬어라. 아 참, 그런데 이름이?"

뜻밖에도 나긋해진 선장의 태도에 키로의 눈이 휘둥그레졌다.

"제 이름은 키로예요."

"그래, 드렌의 키로."

설반 선장이 가죽 장갑 낀 손을 내밀었다.

"셀레스틴호 탑승을 환영한다."

키로는 자신의 손에 묻은 기름때가 싫지 않았다.

선장은 일등 항해사 설리에게 키로를 소개했다. 설리는 화물칸에서 키로를 처음 발견했던 바로 그 선원이었다.

"잘했다, 꼬마야."

설리가 키로의 손을 잡고 흔들며 새카만 이빨 몇 개를 드러내고 미소 지었다.

"자, 앞으로 두 시간쯤 뒤 동트기 직전에나 드렌에 도착할 것이다. 그때까지 키로, 넌 내게 무엇이 별들을 괴롭히고 있다는 건지 좀 더 알려 주렴."

"네, 선장님."

"아니, 아니, 난 설반으로 불리는 게 더 좋다."

키로는 이제 좋든 싫든, 설반 선장을 믿고 비밀들을 털어놓아야 했다. 썩 내키지는 않았지만 어찌 보면 나름대로 정당한 거래 같았다. 키로는 자신을 셀레스틴호에 남게 해 준 선장이 마음을 바꾸면 어찌 될지 따위는 생각조차 하고 싶지 않았다.

설반 선장은 별들이 수평선 너머까지 깜박이는 걸 내다볼 수 있는 배의 난간으로 키로를 데려갔다. 배는 좌우로 마구 흔들렸고, 배 아래쪽 수면 위로는 짙푸른 파도가 휘몰아치고 있었다. 선장과 키로가 난간에 기대어 성난 바다를 지켜보는 동안, 사이퍼는 갑판으로 날아드는 갈매기를 쫓아다니며 컹컹 짖어 댔다.

"자, 말해 봐라. 뭐가 그리 급하다고 네 아버지는 첨탑까지 버려 두고 떠나야 했는지. 무슨 근거로 누군가 별들을 가져간다고 생각하는 건지. 내게 전부 말해 봐라."

선장은 키로가 입을 열기를 기다리며 흘끗흘끗 하늘을 올려다보았다. 키로의 눈엔 선장도 긴장하고 있는 것처럼 보였다.

"어느 날 밤, 아빠와 저는 별을 담아 둔 삼베 케이스가 잘려 있는 걸 발견했어요. 보통 갈고리가 떨어지면 삐쭉삐쭉 찢긴 천 조각이 남아 있기 마련인데 이상했어요."

그날의 기억이 떠오르자 키로의 마음 한구석이 서늘해졌다.

"누군가가 칼로 매끈하게 자른 것 같았어요."

이 말에는 설반 선장의 이마 주름까지 깊어졌다.

"흠, 살아 있는 사람이 별에 도달할 수는 없잖니. 내가 알기로는 스타세퍼드들이 별들을 스타 슈터로 보내는 방법 말고 다른 방법이 없는데. 음, 설령 사람이 직접 하늘에 걸어 둔 별에 손을 댔다 쳐도 다시 지상으로 내려오는 건 사형 선고나 다름없으니……."

선장은 고개를 갸우뚱거렸다.

"바로 그래서예요. 아빠는 즉시 위원회에 보고했지만 그들은 대수롭지 않게 여겼대요. 아빠는 허탕을 치고 집에 돌아왔어요. 이미 다른 스타셰퍼드가 비슬라라고 불리는 다크셰도우를 봤다고 보고했는데도, 위원회는 무시했대요."

"뭐라고?"

선장이 허리를 곧추세우고 키로를 빤히 쳐다봤다.

"다크셰도우요. 그리고……."

"그래그래, 나도 비슬라가 뭔지 안다. 네 말은 그러니까 실제로 목격자가 있었다는 거잖니? 아, 이럴 수가. 그들이 돌아오고 있다니……."

선장의 얼굴이 근심으로 어두워졌다.

"저도 직접 봤는걸요."

키로가 속삭이듯 대답하자 선장이 한 발짝 더 다가섰다.

"뭐? 어떤 놈들이었는데?"

선장은 키로의 말을 믿는 눈치가 아니었다. 키로는 침을 꿀꺽 삼켰다. 키로의 눈에는 배의 옆구리를 사정없이 때리는 파도마저 그놈들처럼 보였다.

"놈들은요, 얼음 지옥에서 꽁꽁 얼려 둔 사악한 기운을 내뿜는 것처럼 차가웠어요. 얼마 전에 제가 하늘에서 떨어진 별을 구하러 갔을 때, 놈들 중 하나가 먼저 나타나 꺼져 가던 별의 생명을 앗아 가 버렸어요."

설반 선장이 난간에 팔꿈치를 받치고 기대섰다.

"그런데도 위원회 멍청이들이 무시했다고?"

키로가 힐끗 본 선장의 표정은 심하게 일그러져 있었다.

"멍청한 것들. 스타셰퍼드 의원이라는 놈들이 자신들이 틀렸다는 걸 알게 될 땐 이미 늦어 버려 아무것도 못 할 텐데. 바른 소리에 귀를 막고 있다니, 무책임한 놈들……."

선장은 혼잣말을 하고 있었다.

"그게 다가 아니에요."

키로는 계속해서 이야기를 이어 나갔다.

"아빠는 단 하룻밤 사이에 두 개의 별 무리가 떨어진 걸 확인하고 떠나셨던 거예요. 첫 번째 것은 저희도 쫓아가지 못했어요. 멀리 있는 라다막 산맥에 떨어져서 어쩔 수 없었거든요. 두 번째 것은 바로 우리 숲으로 떨어졌어요. 아빠와 함께 서둘러 그곳에 도착했지만 빈 분화구들에서는 연기만 피어오르고 있었어요. 누군가가 별들을 모조리 훔치고 있는 거예요. 우리는 별 하나도 구할 수 없었어요."

그때가 떠오르자 키로는 눈시울이 화끈거렸다.

"이대로 위원회에도 말했겠지?"

설반 선장도 한숨을 내쉬었다.

"물론이죠. 아빠가 자리를 비우게 된 이유를 알려야 했으니까요."

하지만 키로는 아빠가 위원회에서 몇 번이나 거짓말쟁이 양치기 소년 취급을 당했던 것과 위원회에서도 그런 이유로 아빠와 키로의 주장을 더 이상 진지하게 받아들이지 않은 사실은 빼놓고 말하기로 마음먹었다.

"위원회에서는 아직 어떤 대책도 내놓지 않았지?"

"하긴 했어요. 회의를 열고 저와 아빠가 별에 손대는 걸 금지시켰거든요."

키로는 간신히 대답을 했다. 목구멍으로 신물이 계속 올라와 속이 뒤집힐 것 같았다.

"나이만 처먹었지 더 멍청해졌군."

선장의 말에 키로는 회의 때의 장면이 떠올라서 속이 더 쓰라렸다.

"그런데 선장님은 어떻게 위원회와 스타셰퍼드에 대해 많이 아시는 거예요? 제가 만나 본 사람들 중에는 비슬라가 뭔지 아는 사람이 없었는데……."

키로는 얼른 설반 선장의 눈치를 살폈다. 선장의 눈에서 반짝

빛이 났다.

"아무래도 내 이야기를 들려줄 때가 된 것 같구나."

선장은 키로가 지금껏 단 한 번도 들어 본 적 없는 이야기를 꺼냈다. 키로는 아빠도 이런 것까지 알고 있지 않을 것 같았다. 잠시 뒤 키로는 난간에 기대 졸고 있는 사이퍼를 내려다보는 척하며 선장을 슬쩍 보았다. 아무리 봐도 겉보기엔 평범한 여자 선장처럼 보였다. 그런 사람이 별에 대한 엄청난 지식을 갖고 있다는 게 너무나도 신기했다. 선장의 지식은 한 개인이 취미로 알아낼 수 있는 수준이 아니었다. 지금까지 스스럼없이 드러내고 있는 것보다 훨씬 더 놀라운 우주의 비밀까지 알고 있는 게 분명했다. 키로는 아빠도 설반 선장을 직접 만나면 좋겠다고 생각했다.

"선장님은 어떻게 이 모든 이야기를 알고 있어요?"

키로가 선장을 떠봤다. 호기심을 억누르려 했지만 감추고 있을 수는 없었다.

"선장님도 한때는 스타셰퍼드였나요?"

설반 선장이 빙그레 웃었다.

"정확히 따지면 그렇지는 않단다. 하지만 오랜 혈통을 지닌 스타셰퍼드 가문 출신이니까 내 핏속에도 그 피가 흐른다고 할 수 있겠지. 지금 너에게 들려준 이 이야기들도 대대로 전해 내려온 거니까. 피는 못 속이겠지?"

키로는 엄마 생각이 나서 얼굴을 찡그렸다.

"그럼 왜 위원회에 반감을 가지고 계신 거죠?"

당돌한 키로의 질문에 웃고 있던 선장의 얼굴이 굳어졌다.

"모든 스타셰퍼드가 위원회를 좋아하는 건 아니란다. 네 눈으로 직접 봤듯이 위원회 쪽에서도 스타셰퍼드의 모든 구성원을 지지해 주지도 않잖니. 우리 가족은 말하자면, 오래전에 그들과 사이가 틀어졌다고 할 수 있지."

선장의 말투는 담담했다. 잠시 뒤 선장은 허리를 다시 곧게 펴고 똑바로 섰다.

"키로, 일곱 장로의 후손들에 대한 이야기를 들어 본 적 있니?"

설반 선장이 눈빛을 초롱초롱 빛내며 키로를 쳐다봤다.

"아뇨, 없는데요."

키로는 고개를 저었다.

"자, 들어 봐라. 그 옛날 장로들이 자신들의 심장을 하늘로 올려 보냈지만, 그들의 명성은 기껏해야 몇백 년 동안 지속되었단다. 어느새 사람들은 안전에 무감각해지고, 위험한 다크셰도우의 존재를 싹 잊어버렸지. 그렇게 세월이 흐르자 이 우주에 여전히 어둠의 세력이 존재한다는 걸 믿는 사람들은 비웃음을 샀단다. 일곱 장로의 전설마저도 잠자리에서 들려주는 이야깃거리나 캠프파이어의 잡담으로 밀려나 버렸지."

선장이 한숨을 내쉬었다.

"하지만 일곱 장로의 후손들은 세상의 믿음이 부족한 상황에서도 물려받은 지혜의 불꽃을 전달하려고 최선을 다했단다. 물론 그들이 아무리 노력한들 일부 자녀들도 믿지 않게 되자 그마저도 소용이 없어졌다만. 이를 계기로 제대로 된 후손들은 별에 대한 지식이 사라지게 내버려 둘 수 없다며 조치를 취하기로 했단다. 그 조치란 결국 자신들의 심장 일부를 떼어 별에 갖다 붙이고 생명을 연장하는 거였는데, 쯧쯧."

선장이 다시 한숨을 내쉬자, 키로도 덩달아 한숨을 쉬었다.

"그 별들이 하늘에 매달려 있는 한 후손들이 멀쩡히 살아갈 수 있으리라 생각하셨을 텐데……."

키로의 입이 쩍 벌어졌다.

"그 별들은 지금쯤 다 떨어졌겠죠, 그렇죠?"

키로의 또 다른 질문에 선장은 어깨를 으쓱해 보였다.

"그럴지도 모르지. 하지만 누가 알겠니? 하늘엔 무수히 많은 별이 있는데. 아무튼 말이다, 결국 그분들은 별의 비밀이 대대손손 전해지길 바라는 마음으로 스타셰퍼드 위원회를 만들고, 별을 지키는 것을 제1 원칙으로 세웠단다."

키로는 머리를 긁적거렸다.

"그렇지만 지금까지 일어난 사건들은……."

"육지다!"

바로 그때, 갑판 위 저편에서 선원이 외쳤다.

키로는 난간에 기댄 몸을 세웠다. 별빛에도 흐릿하게 모습을 드러낸 드렌 마을이 점점 가까워지고 있었다. 그런데 어딘지 모르게 항구가 이상해 보였다.

반대쪽 뱃머리로 달려간 키로는 마을을 좀 더 가까이 살펴보려고 난간 너머로 몸까지 내밀었다. 물보라가 턱밑까지 튀어 올랐지만 신경 쓰지 않았다.

"뭐야?"

설반 선장이 느긋하게 다가오고 있었다. 사이퍼는 키로 곁에서 낑낑거렸다.

키로는 눈을 가늘게 떴다. 분명 무엇인가가 항구 쪽을 제대로 볼 수 없게 막고 있었는데, 뭔지 알 수 없었다.

"불이 났어요. 항구에서 연기가 올라오고 있어요."

정체를 알아본 키로가 소리쳤다.

"설리! 당장 엔진을 작동시켜!"

선장도 갑판 위에 우뚝 서서 명령을 내렸다. 몇 차례 걱정스러운 표정이 얼굴에 스쳤지만, 선장의 명령에는 조금의 머뭇거림도 없었다.

셀레스틴호가 더 빠른 속도로 물살을 가르며 움직이기 시작했다. 키로는 심장이 얼어붙는 것 같았다. 자신이 걱정하는 끔찍한 일이 아니길 바라며 희망의 끈을 놓지는 않았지만, 불안함을 아예 물리칠 수는 없었다.

마침내 셀레스틴호는 언덕길을 따라 시장 광장으로 이어지는 항구가 한눈에 보이는 지점에 도달했다. 역시나 드렌 마을 전체가 불타고 있었다.

키로는 눈앞의 광경에 꼼짝 못 하고 난간에 얼어붙은 채 서 있었다. 목구멍이 꽉 막혀 울부짖을 수도 없었다. 마을 중심가 여기저기에서 노랗고 붉은 불길이 치솟으며 봉홧불처럼 타올랐다. 먹구름이 스멀스멀 움직이듯이 시커먼 연기가 부두 쪽으로 밀려들었다.

설반 선장이 "여기 이걸 써!" 하고 외치는 소리에, 키로는 심장이 떨어질 만큼 깜짝 놀랐다. 선장은 커다란 두건을 건네주고 자신도 다른 두건으로 코 주변을 감쌌다.

"저 연기를 들이마시고 싶지 않겠지?"

선장은 고개를 홱 돌려 선원들에게도 명령을 내렸다.

"빨리 구명용 배를 띄우도록. 이미 이곳에는 정박할 수 없게 됐다. 우리 배가 화염에 휩싸일 수 있어."

"그럼 저는……."

키로가 말끝을 흐렸다.

"걱정 마라. 너를 집에 데려다주고 우리가 뭘 도울 수 있을지 알아볼 테니."

설반 선장이 키로의 어깨에 손을 얹고 손아귀에 힘을 쥐었다. 선장은 키로를 배 옆구리 쪽으로 밀었고, 사이퍼도 키로 다음으로 노가 달린 구명용 배에 기어오를 수 있게 도왔다. 다른 선원 둘도 보급품과 양동이를 가지고 구명용 배에 올라타더니, 노를 집어 들었다. 증기선 셀레스틴호와 달리, 노 젓는 구명용 배는 속도를 높여 주는 태엽 장치가 장착되어 있지 않았다. 그러나 노련한 선원들은 설반 선장이 일등 항해사 설리에게 구명용 배를 물 위로 내리라는 명령을 내리기도 전에 셀레스틴호부터 최대한 해안 가까이로 몰고 갔다.

구명용 배가 내려가다 말고 갑자기 멈추거나 한쪽으로 기울어질 때마다 키로는 속이 울렁거렸다. 옆에서는 겁먹은 사이퍼까지 낑낑거렸다. 키로는 두 팔로 사이퍼를 감싸 안고 얼굴을 털 속으로 파묻었다.

구명용 배의 밑창이 수면에 닿자 선원들이 부지런히 노를 젓기 시작했다. 구명용 배는 노 젓는 속도에 맞춰 일렁이는 파도와 자욱한 연기 속으로 미끄러지듯 나아갔다. 갈수록 짙어지는 매캐한 연기에 눈이 따끔거려 눈물이 주룩주룩 흘렀다. 키로는 설반 선장이 코와 입을 틀어막을 두건을 재빨리 생각해 내고 건네준 게 고마웠다. 그마저 없었다면 화재 현장으로 가는 이 뱃길이 백배쯤 더 끔찍했을 것 같았다.

눈앞이 잘 보이지 않았지만 선원들은 항로를 잘 알고 있었다. 노 젓는 구명용 배는 키로의 예상보다 더 빨리 부두에 닿았다. 선원들이 로프로 배를 묶어 두는 사이, 선장은 키로가 배에서 내리는 걸 도왔다. 키로는 사이퍼를 제일 가까운 접안 시설 위쪽에다 올려놓았다.

"가까이 붙어 있어."

키로가 사이퍼에게 속삭였다.

불은 시장을 중심으로 번지고 있었다. 마을 사람들은 건물에서 건물로 번지는 불길을 잡으려고 이리저리 뛰어다니고 있었다.

'안드라.'

키로가 부두에 첫발을 내딛자마자 시장 쪽으로 달려가려고 하는데 선장이 뒷덜미를 잡아당겼다.

"양동이 없이 어딜 가려는 거야? 발만 동동 구른다고 저절로 불이 꺼지겠어?"

선장이 양동이를 내밀며 윽박질렀다.

"여기에 바닷물을 채워."

그새 다른 선원들은 양동이를 바다에 담갔다가 들어 올리고 있었다. 키로도 서둘러 무리에 합류했다. 선원들이 시장 쪽으로 우르르 달려가면, 키로도 양동이를 들고 뒤따라갔다. 사방이 뜨거운 열기와 시커먼 연기에 뒤덮여 있어서 혼란스러웠다. 어디가 어딘지 제대로 분간할 수도 없었다. 설반 선장이 다시 한번 방향을 알려 주지 않았다면 키로는 항구에서 길을 잃고 뺑뺑 돌기만 할 뻔했다.

"저기 저 건물 보이지?"

설반 선장이 정육점을 가리켰다.

"우선 저곳부터 진압하자. 지붕으로 불이 막 옮겨붙었으니, 모두 불길부터 잡도록 서둘러."

호스에 연결한 바닷물을 새빨간 혓바닥을 날름대는 불길에 대고 뿌렸다. 광장 반대편에서 '쉬익' 하고 꺼져 드는 소리가 들렸다. 키로는 선원들과 함께 순식간에 건물에서 건물로 옮겨붙은 불을 끄기 위해 최대한 여러 차례 부두를 오갔다.

마침내 불씨들이 탁탁 튀어 오르며 연기에 휘감긴 호스 끝에서 최후를 맞이했다. 첫새벽을 여는 햇살도 푸른 커튼을 하늘에 드리우고 밤새 가물거리던 별빛을 가렸다. 키로는 여러 차례 동트는 새벽을 봐 왔지만, 지금은 느낌부터 완전히 달랐다. 다시 밤이 찾아오면 저 가련한 별들이 몇 개나 남아 있을지 알 수 없는 참담한 기분이 들었다.

부두에 정박해 있던 셀레스틴호가 다시 '웅웅' 소리를 내며 선원들의 시선을 끌었다. 하지만 부둣가로 모여든 마을 사람들은 키로에게 곱지 않은 눈길을 보냈다. 키로가 선장을 찾고 있던 바로 그때, 어디선가 갑자기 나타난 사람이 키로의 팔뚝을 잡아끌었다. 키로로서는 피할 틈도 없었다.

얼굴이 빨갛게 달아오른 보딘이었다. 보딘은 키로의 목덜미를 잡아끌었다. 사이퍼가 짖어 대며 키로의 바지를 잡아당겼지만, 보딘의 눈에 사이퍼는 보이지도 않는 것 같았다.

"네놈이!"

보딘이 씩씩거렸다.

"이게 다 네놈 탓이야! 네놈이 저지른 짓이라고! 너와 네 아비가 배반한 결과를 잘 보라고! 상점 네 곳이 타 버리고 재로 변했으니 이제 어쩔 거야? 이 모든 게 네놈들 탓이 아니면 뭐겠어?"

보딘이 키로를 흔들어 대자 겁에 질린 키로의 입이 벌어졌다.

"어디 입이 있다면 그게 아니라고 나불대 보지 그래?"

"놓아줘요!"

다급한 여자애의 목소리가 들렸다. 하지만 키로는 안드라가 보딘을 밀치고 앞으로 나설 때까지 그 목소리의 정체를 알아채지 못했다.

"그 애는 여기 있지도 않았어요. 이 화재와는 아무런 관련도 없다고요."

"물러나라, 안드라."

보딘이 딸의 접근을 막으며 으르렁거렸다.

"내 말 안 들으면 이제부터 외출 금지다. 아빠는 네가 이 멍청한 녀석한테 푹 빠져 지내는 걸 봐줄 만큼 봐줬다."

마을 사람들이 놀란 얼굴로 보딘과 안드라를 쳐다봤다. 안드라의 얼굴은 홍당무보다 더 빨개져 있었다.

"그게 무슨 말씀이세요. 아빠가 생각하는 그런 일은 없었어요. 당장 그 애한테서 손을 떼지 않으면 저도 아빠하고 다시는 말을 섞지 않을 거예요!"

안드라가 팔짝팔짝 뛰었다.

"아저씨, 맹세코 화재는 저와 아무 상관이 없어요. 저는 배 안에 있었거든요. 배가 여기에 도착하자마자 어떻게든 마을을 도우려고 했을 뿐……."

키로도 용기를 내어 말했지만 보딘은 또다시 키로의 몸을 세게 흔들었다.

"듣기 싫다. 그깟 거짓말로 날 속이려 들어? 이 모든 일이 너와 네 아버지 머릿속에서 나온 걸 모를 줄 알고?"

그 순간 설반 선장이 나타나 보딘의 팔뚝에 손을 얹었다. 아무도 예상 못 한 깜짝 놀랄 행동이었다.

"보딘, 오랜만이야. 안 그래?"

설반 선장이 나직하게 말했다.

"지금 그 아이를 내려놓지 그래? 내가 저 아이 말이 사실인 걸 증명해 줄 수 있거든. 저 애는 밤새 나와 함께 있었고, 마을에 불이 난 걸 목격했을 때에도 내 배에서 함께 있었으니까. 당신이 저 애가 무슨 짓을 했다고 생각하든, 실제 그 애가 한 짓은 아니잖아?"

순식간에 보딘의 표정이 분노에서 충격으로 바뀌었다. 하지만 키로가 보기에 가장 놀라운 점은 선장의 말을 고분고분 받아들이는 보딘의 태도였다.

선장이 씩 웃으며 턱으로 보딘의 손을 가리키자, 보딘은 꽉 움켜잡고 있던 키로의 옷깃을 놓아주었다. 다시 키로의 발이 땅에 닿았다. 뒤늦게 사이퍼가 보딘을 향해 으르렁거렸다.

"사이퍼, 안 돼."

키로는 사이퍼의 목덜미를 쓰다듬었다.

"키로!"

무리를 헤치고 나온 안드라가 키로를 끌어안았다. 키로도 얼떨결에 안드라를 끌어안았다. 설반 선장도 그 둘을 바라보며 어깨를 으쓱했다.

"서, 설반?"

보딘이 입을 열었다.

"정말 설반, 당신이야?"

"보시다시피. 난 당신이 어린애를 괴롭히는 모습을 보게 될 줄은 꿈에도 몰랐어."

설반 선장이 허리에 두 손을 얹고 빤히 쳐다보자, 보딘이 한 걸음 물러섰다. 그러자 보딘 뒤쪽으로 몰려든 사람들이 웅성거리기 시작했다. 마을 사람들은 화재를 낸 녀석을 보딘이 놓아줬다며 투덜거리고 있었다. 보딘은 성난 마을 사람들의 눈치를 봤다.

"그럴 만한 상황이었다고. 이 애와 이 애 아비란 작자가 드렌에 온 뒤로 마을에 피해만 줬으니까."

보딘이 키로를 가리키며 설반 선장에게 변명했다.

"지난밤엔 우리들 생계까지 망가뜨렸잖아."

마을 사람 하나가 끼어들었다.

"좀 가만히 있어 봐."

이번엔 보딘이 선장 눈치를 보며 마을 사람에게 말했다.

"보딘, 당신 그 정도밖에 안 되는 친구였어? 스타셰퍼드와 그 아들이 불을 냈다고? 그들이 뭐 하나 제대로 할 수 있다고 이 난리를 치는 거지?"

선장이 혀를 끌끌 차며 되물었다.

"키로는 아무 짓도 안 했어요!"

안드라가 두 주먹을 불끈 쥐며 끼어들었다.

"아무것도 안 했다고요."

안드라가 계속 씩씩거렸다. 하지만 몰려든 성난 사람들은 안드라의 말에는 조금도 동의하지 않는 듯했다. 그들은 고래고래 소리를 지르며 더욱 흥분했다. 키로의 배 속에서도 뜨거운 울분 덩어리가 치솟았다.

"저 녀석이야. 이 모든 게 저 녀석 짓이야."

마을 사람 하나가 소리를 질렀다.

"맞아, 저놈이 하늘의 재앙을 가져온 녀석이야!"

이번엔 또 다른 목소리가 외쳤다.

설반 선장은 고개를 설레설레 저었다.

"도대체 이 마을에 무슨 일이 있었던 거지? 보딘, 지금 당장 설명해 보게."

선장이 보딘의 양쪽 어깨를 그러쥐었다.

"모두 별 때문이었네. 그래서 우리도 저 녀석이 화재와 관련이 있다고 믿게 된 거라고."

보딘의 짧은 설명에 키로는 반사적으로 얼굴을 찡그렸다. 별 때문이라니 어리둥절하기만 했다.

"그게 무슨 말씀이세요?"

키로가 직접 되물었다. 그러자 보딘은 키로 쪽으로 고개를 돌리며 귀신이라도 본 듯 깜짝 놀란 표정을 지었다.

"어젯밤 별 무리가 하늘에서 미끄러지듯 시장으로 추락해 버렸어. 여기저기 지붕 위로 떨어지며 불을 냈지만 천만다행이지. 아무도 죽지 않았으니까."

보딘은 고개를 저었다.

분노에 찬 마을 사람들은 계속해서 몰려들었다. 키로는 어쩔 수 없이 뒷걸음을 치려다 설반 선장과 부딪쳤다. 그때 또 익숙한 얼굴이 사람들을 밀치며 키로 옆으로 다가섰다. 다행히 이번엔 얼굴만 봐도 키로의 마음을 놓이게 하는 사람이었다. 드렌에서 티린을 믿어 주는 단 한 사람, 대장장이 도먼이었다.

"보딘, 이 멍청한 사람아. 스타셰퍼드들이 마법사는 아니잖아. 저들이라고 하늘의 별을 마음대로 어떻게 할 수는 없지 않나, 안 그래? 저들은 그저 땅에 떨어진 별을 구할 뿐이라고."

도먼이 마을 사람들에게 보란 듯이 설명했다.

"이 마을 사람들 수준이 고작 이 정도였어?"

설반 선장이 웃어 젖히며 늘어난 군중을 둘러보았다.

"키로와 그 애 아버지는 별이 언제 떨어질지 전혀 모르는데? 좋아. 백번 양보해서 당신들이 상상하는 대로 스타셰퍼드들이 미리 알고 있다 치자. 그럼 뭐 하러 매일 밤을 꼴딱 새우겠나? 재미로?"

선장은 코웃음을 쳤다.

"게다가 지금 당신들은 마녀사냥이라도 하듯이 그들을 구석으로 몰고 있는데……."

"키로, 우린 이 자리를 떠나야겠다."

사람들이 좀 더 가까이 모여들기 시작하자 도먼이 키로의 귀에 대고 속삭였다. 키로가 부두 쪽으로 살짝 몸을 튼 순간, 또 다른 방향에서 몰려든 마을 사람들이 키로에게 달려들었다. 도먼이 키로의 팔을 잡아당겼다.

"저놈이 도망가지 못하게 붙잡아!"

마을 사람들이 악다구니를 쳤다.

"그래, 마을을 쑥대밭으로 만든 대가를 치르게 해야 해."

마을 사람들은 제정신이 아니었다. 키로는 등골이 오싹했다. 하지만 당장 어디로 피해야 할지 알 수 없었다. 온몸이 그 자리에서 얼어붙은 것만 같았다. 두렵고 무서웠다.

"뭐 하는 거야, 뚱보야!"

설반 선장이 보던을 나무랐다.

"우리라도 저 어린 친구가 여기에서 빠져나갈 수 있게 도와야지. 당신이 엉뚱한 말을 꺼내는 바람에 이 난리가 난 거잖아."

선장의 말에 보던의 얼굴이 다시 빨개졌다. 지금까지 키로가 본 적 없는 조금은 뉘우치는 표정이었다.

도먼도 키로의 팔을 다시 세게 끌어당겼다. 그 바람에 잠시 넋이 나갔던 정신이 돌아왔다.

"이쪽으로!"

설반 선장의 으름장에 겁을 먹은 보딘은 마을 사람들이 몰려들자 서둘러 키로 일행을 좁다란 골목길로 안내했다. 안드라도 어디로 가야 하는지 잘 아는지, 보딘 앞으로 달려 나왔다.

"제가 먼저 갈게요. 키로, 넌 빨리 따라와."

안드라는 마을 사람들을 따돌리는 작전을 수행하듯, 키로의 머리가 어질어질해질 때까지 미로 같은 골목을 빙빙 돌았다. 키로는 숨이 턱까지 차올랐지만 결국엔 텅 빈 거리로 나왔다. 하지만 그곳의 정적도 잠시뿐, 사람들의 함성이 그리 멀지 않은 곳에서 들려오기 시작했다.

"안 되겠어요. 일단 우리 집으로 데려가야겠어요. 여기서 가까워요."

도먼이 헉헉거리며 말했다. 뒤따라온 선장은 골목을 살피며 키로를 향해 눈짓을 했다.

"믿어도 돼?"

키로는 고개를 끄덕였다.

"그런데 아저씨네는 괜찮겠어요?"

"키로, 나한테 네 아버지가 남겨 둔 단서가 있다."

도먼은 서둘러 대답했다.

"무슨 말씀이세요?"

키로가 도먼의 손아귀에서 팔을 비틀어 빼며 물었다.

"우선 나와 함께 가자. 다 설명해 줄게."

덩치 큰 도먼이 서둘렀다. 뒤따라온 설반 선장은 두 사람을 번
갈아 보며 키로의 등짝을 도먼 쪽으로 떠밀었다.

"가라! 우리가 마을 사람들이 접근하지 못하도록 막을 테니,
아무 일도 없을 게다."

키로는 일행을 돌아보고 마지막으로 안드라를 안타깝게 쳐다
본 뒤, 도먼을 따라 마을 끝에 있는 골목길로 들어섰다. 얼마 지
나지 않아 금속 지붕을 이고 있는 집이 나타났다.

도먼이 현관문을 붙잡고 마을 사람들이 따라오고 있지는 않은
지 확인했다. 키로는 사이퍼를 먼저 안으로 들여보낸 뒤, 문 안쪽
으로 몸을 숨겼다.

도먼의 집 안에는 키로의 집과 마찬가지로 다양한 크기의 시계

태엽과 정밀한 철제 부품들이 가득했다. 방 한가운데에는 연철로 된 다리 네 개가 튼튼하게 떠받치고 있는 철제 탁자가 있었다. 그 옆에는 정교하게 장식된 의자들도 있었다. 금속제 가구에 비친 햇살 덕분에 집 안 곳곳이 환하게 보였다.

도면이 의자 하나를 내밀었지만 키로는 긴장감을 내려놓지 못했다. 아빠에 대한 정보를 도면이 가지고 있다니, 자리에 앉아 기다리기엔 초조하고 불안했다.

"여기서 기다려라."

뒷방으로 들어갔다 나온 도면의 손에 묵직한 배낭이 들려 있었다. 키로가 놀란 눈으로 쳐다봤다.

"뭐죠? 아저씨가 어떻게 우리 아빠에게 무슨 일이 일어났는지 알고 있다는 거죠?"

도면은 쭈글쭈글한 얼굴을 손으로 비비며 철제 의자에 앉았다.

"미안하다, 키로야. 네가 내 가게에 와서 아버지를 봤냐고 물어봤을 때 거짓말로 둘러댔단다. 티린이 떠나면서 너에게 아무 말도 하지 말라고 신신당부를 했거든."

키로는 두 다리가 후들거려 의자에 털썩 주저앉았다. 얼굴 근육까지 제멋대로 떨렸다.

'내가 무슨 짓을 했다고 아빠가 그렇게까지 날 믿지 않게 된 걸까? 좋은 아들이 되려고 노력했는데. 아빠가 부탁한 건 뭐든 해

드렸는데.'

키로는 아빠를 원망했다. 평소 키로는 티린 곁에 앉아 아빠가 점점 더 깊은 강박에 사로잡혀 가는 걸 지켜보았다. 하지만 티린은 아들의 손길마저 미치지 않는 자신만의 생각 속으로 점점 더 멀어져 갔다. 티린에겐 아무것도 중요하지 않았다. 심지어 아들인 키로에게 관심조차 보이지 않았다. 티린은 오로지 자신이 마음먹은 임무를 완수해야 한다는 집착에 모든 에너지를 쏟아부었다.

키로는 도먼의 큰 손이 어깨를 감쌀 때까지도 자신이 주먹을 꽉 쥐고 있다는 걸 알아채지 못했다.

"키로야, 네 아버지를 너무 원망하지 마라. 네 아버지도 널 보호하려고 그랬을 게야."

"절 보호하려 했다고요?"

키로가 펄쩍 뛰며 대들었다.

"무엇으로부터요? 비슬라가 돌아왔고, 누군가는 별들을 훔치고 있어요. 아빠가 진심으로 저를 보호하고 싶었다면 여기 그대로 계셨을 거예요."

"그래그래, 나도 네 말에 반대할 생각은 없다. 하지만 티린은 떠날 때 매우 완강했다. 나 역시 이번에도 네 아버지가 대수롭지 않은 일로 고집을 부리는 거라고 생각했다. 바보스러운 아이디어가 그 친구 머릿속에 떠올라 허둥대는 것이라 여기며 하루 이틀 안에는 돌아올 거라 믿었단다."

도먼이 한숨을 내쉬었다.

"하지만 이번엔 티린답지 않게 너무 오랫동안 자리를 비웠어. 별이 전부인 사람인데 첨탑을 지킬 사람도 대신 두지 않다니. 아무래도 뭔 일이 생긴 것 같구나."

키로는 꽉 쥔 주먹을 펼쳤다. 손바닥에 손톱자국이 선명했다.

"그래, 이제 누구라도 네 아버지를 찾아 나서야 할 것 같다."

키로는 아빠가 사라진 뒤로 매일같이 자신의 뇌리를 찌르던 섬뜩한 장면들이 떠오르며 마음 깊이 감춰 둔 두려움까지 스멀거렸다. 아무리 생각해도 끔찍한 일이 일어난 게 아니라면 아빠가 이토록 오래 임무를 소홀히 할 리는 없었다.

"저까짓 게 뭘 할 수 있는데요?"

키로는 반사적으로 톡 쏘아붙였지만, 곧바로 후회하며 금세라도 무너지려는 제 마음을 다독거렸다.

"우리가 나서야지. 네 아버지가 롬비 마을로 돌아갈 계획이라고 말했으니까. 거기서부터 시작하도록 하자. 그리고 이건……."

도먼이 키로에게 배낭을 내밀었다.

"티린이 내게 맡아 달라고 한 거란다. 아직 안 열어 봤다만, 네가 갖고 있는 게 맞을 것 같구나."

키로는 궁금함과 분노를 동시에 느끼며 아빠의 배낭을 넘겨받

왔다. 배낭을 보자 키로는 또다시 아빠가 의문점만 남긴 채, 자신을 버리고 떠난 것 같아 분했다. 사이퍼가 허벅지에 코를 비벼 대도 멍하니 머리를 긁어 주었다.

두 사람이 롬비로 가는 최선의 방법을 본격적으로 의논하려 할 때, 함성 소리가 점점 크고 가깝게 들려왔다. 성난 군중이 여기까지 몰려온 게 틀림없었다. 키로는 겁에 질린 나머지 의자에서 일어설 수도 없었다.

"키로, 안 되겠다. 너부터 먼저 가야겠어. 어서, 정신 차려!"

도먼이 키로의 어깨를 흔들었다.

"네."

키로가 의자에서 벌떡 일어섰다.

"저쪽, 저쪽으로. 그리고 잊지 말고 음식 창고에서 손에 집히는 대로 챙겨서 뒷문으로 나가. 나도 여기 상황을 봐서 뒤따라갈 테니까. 어서 빨리 가."

도먼이 커튼 사이로 골목을 내다보며 말했다.

키로는 두말없이 도먼이 시키는 대로 뒷문을 빠져나왔다. 눈치 빠른 사이퍼도 키로 옆에 바짝 따라붙었다.

갑자기 낯선 골목으로 나오자 키로는 어느 방향으로 가야 할지 막연했다. 시간이 없었다. 어딘지 모를 때에는 북쪽으로 가야 한다고 들었다. 일단 방향이 정해지자, 키로는 있는 힘껏 달리기 시작했다. 달리면서도 부디 성난 군중이 도먼의 집을 쳐들어갈 즈음엔 자신도 최대한 멀리 달아나 있기를 바랐다.

마을 입구 출입문 가까이에 다다랐을 때, 갑작스러운 인기척이 키로의 등 뒤에서 들려왔다. 분명 한 사람이 자그맣게 부르는 목소리였다. 다시 귀를 기울였을 땐 좀 더 선명하게 들렸다.

"잠깐!"

키로는 깜짝 놀라 뒤돌아봤다. 안드라가 두 팔을 흔들며 뛰어오고 있었다.

"네가 여기 웬일이야?"

키로는 옆에 멈춰 선 안드라를 쳐다보며 물었다.

"당연히 함께 가야지. 롬비로 간다면서? 도먼 아저씨는 아직도 마을 사람들을 붙잡아 두느라 바쁘셔. 난 아무래도 너 혼자만 가게 내버려 둘 수 없었어."

안드라가 코를 찡긋거렸다. 살짝 숨이 찬 것 같았다.

"안드라, 넌 이미 나 때문에 곤경에 빠졌잖아."

키로도 이 길을 혼자서 떠나고 싶지는 않았다. 하지만 요사이 안드라가 보딘과 자주 말다툼을 하게 된 까닭이 모두 제 탓인 것 같아 미안했다.

"아냐, 키로. 내가 친구를 돕는 게 우리 아빠는 싫었겠지만 이번에도 내 뜻은 꺾을 수 없었잖아."

"그래도 너희 아빠는……."

"우리 아빠가 어리석었어. 이젠 아빠도 키로 네가 결코 만만하지 않다는 걸 알게 되었을 거야."

안드라가 흐트러진 새카만 머리카락을 귀 뒤로 넘기며 말했다.

"난 전혀 두렵지 않아. 널 도울 만반의 준비가 되어 있다고. 그리고 네가 오라고 해서 온 것도 아니잖아? 내 발로 알아서 온 거지."

키로는 안드라의 확신에 찬 모습에 깜짝 놀랐다. 그러면서도 고맙고 미안한 마음이 들어 멋쩍은 미소를 지어 보였다.

솔직히 혼자서 먼 길을 떠날 엄두가 나지 않았다. 그렇다고 안드라까지 위험한 모험 길에 끌어들일 수는 없는 노릇이었는데, 이젠 다른 방도가 없었다.

"고마워. 그럼 우리 함께 가 볼까?"

키로가 서둘렀다.

"좋아. 되도록 빨리 가자."

안드라와 키로는 마을 문을 빠져나왔다. 사이퍼도 둘 사이를 비켜 앞질러 달리기 시작했다. 어느새 셋은 숲길로 들어섰다.

서둘러 숲속을 지나가고 있을 때, 키로는 배낭 속에 넣어 두었던 지도를 꺼내 보았다. 롬비까지 갈 수 있는 방법은 두 가지가 있었다. 에르사다 계곡의 사막 지역을 가로질러 가거나, 그 가장자리에 있는 가파른 산길로 가는 것이었다. 엄밀히 따지자면 산길 쪽이 짧은 거리였지만 키로 일행이 오르기에는 훨씬 오래 걸릴 것이 분명했다. 아무래도 사막이 좀 더 나은 선택으로 보였다. 에르사다 계곡도 위험하기는 하지만, 블랙랜드만큼 황량하거나 위협적인 것들이 곳곳에 도사리고 있을 것 같지는 않았다.

키로는 한숨을 내쉬었다. 롬비가 항구 도시였다면 설반 선장한테 배를 태워 달라고 부탁해서 더 빨리 도착할 수도 있었을 텐데, 그렇지 않은 게 아쉬웠다. 물론 이대로라도 운이 좀 따른다면 오후 늦게는 롬비에 도착할 수 있을 듯했다. 중간중간에 쉬려고 멈추지만 않는다면 말이다.

키로는 안드라에게 두 가지 길을 설명했다. 그리고 군이 첨탑에 들러 물건을 챙긴다고 아까운 시간을 낭비하지 말고 여기서 곧장 사막으로 떠나자고 말했다. 안드라는 집에서 돈을 조금 가져왔다고 했다. 설반 선장이 보딘한테 돈을 주도록 부추긴 것이 분명했다. 어쨌든 둘은 그 돈으로 음식을 살 수 있게 되었다. 그전에는 키로가 배낭 속에 챙겨 온 음식들을 나눠 먹으면 될 터였다.

아빠가 롬비로 갔다는 걸 알게 된 뒤로 키로의 마음속에는 묘한 감정이 부풀어 오르고 있었다. 키로는 예전부터 롬비를 좋아했다. 엄마가 살아 있던 그 옛날, 가족 모두가 행복하게 지내던 곳이었다. 그곳에서의 하루하루는 가족과 친구들과 함께였고, 매일 매일이 웃음으로 가득 차 있었다. 하나같이 그리운 것들이었다. 다시 롬비로 돌아가려니, 지난 시간 잊고 지낸 것들이 하나둘 떠올랐다. 키로는 아빠가 하필이면 지금 왜 그곳으로 갔는지 영문을 알 수 없었다.

"안드라, 그런데 너희 아빠는 선장님을 어떻게 아는 거야?"

키로는 설반 선장에 대해 알면 알수록 호기심이 커졌다. 스타 셰퍼드와도 모종의 관계가 있다는 것을 알게 되자 더욱더 궁금해졌다.

"선장님이 어렸을 때 아빠랑 부두에서 어울린 이야기를 꺼낸 걸 봐서는 오랫동안 알고 지낸 것 같아. 우리 아빠도 할아버지한테서 빵집을 물려받기 전에는 선원이 되고 싶어 하셨거든."

안드라가 어깨를 으쓱했다.

"하지만 아빠가 선장이 되지 않은 게 내게는 잘된 일인지도 몰라."

안드라가 활짝 웃으며 말을 마치자, 키로도 따라 웃었다.

얼마 지나지 않아 나무들이 드문드문해졌다. 발밑의 땅도 메말라 모래 알갱이들이 버석거리고, 식물들마저 띄엄띄엄 보이는 벌판으로 변해 버렸다. 조금 더 가자 눈앞에 에르사다 계곡의 누런 모래가 커다란 파도처럼 휘몰아치는 장관이 펼쳐졌다. 블랙랜드와는 다르게, 이곳 사막에는 오래전 허물어져 모래 속으로 파묻힌 건물들의 뼈대들이 툭툭 튀어나와 있지는 않았다. 그 대신 끝없이 펼쳐진 사막 위를 부드럽고 가는 모래들이 몰려다니고 있었다. 여기 모래 언덕들은 푸른 하늘을 어지럽히지 않았고, 쓸쓸하고 적막한 분위기가 흡사 지금껏 아무도 건드리지 않은 태초의 땅 같았다. 그렇다고 해도 키로는 겁이 났다. 사이퍼도 몸을 부르르 떨었다. 블랙랜드가 예측 불가능한 위험이 도사리는 곳이었다면, 이곳의 사막은 너무나도 거대해서 자신들을 통째로 집어삼킬 것만 같았다.

키로와 사이퍼는 모래벌판 앞에 멈춰 섰다. 안드라도 모래 언덕들을 둘러보며 코를 찡그렸다.

"괜찮아?"

"사막이라면 난 이번 주에는 지겹도록 봤고, 겪을 만큼 겪었다고 생각했는데……."

키로는 웃어 보이려고 했지만 웃음소리조차 거친 바람 탓에 신음 소리처럼 새어 나왔다.

"어쩔 수 없지 뭐."

키로는 어깨를 으쓱했다. 안드라도 따라서 어깨를 으쓱대며 웃어 보였다. 당장 눈앞에는 하품하듯 입을 쩍 벌리고 있는 사막이 있었지만, 이 둘은 사이퍼와 함께 그곳으로 발을 들여놓을 수밖에 없었다.

"회의는 어땠어? 위원회에서 너희 아빠가 스타셰퍼드로 계속 활동할 수 있게 동의해 줬어?"

안드라가 먼저 입을 열었다. 키로의 어깨가 절로 움츠러들었다.

"아니, 그러지 않았어."

사막의 계속되는 긴장 탓에 키로는 며칠 전 위원회에서 내린 억울한 판결을 거의 잊고 있었다.

"아니, 왜?"

안드라가 자그마한 모래 무더기를 발부리로 걷어차자 뿌연 모래 먼지가 날렸다.

"나도 위원회를 설득하지 못했어. 바보처럼 아빠의 입장을 제대로 변호하지 못했어. 내가 별들이 잘려 나가고 있다고 아무리 말해도 내 말을 믿어 주는 사람은 거의 없었어. 오히려 그들은 나랑 아빠가 별을 만져서는 안 된다는 판결을 내렸어."

한숨을 내쉬는 키로의 어깨가 축 처졌다.

"아니, 넌 최선을 다했을 거야. 난 널 믿어."

안드라가 키로의 어깨에 두 손을 얹고 꽉 쥐었다.

"글쎄."

"스타셰퍼드 위원회도 별거 아니네. 쳇, 정말 형편없는 사람들이잖아. 넌 이 우주에서 벌어지고 있는 잘못된 일을 바로잡으려 최선을 다한 건데. 그런 너를 처벌하다니, 바보들. 자신들이 얼마나 경솔한 판단을 했는지 곧 알게 되겠지."

안드라가 씩씩거렸다.

키로는 돌멩이 하나를 집어 들고 엄지와 검지 사이에 끼우고서 만지작거리다 지평선 너머로 던져 버렸다. 돌멩이는 수면 위에서 물수제비를 뜨듯이 모래벌판 위로 미끄러졌다.

"나도 위원회가 그러지 않기를 바라면서 간 거였어. 하지만 돌이켜 보니, 내가 무슨 말을 했든 그들의 마음을 바꾸지는 못했을 것 같아. 내가 회의장에 도착하기도 전에 위원회는 자체적으로 부정적인 결정을 내린 것 같았거든."

"뭐야, 말도 안 돼! 그 사람들이 지금 내 눈앞에 있다면, 후회할 멍청한 결정을 했다고 내 입으로 똑똑히 말해 줄 텐데."

안드라는 두 주먹을 불끈 쥐었다.

"고마워."

키로는 안드라의 진심 어린 우정에 어색한 미소를 지어 보였다.

태양의 고도가 높아질수록, 사막은 점점 더 뜨거워지고 숨을 쉴 때마다 입술이 메말랐다. 갈수록 무더위에 지치고 멍해졌지만, 그래도 쉬지 않고 모래사막을 터벅터벅 걸었다.

롬비까지의 거리가 반쯤 남았을 즈음, 앞서가던 사이퍼가 요란하게 짖으며 달리기 시작했다.

"뭐야?"

놀란 키로는 정신없이 사이퍼를 뒤따라 달렸다. 지난번 블랙랜드에서 사이퍼가 사라졌던 일은 잊으려 해도 잊히질 않았다. 사이퍼를 영원히 잃어버릴 뻔했던 기억이 떠올라 키로는 또다시 괴로웠다.

"왜 그러는데?"

사이퍼가 멈춰 선 곳에 도착한 키로는 사이퍼가 무사한 걸 확인하자 안심이 되었다. 하지만 사이퍼는 모래 속에서 뭔가를 발견한 것 같았다.

"도대체 저게 뭐야?"

곧 뒤따라온 안드라가 헉헉거리며 물었다.

사이퍼는 모래 밖으로 조금 튀어나온 단단한 무언가를 앞발로 더듬고 있었다. 키로와 안드라도 그 물건을 자세히 보려고 무릎을 꿇었다.

"뭐지? 무슨 금속 통 같은데. 무엇에 쓰이는 건지 도통 모르겠는데."

키로가 고개를 갸우뚱거렸다.

"내 눈엔 누군가 반쪽으로 잘라 놓은 것처럼 보이는데?"

안드라도 삐죽삐죽한 가장자리를 가까이 들여다보며 말했다.

사이퍼는 그 주변의 모래를 열심히 파헤치고 있었다. 키로와 안드라도 그 금속 물체를 끄집어내리려고 힘을 모았다. 하지만 파 들어갈수록 단순한 깡통이 아니라는 느낌이 강해졌다. 물체의 더 아래쪽은 유선형으로 굽어 있기까지 했다.

등이 흠뻑 젖는 작업이었지만 궁금함을 견딜 수 없었다. 키로와 안드라는 이 물건의 정체를 반드시 알아내야만 직성이 풀릴 것 같았다.

드디어 거대한 물체를 끌어당겨 빼낼 수 있을 만큼 모래를 파냈다고 생각한 순간, 두 사람은 하마터면 모래사막 위로 고꾸라질 뻔했다. 두 사람이 동시에 휘청거리며 빼낸 물건은 확실히 그냥 그런 깡통이 아니었다. 안드라는 눈이 휘둥그레졌고, 사이퍼는 뒷걸음치며 낑낑거렸다.

그것은 놀랍게도 키로의 키만큼 커다란 기계 팔의 일부였다. 굽은 팔꿈치 관절과 팔뚝에서 이어진 금속 손가락 마디들은 무언가를 움켜쥔 모양새였다. 언젠가 거대한 기계 몸체에서 강제로 뜯겨 나온 듯, 그 절체절명의 순간이 고스란히 느껴졌다.

키로는 너무 놀란 나머지 제 심장이 뛰는 소리까지 들리는 것 같았다. 엄마가 알려 준 거인 로봇 이야기가 그 즉시 떠올랐다. 엄청난 크기의 팔 하나만 봐도 거인 로봇의 것이 맞다는 생각이 들었다.

"어떻게 이런 일이 가능하지?"

안드라도 충격을 받은 게 분명했다.

"모르겠어. 거인 로봇 전설이 생각나지만 수 세기 전에 사라졌다고 했거든."

"이건 아마도 고대 유물일 거야. 수 세기 전, 이곳 모래 둔덕에 떨어진 건데 우리가 지금 찾아낸 거라고."

안드라는 두려워하면서도 기계 팔을 살짝 건드렸다.

"누가 알아? 이 사막에 더 묻혀 있는지?"

안드라는 두 팔로 주변의 모래를 쓸었다.

잠시 뒤, 햇빛에 반사되어 반짝이는 또 다른 무언가가 키로의 눈에 띄었다. 키로는 기계 팔을 모래 위에 그대로 두고 반짝이는 물체를 향해 달려갔다.

그 앞에 이르렀을 땐 심장이 갈비뼈를 뚫고 튀어나올 것만 같았다. 그것의 정체는 잘린 갈고리였다. 불과 며칠 전, 안드라와 함께 찾아낸 갈고리와 똑같은 모양새였다.

"저기 또 있어!"

안드라가 키로의 등 뒤에서 숨을 헐떡이며 소리쳤다.

아니나 다를까, 또 다른 갈고리가 가까이에 버려져 있었다. 둘은 근처에서 갈고리 몇 개를 더 찾아냈다. 하지만 아무리 둘러봐도 삼베 케이스나 별의 심장 파편은 보이지 않았다. 마치 누군가 일부러 그것들을 가져가 버리고 갈고리만 남겨 둔 것 같았다.

키로는 머리를 흔들었다. 모래가 입안으로 쏟아져 들어왔다. 지금 둘이서 머리를 쥐어짠다 해도 더 이상의 상상은 불가능했다.

"여기서 무슨 일이 있었던 것 같아?"

"모르겠어, 안드라. 다만 별과 관련된 거라면, 우리 아빠의 실종과도 관계가 있을 거야."

키로는 주먹 쥔 손을 부르르 떨었다.

"그럼 우리가 알아보는 게 좋겠어."

안드라는 단단히 결심한 듯, 가방 속에 갈고리들을 챙겨 넣었다.

태양이 라다막 산맥을 넘어가고 있을 때, 키로 일행은 롬비에 도착했다. 키로는 자신이 태어나기 훨씬 전부터 외할아버지 외할머니가 관리하던 첨탑을 단번에 알아보았다. 첨탑 주변으로 정겨운 초가지붕들이 빙 둘러 있는 마을이 보이자 숨이 막혀 오는 것 같았다.

늦은 오후, 햇살이 내리비치는 마을 풍경은 눈이 부셨다. 키로는 미간을 찌푸리며 머리를 긁적였다. 오늘날까지 최고의 순간들을 함께한 추억이 모두 이곳에 있었다. 지금 눈앞에 펼쳐진 정든 고향을 보고 있자니, 엄마 아빠와 한집에서 지낸 옛날이 사무치게 그리워 울컥했다.

드렌 마을이 한쪽은 숲으로, 다른 한쪽은 만으로 둘러싸여 있다면 라다막 산맥을 뒤쪽에 멀찍이 둔 롬비는 곡식과 채소가 넘쳐 나는 구불구불한 평야에 둘러싸여 있는 풍요의 땅이었다. 이곳은 언제나 덜 붐비고, 마을 분위기 또한 여유롭고 화기애애했다. 게다가 사람들도 스타셰퍼드를 꺼리지 않았다. 적어도 키로가 알고 있는 예전에는 그랬다.

"기억하고 있는 거랑 똑같니?"

안드라가 불쑥 속삭이는 바람에 키로는 화들짝 놀랐다. 옆에서는 사이퍼가 낑낑거리고 있었다.

"응, 내 눈엔 그런 것 같지만 정말 그대로이길 바라야지."

"이 동네 스타셰퍼드에게 너희 아빠를 봤는지 물어보면 되지 않을까?"

"아니, 절대로 안 돼. 아빠가 보고한 내용을 위원회에서도 믿어주지 않았는데, 여기까지 와서 스타셰퍼드의 도움을 청했을 것 같지는 않거든."

키로는 이를 악물었다.

"이 지역 담당자가 누구인지 모르지만 회의에 참석했던 거의 모든 사람들이 반대표를 던졌으니까. 여기 스타셰퍼드도 마찬가지일 거야."

한숨이 저절로 새어 나왔다.

"여기 사람들도 우리를 돕지 않을 수 있어. 어쩌면 아빠한테 무슨 일이 있었는지 알아보려 하지 않고 내쫓을 수도 있어."

키로의 말을 들은 안드라도 한숨을 내쉬었다.

외할아버지와 외할머니가 세상을 떠난 뒤, 롬비의 첨탑은 위원회가 새 스타셰퍼드를 앉히기까지 한동안 비어 있었다. 엄마는 종종 어린 키로를 그곳으로 데려가 당신이 자란 곳을 보여 주며 별들에 관한 이야기를 들려주었다. 엄마가 병에 걸려 앓아눕기 바로 직전에 스타셰퍼드가 새로 배정되었지만, 어린 키로는 그 사람이 누구인지 전혀 알 수 없었다. 다만 그때 위원회에서 새 스타셰퍼드를 임명하지 않았더라면, 키로의 아빠가 그 자리를 물려받아 계속 롬비에서 살고 있었을 거란 생각만 들었다.

키로는 오래전 알고 지내던 이웃 중 아직까지 마을에 남아 있는 사람이 있을지 궁금했다. 어릴 적 어울려 지내던 친구가 몇 있었지만, 그 애들이 자신을 기억해 줄지 미지수였다. 키로도 가급적 그 애들을 피하고 싶었다. 지금 이곳에서 뭘 하고 있는지 구구절절 설명하기도 싫었지만, 설명한들 알아듣지도 못할 터였다.

"옛날에 살던 집을 찾아가서 아빠가 거기 들렀는지 알아보는 게 가장 좋을 것 같아."

"거기에 낯선 사람이 살고 있으면?"

안드라가 코를 찡긋했다. 키로는 가슴이 철렁 내려앉았다. 미처 그 생각까지 하지 못한 자신을 꾸짖었다. 한편으로는 왠지 아빠가 그랬을 리 없다는 생각이 들었다. 키로는 어쨌거나 아빠가 이 동네에서까지 또 다른 문제를 일으키지 않았기만을 내심 바랐다.

"그렇다면 우리가 여기 온 이유를 알려 주면 되지 않을까? 물론 나도 그러고 싶지 않지만 다른 방법이 없으니까. 혹시 알아? 아빠를 봤다고 대답해 줄지."

문득 까먹고 있던 것이 떠올랐다. 키로는 아빠가 도먼에게 맡겨 두었다던 배낭을 어깨에서 끌어 내렸다.

"아니, 어쩌면 그 방법만 있는 게 아닐 거야. 여기에 또 다른 단서가……."

키로의 마음이 요동쳤다.

키로와 안드라는 마을 가장자리에 있는 버드나무 아래에서 잠시 다리를 뻗고 쉬기로 했다. 사이퍼는 그새를 못 참고 저녁 어스름 속에서 꽁지를 반짝이며 날아다니는 반딧불이를 쫓아다녔다. 키로는 안드라와 제 사이에 배낭을 내려놓았다.

"아빠가 이걸 도먼 아저씨에게 맡겼는데 아저씨가 나한테 줬어. 너무 급하게 드렌을 빠져나와서 지금껏 이걸 메고 있던 것마저 잊었지 뭐야."

키로가 머리를 긁적였다.

"아직 열어 보지도 않았단 말이야?"

안드라가 눈을 동그랗게 뜨고 물었다. 키로는 고개를 끄덕이며 배낭 안으로 손을 넣었다. 가장 먼저 손가락에 닿은 물건은 어쩐지 익숙한 느낌이었다. 키로는 기대에 부푼 표정을 지으며 묵직한 그것을 꺼냈다. 스타 고글이 저녁 하늘에 살짝 고개를 내민 형제자매 별들을 향해 반짝하며 인사를 건넸다.

"이걸 어디서 구했을까?"

"너한테도 이거랑 똑같은 거 있지 않았어?"

키로가 잠시 생각에 빠져 있는데 안드라가 불쑥 물어 왔다.

"응?"

"네 것이 아니냐고 물었어."

"아, 이건 아빠가 아저씨한테 맡긴 거야. 내가 가지고 있던 건 위원회가 아빠와 나한테 별을 만지지 못하도록 명령을 내린 다음 빼앗아 갔거든."

키로는 스타 고글을 보자 별을 쫓아다니던 때가 그리웠다. 도면이 전해 준 스타 고글은 조금도 때를 타거나 찌그러지지 않은 완벽한 상태였다. 아빠가 여분으로 하나를 숨겨 두었던 게 틀림없었다. 키로는 조심스럽게 스타 고글을 목에 둘렀다. 몸이 기억하고 있는 스타 고글의 무게가 신기하게도 위로가 되었다.

"다른 건 없어?"

안드라가 눈을 가늘게 뜨고 배낭을 쳐다봤다. 키로는 다시 배낭 안을 이리저리 휘저었다. 그의 손에 작은 약병이 잡혔다. 손바닥을 벌리자 스타 파우더병 속의 별 가루가 '반짝', 키로의 눈에 반사되었다. 그 작은 반짝거림만으로도 키로의 마음이 한결 따뜻해지는 느낌이 들었다. 스타 고글은 별을 찾는 데 도움을 줄 것이고, 별 가루는 비슬라와 같은 다크셰도우를 막는 데 사용할 수 있었다. 어쩌면 희망이 없는 건 아닐지도 몰랐다.

"별 가루가 맞지, 그렇지?"

"그래 맞아. 보호 성분을 지닌 별 가루. 이건 우리 아빠가 지난 몇 년 동안 생명을 구하지 못한 별똥별 가루를 긁어다 모아 둔 거야. 나도 비슬라가 우리 첨탑 마당으로 들어오는 걸 막을 때 사용했어."

"나도 기억나. 이런 걸 갖고 있으니 든든하고 좋다."

안드라가 환한 미소를 지었다. 키로도 미소를 지어 보였지만 한편으로는 아빠가 괘씸했다. 아빠가 어째서 이 귀한 것을 도면한테 맡겼는지 생각할수록 서운했다. 아들인 자신한테 직접 맡기면서 잘 지키고 있으라고 당부할 수도 있었을 텐데, 아빠가 그러지 않은 게 많이 섭섭했다.

어쩌면 아빠는 위원회가 어떤 짓을 할지 미리 짐작하고, 키로한테 스타 고글과 스타 파우더병이 있으면 그마저도 빼앗길까 봐 걱정했을지도 모를 일이었다. 키로는 좋게 생각하기로 마음을 먹었다. 이유야 어쨌든 이제라도 손에 들어왔으니 기분은 좋았다.

키로가 먼저 일어나서 안드라에게 손을 내밀었다. 안드라까지 일어나니 사이퍼가 어서 가자며 컹컹 짖어 댔다.

키로는 숨을 한 번 들이마시고, 마을을 향해 발걸음을 옮겼다.

앞으로 무슨 일이 생길지 몰라 긴장된 자신의 손을 가는 길 내내 놓지 않는 안드라가 고마웠다.

안드라는 어떤 경우에도 마음이 쉽게 흔들리지 않는 친구였다. 그런 친구가 옆에 있어 키로는 든든했다. 어쩌면 지난번 스타셰퍼드 위원회에 함께 가겠다고 우길 때 그냥 놔두는 편이 좋았을지도 모를 일이었다. 큰일 앞에서도 대담하고 지혜로운 안드라라면 회의 참석자들의 싸늘한 마음을 바꿀 방법을 궁리해 냈을 수도 있었다. 하지만 이미 지나간 일이고, 눈앞엔 아빠를 찾아내야 하는 중대한 일이 남아 있었다.

키로는 낯설어하는 안드라와 사이퍼를 데리고 롬비 시내로 들어섰다. 몇 년 만에 왔지만 신기하게도 그의 발은 가야 할 길들을 정확히 기억하고 있었다. 친구들과 함께 골목을 달리던 시절이 키로의 짧은 인생에서 가장 행복한 때였다. 가족 모두가 단란했던 나날이었다.

시장통을 지나는 길에 안드라가 식료품 가게에 들러 간식거리를 샀다. 다시 배낭이 빵빵해졌지만 무겁지는 않았다.

얼마쯤 더 걸으니 오래된 간판이 있는 가게와 그 옆으로 나란히 붙어 있는 작은 집이 나타났다. 키로가 걸음을 멈추었다.

"아는 집이야?"

울컥해진 키로의 기분을 눈치챈 안드라가 물었다.

"응."

키로는 축축한 손바닥을 바지에 닦으며 쭈뼛거렸다.

이곳은 한때 티린이 시계를 만들던 공방이었다. 하지만 오늘 와서 다시 보니, 자신들이 떠난 이후로 아무도 가게를 돌보지 않은 듯 허름했다. 집에도 새로 이사를 들어온 사람은 없어 보였다. 서운하면서도 한편으로는 다행스러운 생각이 들어, 키로는 조심스럽게 문을 두드렸다. 두 번째 노크를 했을 때조차 아무런 대답이 없자 문고리를 살며시 돌려 보았다. 현관문도 잠가 두지 않았는지 문이 슬쩍 열렸다. 키로는 심장이 두근거렸다. 다시 한번 숨을 크게 들이마시고 문을 밀었다. '끼이익' 소리와 함께 나무 문이 열리면서 해묵은 먼지들이 텅 빈 집 안에서 뿌옇게 일어났다.

키로와 안드라는 연거푸 재채기를 했다. 사이퍼는 먼지투성이 바닥에 발자국을 남기며 집 안으로 성큼성큼 들어갔다. 창문과 열린 문을 통해 들어오는 별빛에 비교적 최근 것인 듯한 장화 발자국들이 듬성듬성 비쳤다. 마치 이 안에서 장화 신은 고양이들이 춤이라도 추고 간 듯 여기저기 흩어져 있었다.

키로는 잠시 가만히 서 있었다. 먼지가 쌓인 탁자 위에 책을 내려놓은 자국이 어쩐지 아빠가 일부러 남겨 놓은 단서인 것만 같았다.

"아빠는 여기 왔었어."

키로가 문간에 기대서서 속삭였다.

사실 키로는 자신이 잠시 들어가는 것조차 이 집에 남아 있을지 모를 과거의 영혼들을 깨울까 봐 두려웠다. 발을 들여놓으면 한때 이곳에서 가졌던 행복한 기억들마저 얇은 유리판처럼 깨져 버릴 것만 같아 불길했다.

안드라는 키로가 먼저 움직여 주길 기다렸지만, 정작 키로는 문턱에 그대로 서 있기만 했다.

"너희 아빠가 지금 여기 있는 것 같아?"

안드라가 팔꿈치로 키로를 쿡 찔렀다.

"알아봐야지."

키로는 용기를 냈다.

먼지를 일으키며 집 안으로 들어가는 동안, 마음속으로는 아빠가 아직 여기에 있기를 간절히 바랐다. 아빠가 위층에 뭔가를 숨겨 놓고 잠을 자고 있기를 바랐다. 그러면 아빠를 찾는 여정도 이곳에서 끝이 나고, 나머지는 아빠가 알아서 제대로 돌려놓으면 될 일이었다. 다 함께 집으로 돌아가면 될 일이었다.

안드라와 키로가 집 안을 구석구석 돌아다니는 동안, 사이퍼는 온갖 것에 코를 가까이 대고 냄새를 맡았다. 하지만 한동안 이곳저곳을 살펴봐도 다른 사람은 없고 자신들의 그림자만 보였다. 누군가가 최근에 들렀다는 증거인 오래 묵은 먼지들이 흩어져 있었지만 정작 아빠는 없었다. 옛집은 다시 한번 버려진 셈이었다.

키로는 심장이 터져 버릴 것 같았다. 아빠는 늘 자신을 홀로 남겨 두고 어딘가로 훌쩍 떠나 버리는 존재 같았다. 단단히 화가 난 키로가 탁자 다리를 걷어찼다. 또다시 먼지가 일어났다. 그 바람에 탁자를 덮고 있던 탁자 보가 미끄러지면서 그 아래 쌓아 둔 종이 더미들이 드러났다. 그제야 키로는 유독 탁자 보 위에만 먼지가 많이 쌓여 있지 않았던 걸 알아채게 되었다.

"안드라, 여기 좀 봐."

안드라가 탁자 옆으로 다가왔다. 키로는 탁자를 덮고 있던 나머지 탁자 보마저 들춰 냈다. 여러 권의 공책과 다양한 지도들, 별들의 위치를 표시해 둔 차트가 탁자 위에 어지럽게 널려 있었다.

"너희 아빠가 여기 왔다 가신 게 분명해."

안드라가 지도 하나를 집어 들고 두 눈을 치켜떴다.

"응, 아빠는 정신없이 바빴나 봐. 이 위에 온갖 표시들을 해 놓긴 했는데……."

키로는 또 다른 지도를 펼쳐 들고 아빠의 흔적들을 살펴봤다. 티린이 남겨 둔 대부분의 메모들은 알아보기 어려웠지만, 지도에 표시해 둔 경로를 통해 한 가지는 짐작할 수 있었다. 티린은 라다막 산맥의 가장 높고 으슥한 봉우리로 올라갈 계획이었던 게 분명했다.

키로의 등줄기에서 식은땀이 났다. 별에 관한 전설을 옛이야기라며 우습게 여기던 사람들조차 라다막 산맥에 관한 미신들은 믿고 있었다. 라다막 산맥에는 온갖 야수와 악의 세력이 가득하다는 소문이 돌았다. 티린이 그곳에 갔다면, 이유가 무엇이든 좋을 리 없었다.

이제 아빠를 찾아내려면 키로도 어쩔 수 없이 그리로 가야만 했다.

"너희 아빠가 정말 그 무시무시한 산으로 갔다고 생각하는 건 아니지, 응?"

안드라의 목소리가 떨렸다. 겁 없는 안드라도 라다막 산맥에는 긴장한 듯싶었다. 키로는 고개만 끄덕일 뿐, 뭐라고 답해 줄 수 없을 만큼 목이 말랐다. 사이퍼도 지쳤는지 다리를 쭉 뻗더니 그 위에다 제 머리까지 내려놓았다.

키로는 아빠가 라다막 산맥에 가기로 마음먹게 된 단서를 좀 더 찾으려고 공책들을 뒤적거렸다. 며칠 전까지만 해도 출입 금지 구역이라고 말한 사람이 지금 그곳에 가 있다는 건 앞뒤가 맞지 않았다. 아들에게도 말 못 할 중요한 이유가 있어서 그곳에 간 게 틀림없었다. 키로는 단순히 잃어버린 별들 때문만은 아닐 거라고 생각했다. 그렇다면 진짜 이유를 알려 줄 또 다른 실마리가 여기에 남겨져 있을 수도 있었다.

키로와 안드라는 티린이 헛소리처럼 끄적거려 놓은 낙서들 속에서 의미 있는 메모를 찾기 위해 공책들을 샅샅이 뒤졌다. 첫 번째로 열어 본 공책 속에는 비슬라의 귀환과 신성 모독을 당한 별들의 이야기를 적어 둔 메모가 있었지만, 전혀 놀랍지 않았다.

그러나 잠시 뒤에 찾아낸 여러 장의 지도 아래에 끼워져 있는 종이는 달랐다. 키로는 숨죽이고 아빠가 남겨 놓은 깨알 같은 글씨에 집중했다. 지금까지 티린이 라다막 산맥 인근에 사는 사람들을 인터뷰하고 다닌 내용이었다.

지난 몇 년 사이에 이상하게 생긴 거인 로봇을 목격했다는 소문이 부쩍 늘었다. 사람들은 자신들이 직접 본 것처럼 떠들어 댔다. 거인 로봇은 거대한 기계 생명체로, 심지어 어떤 것들은 날아다니기까지 한다며 말이다.

바로 그 순간, 키로의 심장이 쿵 내려앉았다. 손아귀에 힘이 빠지면서 쥐고 있는 종잇장까지 파르르 떨렸다.

"왜? 뭘 찾아냈는데?"

놀란 안드라가 창백해진 키로를 바라보며 물었다.

"우리가 사막에서 발견한 기계 팔 기억나?"

"물론이지. 엄청 멋졌잖아."

안드라가 싱긋 웃었다.

"진짜였어."

"뭐가?"

"안드라, 있잖아. 최근까지, 아니, 오늘 이 시간에도 거인 로봇은 살아 돌아다니고 있었어. 아빠는 그 거인 로봇을 목격했다는 사람들을 만나 증거를 수집하고 있었던 거야."

키로는 티런이 기록해 둔 내용을 다시 한번 힐끗 내려다보며 손을 덜덜 떨었다.

"정말? 그 소문이 사실이었다는 거야?"

안드라의 입도 다물어지지 않았다.

"응. 소문에도 그것들은 라다막 산맥에 있다고 했잖아. 우리도 사막에서 그 팔을 직접 보지 못했다면, 아빠가 드디어 단단히 미쳤다고 의심했겠지."

"그래 맞아. 사실이 아니라고 단정 짓기에는 너무 심한 우연의 일치잖아."

키로의 생각을 단숨에 읽어 낸 안드라가 맞장구쳤다.

"그렇지? 네 생각에도 그렇지? 아빠는 그 거인 로봇이 도움이 될 거라고 생각했던 것 같아. 비슬라든 뭐든 별들을 훔쳐 가는 악의 세력을 막을 수 있을 거라고. 우리도 빨리 따라가 봐야겠어."

자리에서 벌떡 일어서려는 키로의 팔뚝 위로 안드라가 손을 얹었다.

"넌 지쳤어. 우리 모두 지칠 대로 지쳤어."

안드라는 탁자 밑에서 코를 골며 잠든 사이퍼를 가리켰다.

"우선 잠부터 자고 아침이 오면 여기서 나가자."

키로는 기다리는 것이 싫었지만 잠이 도움이 될 거란 사실을 부인할 수 없었다. 사막 한가운데를 걸어온 긴 여행으로 온몸이 쑤시고 아팠으니까.

"알았어."

키로는 부모님이 쓰던 옛 침실을 안드라에게 보여 주며, 오래된 침대에서 먼지 쌓인 이불을 들춰 냈다. 다행스럽게도 안쪽에는 그리 많은 먼지가 있지 않았다. 방 안을 둘러보는 키로의 마음이 마룻바닥으로 폭 꺼질 만큼 가라앉았다. 창백하고 아픈 엄마의 환영이 머릿속을 스윽 지나가자, 갑자기 식은땀이 나면서 심장이 쿵쾅거렸다.

서둘러 방에서 나온 키로는 어릴 적 쓰던 자신의 방으로 들어갔다. 방 안 곳곳에 두툼한 먼지가 쌓여 있는 것이 다를 뿐, 나머지는 이곳을 떠날 때와 똑같았다. 식구들이 돌아오기를 기다렸다는 듯 아빠가 만들어 준 오래된 태엽 장치 장난감들도 침대 머리맡 탁자 위에 그대로 놓여 있었다. 이곳에 있는 것들은 아무것도 변하지 않았는데, 키로와 바깥세상의 모든 것은 달라져 버렸다.

키로는 침대보를 벗기고 침대 안으로 기어들어 가 잠을 자려고 노력했다. 어느새 달콤하면서도 씁쓸한 추억들이 밀려왔다.

밤새 뒤척이며 엄마 꿈을 꾼 것 같았는데, 언제 잠이 들었을까? 키로는 안드라가 깨우는 소리에 기지개를 켜며 일어났다. 때마침 사이퍼도 잠에서 깨어났는지 컹컹 짖기 시작했다. 안드라와 키로가 부엌으로 가자 사이퍼도 꼬리를 흔들며 따라왔다. 키로는 어젯밤 따뜻하게 잠이 들 수 있었던 게 사이퍼 덕분이란 생각이 들었다. 사이퍼가 침대로 뛰어 올라와 자신의 발 근처에 엎드려 잠든 것이 어렴풋이 떠올랐다.

키로는 어젯밤에 심장이 두근거리고 잠이 오지 않아 천장을 올려다보며 어릴 적 엄마가 별들에 관한 이야기를 해 줬을 때를 기억해 냈다. 꼬마 키로는 거인 로봇을 직접 만나면 얼마나 멋질지 상상하던 철부지였다. 그러던 꼬마도 엄마가 죽은 뒤로 그런 일은 어리석은 환상이라며 무시해 버렸다. 그런데 이제 곧 실제로 존재하는 거인 로봇을 직접 볼 수 있으리라 생각하니 두려움과 기대가 교차되었다.

'그들의 창조자가 없다면 거인 로봇은 수 세기 동안 어떻게 되었을까? 고철로 남아 있었을까, 스스로 인간이라고 생각하며 진화했을까? 아니, 아니, 지금 그런 건 중요한 게 아니야. 거인 로봇이 우리 편이 아니라면? 우리를 도와줄 생각이 전혀 없다면?'

답을 알 수 없는 질문들이 꼬리에 꼬리를 물고 잠을 방해했다. 어느새 스르르 잠이 들었을 때까지 키로의 생각은 온통 수수께끼에 매달려 있었다.

동이 트자마자 서둘러 옛집을 나왔다. 새벽 공기가 싸늘했지만 키로의 마음은 그보다 더 싸늘했다. 키로는 아빠를 기억하거나 자신을 알아볼지도 모를 마을 사람들을 피하고 싶었다. 키로에게는 여전히 답을 알 수 없는 질문이 너무 많이 떠올랐다.

키로는 아빠가 오래전 자신을 롬비로부터 멀찍이 떨어뜨려 놓은 것도 부족해, 오늘날까지도 고향 마을에서 등을 떠밀고 있다는 생각이 들었다. 어디든 정을 붙이지 못하게 훼방을 놓는 것 같아 원망스러웠다. 앞으로도 생기가 넘치는 일상을 되찾고 웃음이 가득한 이웃들과 친하게 지내는 건 불가능할 것 같았다.

드렌에서 몇 년을 보내며 키로는 고향 사람들이 라다막 산맥 음지쪽에 살고 있다는 다크셰도우에 대한 온갖 미신을 두려워하면서도 얼마나 철저히 믿고 있었는지 까맣게 잊어버렸다. 아빠가 남겨 놓은 메모가 혹시 그 일과 관계된 모종의 암시라면, 미신에 대한 롬비 사람들의 집착은 지난 몇 년 동안 더 심해진 게 틀림없었다.

키로가 새벽 어스름을 등지고 고개를 들자, 저 멀리 봉우리들도 제 모습을 드러내고 있었다. 하나같이 시커멓고 뾰족뾰족해서 그 어떤 산봉우리보다 험악해 보였다. 언제라도 키로 일행을 덮칠 기회만 호시탐탐 노리고 있는 거대한 흡혈박쥐가 기분 나쁘게 웅크리고 있는 모습이었다.

으스스한 새벽 공기에도 키로의 이마에는 땀방울이 맺혔고, 갈수록 발걸음도 무거워졌다. 어느 순간 곁으로 다가온 안드라가 손을 꼭 잡아 주자, 손에서 손으로 따뜻한 기운이 전해졌다.

"자, 준비됐지?"

키로가 고개를 끄덕였다. 사이퍼가 앞서 달리기 시작했다.

이제 셋은 마을 입구에 서 있었다. 처음에는 별다른 어려움 없이 광장 쪽으로 들어갈 수 있을 것 같았는데, 날이 밝자 마을 사람들도 깨어나 분주히 움직이기 시작했다. 키로와 안드라는 인적이 드문 골목길로 들어섰다. 때마침 우유 배달부가 아침 배달을 하려고 수레를 세우고 있었다. 키로는 잽싸게 안드라를 잡아끌며 가장 가까운 건물 벽으로 밀쳤다. 키로와 안드라가 숨은 걸 모르는 사이퍼는 마냥 앞으로 걸어가고 있었다. 걱정이 된 키로가 작은 소리로 휘파람을 불었고, 안드라도 속삭이듯 불렀다.

"사이퍼."

우유 배달부는 키로가 태어나기 훨씬 전부터 이 골목을 맡아오던 사람이었다. 어쩌면 아직 키로네 가족을 기억하고 있을 수도 있었다. 안드라는 어리벙벙한 표정으로 키로를 쳐다보면서도 배달부가 사라질 때까지 사이퍼를 끌어안고 얌전히 건물 벽에 붙어 있었다. 키로가 안도의 한숨을 내쉬었다.

"아는 사람?"

"응. 그리고 아빠가 여기로도 지나갔던 것 같아."

"왜?"

"그냥 느낌이 그래."

키로는 대답을 얼버무렸다.

키로 일행은 마을을 무사히 빠져나왔다. 아침 해가 눈이 부셔 저 멀리 라다막 산맥의 기슭으로 이어지는 오솔길이 흐릿하게 보였다. 키로는 걱정이 앞섰다. 새벽 어스름에 본 것보다 가까이에서 보니 봉우리들이 더욱 뾰족하고 웅장했다. 깎아지른 듯한 바위산이 겹겹이 병풍처럼 둘러쳐져 있었다. 그 위로 띄엄띄엄 보이는 메마른 나뭇가지들이 마녀의 채찍처럼 보였다.

"이상한 기운이 느껴져."

안드라가 장난기 가득한 말투로 키로를 놀렸다.

"장난치지 마. 이제부터는 어떤 일이 벌어질지 몰라."

키로가 진지하게 대꾸했다.

"쳇, 네가 너무 긴장한 것 같아서 일부러 그런 건데."

둘은 한동안 말없이 걸었다. 사이퍼도 얌전히 뒤따라 걸었다. 외딸고 좁다란 오솔길 하나가 산언덕을 감아 돌며 뾰족한 꼭대기로 이어져 있었다. 사방이 쥐 죽은 듯 고요했다. 새들의 노랫소리, 벌레들의 바스락거리는 작은 소리도 들리지 않았다. 어쩌다 들려오는 것이라곤 어딘가 숨어 있는 곤충들의 날갯짓 소리뿐이었다. 사이퍼조차 이상하리만큼 조용했다. 하나같이 산맥에 서려 있는 신비한 기운에 홀린 것 같았다. 누군가 자신들이 파 놓은 함정에 키로와 안드라가 걸려들기만 기다리는 것 같았다.

하지만 셋에게는 다른 길이 없었다. 키로의 아빠를 찾을 수 있다는 희망도 이대로 포기할 수 없었다. 티런이 찾고 있던 비밀의 단서를 찾기 위해서라도 반드시 거쳐야 하는 시련의 길일 수도 있었다.

"여기부터는 가파른 오르막이야."

안드라가 마지못해 웃으며 말했다.

늘 침착한 안드라마저 예민해지자 키로의 걱정이 더 커졌다. 키로는 용기를 내어 비탈진 길 위로 첫발을 들여놓았다. 곧이어 축축 늘어진 나뭇가지들이 앞을 가로막고 있는 숲이 나타났다. 두 사람의 눈이 휘둥그레졌다.

이곳은 우거진 나뭇가지들이 햇빛을 막아 깜깜했다. 지금까지 걸어온 길을 돌아보았지만, 롬비 마을은커녕 길마저 빽빽한 나무들에 가려 보이지 않았다. 이제 사방이 이리저리 휘어진 나무뿐이었다. 심지어 어떤 나무들의 몸통에는 불길에 그을린 시커먼 얼룩이 남아 있어 불길한 느낌을 부채질했다.

"키로, 너 정말로 너희 아빠가 이 숲에서 길을 잃었다고 생각하는 거야?"

안드라가 신경질적으로 팔뚝을 긁으며 물었다.

"응, 절반쯤은. 아니, 솔직히 차라리 아빠가 그랬으면 좋겠어. 그래야 지금 우리가 맞는 길로 가고 있는 셈이 되니까."

키로도 목덜미를 긁었다. 벌레가 기어다니는지 온몸이 근질근질했다.

"또 절반쯤은 아빠가 그러지 않았길 바라고 있어."

키로가 이번엔 머리를 긁었다.

"그래, 그런 마음이라도 내가 널 탓할 수는 없겠지. 솔직히 말해서 난 너희 아빠가 여기 있었으면 좋겠어. 그래야 우리가 이 숲으로 들어온 게 헛되지 않잖아."

안드라가 간신히 웃어 보였다.

"또 그래야 너희 아빠도 금세 찾을 수 있지 않겠어?"

안드라의 말투는 조금 전보다는 부드러워졌지만, 여전히 어깨를 움츠리고서 신경질적으로 팔뚝을 긁고 있었다.

키로는 웃으려다가 참았다. 웃음소리가 새어 나가면 어둠의 구렁텅이에 빠져 있는 라다막 산맥 유령들까지 되살아날 것 같았다.

"만약에 말이야, 너희 아빠를 찾았는데 우리랑 함께 집으로 돌아가지 않겠다고 하면 어떡해?"

순간 키로의 심장이 쿵 내려앉았다. 내내 마음에 걸렸던 그 질문을 안드라가 꺼냈기 때문이었다.

"모르겠어. 그럴 땐 어떡해야 할지 정말 모르겠어."

키로는 고개를 저었다.

"만약 아빠가 별을 훔쳐 가는 범인을 찾아낼 때까지 할 일이 남아 있다고 하면, 도와드릴 수도 있는데……"

키로는 발에 걸리적거리는 썩은 나뭇가지들을 걷어차며 중얼거렸다.

"그래도 아빠가 허락해야겠지만. 안 된다고 하면 드렌에도 아빠가 구해 줘야 할 별들이 있다고 끝까지 설득해 볼 거야."

"그래, 나랑 같이 설득해 보자."

안드라가 키로의 어깨에 손을 얹었다.

"고마워."

셋은 걷고 또 걸었다. 온몸을 축 늘어지게 하는 축축한 공기에 숨이 막혀 제대로 말을 할 수도 없었다. 이곳의 정적은 날카로운 햇빛으로도 깨트릴 수 없는 빈틈없이 단단하고 무거운 것이었다.

"으악!"

갑자기 안드라가 소리를 질렀다. 깜짝 놀란 키로와 사이퍼가 발걸음을 멈췄다.

"이게 뭐야?"

안드라는 어깨에 묻은 시커멓고 끈끈한 액체를 닦아 내며 코를 찡그렸다. 키로도 그것을 가까이 들여다본 뒤, 어디서 떨어진 것인지 알아보려고 주변을 둘러봤다.

"좀 전에 뭐 만진 거 있어?"

"아니, 아무것도. 드렌 숲은 무섭지 않았는데, 이 숲속의 나무들은 기분 나빠."

안드라가 쉴 새 없이 몸을 떨었다.

키로는 느닷없이 향수병을 느꼈다. 이상하게도 롬비와 드렌이 동시에 그리웠다. 그곳의 숲들도 마찬가지였다.

"그러게. 이 끈끈한 건 분명 어디선가 떨어졌을 거야. 잘 지켜보자."

깊은 산속으로 들어갈수록 숨 쉴 때마다 이상한 냄새가 공기에 딸려 왔다. 유황 냄새 같았다. 갈수록 시커먼 점액은 더 걸쭉해지고 좀 더 쉽게 눈에 띄었다. 나무 몸통과 가지에 매달려 있는 끈적이는 액체를 피하기 위해 어깨까지 구부리고 걸어야 했다.

키로는 어렴풋이 끈적거리는 것의 모양과 냄새가 익숙하단 생각이 들었지만, 그 까닭까지는 기억나지 않았다. 발걸음을 내딛을 때마다 섬뜩한 공포가 뼛속으로 파고들었다. 옆에서는 안드라가 한마디 불평 없이 터벅터벅 걷고 있었다. 안드라의 얼굴에도 키로만큼이나 두려움이 서려 있었다. 어쩌면 이 둘이 생각하는 것처럼 이곳에는 그들만 있는 것이 아닐 수도 있었다.

정오쯤 되자 키로와 안드라는 롤빵과 치즈로 허겁지겁 점심을 때웠는데, 먹는 내내 콧구멍을 막고 있어야 했다. 사이퍼도 계속 킁킁거리며 비스킷 몇 조각을 집어삼켰다.

두 사람은 오래전에 쓰러진 나무둥치에 걸터앉으려다 말고 끈적이는 액체부터 치웠다. 잠시 앉아 있는데도 머리 위쪽에서 바스락거리는 소리에 신경이 곤두섰다. 사이퍼도 으르렁거렸다.

둘은 서둘러 남은 음식들을 배낭 안에 쑤셔 넣었다. 나무 위에 무엇인가가 있다면 절대로 마주치고 싶지 않았다. 더더욱 녀석들의 점심거리가 되고 싶지는 않았다.

늦은 오후가 되도록 잠시도 쉬지 않고 계속해서 걸었고 발걸음은 점점 느려졌다. 햇살이 사위어 갈수록 땅거미도 더 짙은 잿빛 그늘로 짙어지고 있었다. 어느새 이들을 포위한 이름 모를 나무들의 그림자까지 서로에게 들러붙고 엉기며 불어난 몸집을 흐느적거렸다.

"키로, 우리 곧 캠프를 해야 하지 않을까?"

키로는 그 생각까지 하지 못했다. 저녁이 되기 전에 산꼭대기에 도착해서 아빠가 있을 만한 곳으로 갈 수 있기만 바랐었다. 비록 지금도 꽤 늦은 오후 시간이긴 했지만, 이곳은 키로가 예상했던 것보다 훨씬 더 어둡고 깊은 골짜기란 게 생생하게 느껴졌다.

"아직은 아니야. 탁 트인 곳이 나오는지 눈 씻고 살펴보자. 뭐랄까, 좀 덜……."

"으슬으슬한 곳?"

안드라가 말했다.

"응, 바로 그런 곳."

키로가 맞장구쳤다.

몇 분쯤 지났을까, 갑자기 안드라가 걸음을 멈추고 온몸을 부르르 떨었다.

"너, 저 소리 들었어?"

키로는 고개를 저었지만, 다시 한번 그 소리가 들려왔다. 나뭇잎들이 바스락거리는 소리였다.

"지금 들었어."

"뭐라고 생각해?"

"알고 싶지 않아."

두 사람은 또다시 두려움에 사로잡혔다. 지친 다리가 무거워졌지만 걸음걸이의 속도를 높였다. 기분 나쁘게 바스락거리는 소리는 점점 가까이에서 크게 들렸다. 아무래도 무성한 이파리들로 하늘을 가린 나무 우듬지 쪽에서 들려오는 것 같았다.

"이 산에 악마가 산다고 믿는 마을 사람들이 있다고 말했잖아?"

안드라가 속삭였다.

"그건 그냥 신화 같은 거야."

키로는 침을 꿀꺽 삼켰다.

"비슬라처럼?"

안드라가 날카로운 눈빛으로 키로를 쏘아봤다. 순간, 거짓말로 둘러댄 키로의 얼굴이 새파래졌다.

"우리 달려야 되는 거 아냐?"

두 번 다시 물어볼 필요도 없었다. 이미 겁에 질린 두 사람의 다리는 달리고 있었다. 폭이 좁고 구불구불하며 가파른 오르막을 미친 듯이 달렸다. 얼마나 달렸을까. 키로는 앞서 달리던 사이퍼가 굽은 길을 돌자마자 길 한가운데에 멈춰 선 걸 보았다.

"사이퍼, 왜 그래……?"

질문을 하려던 키로는 입을 다물 수 없었다. 시커먼 점액질로 된 굵은 거미줄이 길을 막고 있었다. 겁먹은 사이퍼가 그 앞에서 낑낑거리며 뒷걸음질 치고 있었다.

'거미줄……, 거미줄…….'

키로는 어째서 거미줄이 낯설지 않은지 생각해 보려 머리를 쥐어짰다.

'라다막 산맥이 출입 금지 구역이란 이야기 외에 또 어떤 전설을 들었던 게 아니었을까?'

키로는 기억을 떠올려 보려 애썼지만 아무것도 떠오르지 않았다. 그사이에도 사이퍼는 빙글빙글 돌기만 했고, 침착하던 안드라마저 느닷없이 비명을 질러 댔다.

"우리 머리 위에!"

키로는 고개를 쳐들었다. 끈끈하고 시커먼 거미줄을 타고 거미같이 생긴 놈들이 무리 지어 내려오고 있었다. 유황 냄새 또한 코를 찔렀다.

놈들을 보자마자 키로는 이름이 떠올랐다. 브릿락스. 하지만 이놈들도 비슬라처럼 오래전에 별빛 그물에 몰아넣어 멸종된 것으로 알려져 있었다. 키로는 끈적이는 액체가 낯설지 않던 까닭 역시 깨달았다. 어릴 적에 엄마가 이 다크셰도우에 대한 이야기도 들려주었기 때문이었다.

몸이 덜덜 떨렸다. 끝 모를 구멍처럼 시커먼 놈의 눈빛이 조금씩 빛깔을 달리하며 가까이 다가오고 있었다.

"정신 차려, 키로!"

안드라가 키로의 어깨를 잡아당기며 어서 도망가자고 재촉했다. 눈앞의 거미줄이 찢어져 너덜너덜했다. 키로가 브릿락스에 넋을 놓고 있을 때 안드라가 그렇게 해 놓은 게 분명했다.

등 뒤쪽에서 끄르륵하는 소리가 나더니 뜨거운 열기가 솟구치며 지독한 냄새와 함께 더운 바람이 훅 끼쳐 왔다. 키로는 위험을 무릅쓰고 뒤를 힐끗 돌아보았다. 문득 그동안 잊고 있던 또 한 가지 사실이 기억났다. 브릿락스는 불을 뿜어내는 괴물이었다.

이들을 방해했던 거미줄이 불타고 있었다. 키로는 여기까지 오는 길에 자주 눈에 띄었던 나뭇가지나 나뭇등걸의 그을린 자국이 어떻게 생긴 건지 깨닫게 되었다.

"너희 아빠가 이런 것도 메모에 적어 놓았으면 좋았을 텐데."

그 순간, 뜨거운 불길이 키로 바로 옆의 나무까지 집어삼켰다. 연기를 마신 키로가 비틀거리며 땅바닥으로 고꾸라졌다. 무슨 일이 일어났는지 알아볼 새도 없이, 시커먼 액체를 뒤집어쓴 키로가 숨을 헉헉거렸다. 웅덩이에서 빠져나오려고 움직일수록 끈끈한 액체가 몸을 더 끌어당겼다.

"안 돼!"

안드라의 비명 소리였다. 조금 떨어진 곳에서 들려왔다.

키로는 발버둥을 쳤지만, 거미줄은 키로의 몸을 더욱 조여 왔다. 떼어 내려고 해도 끈끈한 것이 엉키기만 했다. 주변을 둘러봐도 손바닥조차 디딜 곳이 없었다. 키로는 젖 먹던 힘까지 쥐어짜며 팔다리를 허우적거렸다. 이대로 포기할 수는 없었다.

그때 갑자기 '드드득' 찢어지는 소리가 들렸다. 키로는 발이 미끄러지면서 몸이 앞으로 고꾸라졌다. 안드라가 재빨리 손을 내밀어 일으켜 세우더니 밖으로 끌어냈다.

"빨리, 이쪽으로. 이 앞에 있는 바위 뒤에 숨자. 저놈들을 헷갈리게 해야 돼."

바위 뒤쪽으로 몸을 피하자, 브릿락스가 여덟 개의 긴 다리를 휘저으며 우왕좌왕했다. 키로는 바위 너머로 놈의 동작이 느려진 걸 알아챘다. 다행히 놈은 어기적거리며 반대 방향으로 멀어지고 있었다. 아무래도 땅에서는 허공에서처럼 마음대로 몸을 움직이는 게 쉽지 않은 듯했다.

"저건 터널일까?"

키로가 깎아지른 듯한 벼랑 아래쪽 구멍을 가리켰다.

"일단 가 보자."

안드라의 눈빛이 초롱초롱해졌다.

터널은 맞았지만 입구는 매우 좁았다. 키로와 안드라는 터널 안으로 기어들어 가 벽에 몸을 바짝 붙였다. 그렇게 숨을 고르며 잠시 기대서 있는데, 사이퍼가 낑낑거리며 키로의 가랑이 사이로 파고들었다.

"깜깜해서 그래?"

키로가 사이퍼의 목덜미를 쓰다듬어 주었다.

"이제 소리가 멀리 들려. 거미 괴물들이 포기했나 봐."

안드라가 자그맣게 속삭였지만 목소리가 울렸다.

어느새 브릿락스들이 끄르륵거리는 소리가 아득히 들려오더니 고약하던 냄새도 나지 않았다. 확실하지는 않지만 터널 바깥쪽 바위틈에 걸려 있던 끈끈한 거미줄도 사라져 버린 것 같았다. 두 사람은 거의 동시에 안도의 한숨을 내쉬며, 터널 안쪽으로 조심스럽게 한 발 한 발 옮겼다.

"저놈들의 정체는 뭘까?"

"브릿락스야, 안드라. 멸종된 줄 알았는데 아니었나 봐. 어둠의 세력 중에서 비슬라만 돌아온 게 아니라는 건 더욱 확실해졌어."

"뭐? 브릿락스?"

"응, 거미 괴물 브릿락스까지 풀린 거야."

"난 이제 너희 아빠가 사악한 놈들을 막기 위해 어딘가 잘 가고 계시길 기도할래."

안드라의 말에 키로는 대답 대신 고개를 끄덕였다.

"그런데 말이야, 브릿락스가 이곳으로 모여들고 있는 거라면 별들을 훔쳐 간 범인도 근처에 있을 것 같아."

키로의 어깨가 부르르 떨렸다. 말을 하는 동안에도 입김이 싸늘하게 변했다.

"갑자기 왜 이렇게 춥지?"

안드라도 온몸을 부르르 떨었다. 키로는 깜깜한 터널 속에서도 안드라의 입김이 순식간에 얼어붙는 것을 볼 수 있었다. 살을에는 추위에 피까지 얼어 버릴 듯하자 떨쳐 낼 수 없는 두려움이 몰려왔다. 속눈썹에도 고드름이 매달린 것 같았다. 얼음이 갈라지는 소리가 '쩍쩍' 크게 들려왔다. 눈 깜짝할 사이에 차디찬 공기가 터널 바닥까지 꽁꽁 얼리며 얼음장이 퍼지고 있었다.

비슬라가 터널 안에 있다는 증거였다.

눈앞이 깜깜했다. 마음은 급했지만 몸은 이미 꽁꽁 얼어붙었고, 숨이 막혔다.

"여기서 빨리 벗어나야 해."

안드라가 이를 딱딱거리며 말했다. 사이퍼도 뻣뻣해진 털을 부르르 떨었다.

"잠깐만."

키로는 터널 속의 희미한 빛 속에서도 배낭을 뒤졌다.

"지금 뭘 찾아?"

안드라가 재촉했다.

"찾았어."

키로는 스타 파우더병을 집어 들었다.

"비슬라를 막는 데 도움이 될 거야."

"좋은 생각이야."

안드라가 미소 지었다.

그렇게__ 스타보이가__ 되었다

더 이상 머뭇거릴 시간이 없었다. 키로는 안드라의 손을 잡고 터널 반대쪽 끝을 향해 달리기 시작했다. 발밑이 미끄러워 하마터면 엉덩방아를 찧을 뻔했지만, 둘은 서둘러 발바닥으로 얼음 바닥을 지쳤다. 한 줄기 흐릿한 빛이 터널 끄트머리로 새어 들어왔다. 마치 밤하늘의 별 하나가 이들에게 달려갈 방향을 알려 주고 있는 것 같았다. 더 빨리 달리라며 응원하고 있는 것 같았다. 키로는 스타 파우더병을 놓치지 않으려고 좀 더 꽉 쥐었다. 마음속으로는 부디 사용할 일이 없기만을 바랐다.

시간이 갈수록 터널 안 공기는 견디기 어려울 만큼 차가웠다. 발밑에 생긴 얼음까지 이들의 발길을 위태롭게 했다. 터널 천장과 벽 쪽에도 성에가 잔뜩 끼어, 갈수록 두꺼워지고 있었다.

터널 반대쪽으로 스며드는 빛줄기에 가까워질 즈음, 사이퍼가 발을 헛딛고 절뚝거리기 시작했다. 한 발짝 앞으로 움직이기조차 두려운지 낑낑대며 머뭇거렸다.

그때 어디선가 나타난 어두운 그림자가 희미한 빛마저 막아 버렸다. 사이퍼가 미친 듯이 짖어 대기 시작했다. 위급한 상황인 걸 알아챈 키로와 안드라는 급하게 멈춰 서려다 자빠질 뻔했다. 이제 여기서 열 발자국 정도만 더 가면 신선한 공기를 맡을 수 있는데, 하필 비슬라가 앞을 막아 버린 것이었다. 금세라도 그 끔찍한 괴물이 자신들을 공격해 올 것만 같은 긴장감이 맴돌았다. 브릿락스가 터널 안쪽까지 이들을 쫓아오지 않은 것도 당연했다. 이곳은 비슬라의 영역이었다.

키로는 스타 파우더병을 머리 위로 들어 올렸다. 지난번 집 마당으로 접근하려던 비슬라는 용케 막아 주었지만, 이번에도 효력이 있을지는 알 수 없었다. 그래도 별 가루에 희망을 걸 수밖에 없었다. 낑낑거리는 사이퍼 옆에는 안드라가 이를 악물고 서 있었는데 굳어진 표정으로 겁먹은 속내를 숨길 수는 없었다.

거대한 그림자가 어슬렁거렸다. 놈이 움직이는 방향을 따라 그 주변의 벽과 바닥에서 '쩌억, 쩌억' 얼음 갈라지는 소리가 났다. 터널 안쪽을 두꺼운 담요처럼 덮고 있던 얼음장들이 깨지고 있었다. 몸을 웅크리고 있던 사이퍼가 날뛰기 시작했고, 키로는 심장이 튀어나올 것 같았다.

"사이퍼!"

안드라가 사이퍼의 목을 끌어안으려 했지만 소용없었다. 사이퍼는 비슬라의 거뭇거뭇한 그림자를 향해 이빨을 드러내고 으르렁거렸다.

"안 돼!"

키로가 큰 소리로 외쳤지만 이미 늦어 버렸다. 비슬라가 귀에 거슬리는 쇳소리를 내며 웃고 있었다. 소름 끼치는 소리였다.

"피해, 사이퍼!"

하지만 사이퍼는 움직이지 않았다. 놈이 어둠 속으로 긴 팔을 뻗자, 순식간에 톱니 같은 얼음 칼날로 변했다. 놈은 다른 한 손으로 사이퍼를 집어 들더니 바닥으로 내동댕이치고, 얼음 칼날을 내리쳤다. 비틀거리며 도망치려던 사이퍼의 한쪽 다리에 뾰족한 얼음 송곳이 박혔다. 찰나에 벌어진 끔찍한 일이었다.

사이퍼가 고통과 두려움이 섞인 비명을 질렀다. 키로는 자신을 향해 절뚝거리며 다가오는 사이퍼에게 달려갔다. 사이퍼의 다리 하나가 피범벅이 되어 있었다. 키로는 사이퍼를 두 팔로 끌어안았다. 눈물이 뺨 아래로 주룩주룩 흘러내렸다. 이대로 사이퍼를 잃을 수는 없었다. 슬픔과 분노가 동시에 들끓어 올랐다. 안드라 가까이에 비슬라가 다가와 있는 것도 알아차리지 못할 정도로 키로는 이미 제정신이 아니었다.

"저리 가. 저리 꺼지라고."

안드라가 고함을 질렀지만, 사악한 다크셰도우는 등골까지 오싹해지는 쇳소리를 내며 얼음 칼날을 마구 휘둘렀다.

"안드라."

키로가 안드라의 손을 잡아끌었다. 키로는 정신을 똑바로 차리려고 노력했다. 조심스레 사이퍼를 바닥에 내려놓고 빠른 손놀림으로 머리를 쓰다듬어 주었다. 그런 다음 비슬라를 직접 상대하기 위해 앞으로 나섰다.

"안드라, 넌 힘껏 뛰어. 내가 놈을 막고 있을 동안 터널 밖으로 달아나."

"도망? 어느 쪽으로? 너 지금 _그걸_ 말이라고 해? 난 아무 데도 안 가. 온 길로 돌아가 봤자, 온통 브릿락스들뿐이잖아. 나 혼자서 그 징그러운 놈들을 피해 달아나라고?"

안드라가 고개를 저었다.

"제발 부탁이야."

키로가 안드라의 등을 밀치며 말했다.

"아니, 난 여기서 너랑 끝까지 함께할 거야."

키로는 그제야 안드라의 뺨에도 눈물 자국이 얼룩져 있는 걸 눈치챘다. 늘 씩씩한 표정이던 안드라였지만, 사이퍼의 부상에는 마음이 약해진 게 틀림없었다.

비슬라는 다시 송곳처럼 날카로운 비명을 내질렀다. 키로는 서둘러 스타 파우더병의 마개를 열고, 비슬라를 향해 던질 준비를 마쳤다. 하지만 다크셰도우가 키로에게 얼음 칼날을 다시 휘두르기도 전에, 어디선가 나타난 이글거리는 푸른빛 덩어리가 순식간에 터널을 가득 채우고 비슬라를 빨아들였다. 고통으로 더욱 날카로워진 비슬라의 마지막 신음 소리와 함께 터널 안 얼음이 스르르 녹기 시작했다.

터널 입구 쪽에서 난데없이 나타난 빛 덩어리에 공격을 당한 비슬라가 사라지는 동안, 키로와 안드라는 벽에 바짝 붙어 있었다. 두 사람 몸 위로도 차가운 바람이 휙 지나가더니 푸르른 빛줄기가 가장 어두운 구석 쪽을 파고들었다.

두 사람은 충격에 휩싸인 채 멍하니 서 있었다. 분명히 무언가가 푸른빛 덩어리를 보내 그들을 구했고, 비슬라를 쫓아 주었다. 도대체 그것이 누구인지, 혹은 무엇인지 알 수 없었다. 잠시나마 산에서 돌아온 아빠가 아닐까 하는 실낱같은 희망이 키로의 마음을 가득 채웠다. 그것도 잠시뿐, 이내 혼란스러움과 놀라움으로 뒤숭숭해졌다.

기계 장치가 윙윙 돌아가는 소리가 터널 안을 울리며 키로의 호기심을 자극했다. 키로가 조심스럽게 사이퍼를 들어 올리자 사이퍼가 소매를 물어뜯으려고 안간힘을 썼다. 안드라가 키로의 팔을 붙잡았다. 손이 아직 차가웠지만 둘은 푸른빛 속으로 한 발 한 발 나아갔다.

"사이퍼는 괜찮아?"

"응. 하지만 피를 너무 많이 흘렸어."

키로가 사이퍼의 축축한 털을 쓰다듬어 주었다.

"그런데 저건 뭘까?"

안드라가 터널 한쪽 구석에서 번쩍거리는 것을 가리켰다. 키로는 이상한 빛과 소리를 내는 물체 쪽으로 조금 더 가까이 다가섰다. 처음엔 녹이 슨 고철 덩어리 같았지만, 나무 몸통처럼 보이기도 했다. 그러나 키로는 절대 나무로 된 물건은 아닐 거라고 생각했다. 어쩐지 귀에 익숙한 기계 장치 소리가 들렸다.

놀랍게도 그것은 로봇의 다리였다. 두 다리는 허리 쪽으로 옴폭 들어간 금속제 몸통을 떠받치고 있었다. 그 주변으로 푸른빛이 둥그렇게 감싸고 있었다. 아무래도 그것이 비슬라를 무찌른 빛의 원천인 듯했다. 키로는 고개를 좀 더 들어 올리고 계속 살펴봤다. 어깨에서 이어진 긴 팔이 보였다. 역시나 금속으로 된 팔인데, 사막에서 발견한 것과 비슷한 모양새였다. 게다가 몸통에서 이어진 꼭대기에는 이런저런 금속 장치들이 달려 있는 얼굴이 있었고, 목에는 바늘땀이 촘촘하게 드러난 붉은 스카프를 두르고 있었다.

거인 로봇은 키로와 안드라를 빛나는 푸른 눈으로 내려다보았다. 키로는 그 눈빛이 자신들을 향한 따뜻한 관심이길 바랐다.

이윽고 거대한 거인 로봇이 그들 앞에 무릎을 꿇자, 키로와 안드라는 휘청거리며 뒤로 한 걸음 물러났다.

"반갑습니다, 친구들. 오늘은 더 이상 비슬라가 괴롭히지 않을 것입니다."

거인 로봇은 금속 바늘로 돌을 긁을 때 나는 날카로운 소리로 말했다. 그래도 단어 하나하나는 또렷했다.

"고, 고마워요."

키로가 더듬더듬 대답했다.

"당신은…… 거인 로봇이네요."

거인 로봇을 바라보는 안드라의 눈알이 튀어나올 것 같았다.

"보다시피 그렇습니다. 그게 아니라면 또 다른 괴물일까요?"

거인 로봇은 바람이 빠지는 듯한 이상한 소리를 냈다. 그것이 거인 로봇의 웃는 방식이었다.

"내 이름은 젝터입니다."

거인 로봇이 손을 내밀었다. 키로와 안드라도 손을 내밀고 조심스럽게 젝터의 손가락 하나를 붙잡고 악수했다. 손가락은 키로의 팔뚝만 했고, 그 끝은 바늘처럼 뾰족했다.

"저는 키로예요. 아빠를 찾고 있어요."

"저는 안드라예요. 만나서 반가워요."

"나도 마찬가지입니다."

잠시 서먹했지만 거인 로봇 젝터는 키로가 품에 안고 있는 사이퍼를 유심히 쳐다봤다. 다친 걸 알아챈 눈치였다.

"나를 따라오십시오. 내가 당신의 동물과 당신의 임무에 도움을 줄 수 있습니다."

젝터가 손바닥을 내밀자, 키로는 조심스럽게 사이퍼를 그 위에 올려놓았다. 아주 잠깐이었지만 키로는 거인 로봇이 믿을 수 없는 존재일지도 모른다는 의심을 품었다. 미안한 마음도 들었지만 거인 로봇은 처음 보는 낯선 존재였다. 하지만 거인 로봇이 비슬라에게서 자신들을 구해 준 건 반박할 수 없는 사실이었다. 지금부터라도 키로에게 힘을 보태 줄 존재가 있다면 바로 거인 로봇일 수도 있었다. 더군다나 사이퍼에게 도움이 될 수 있다니, 현재로서는 젝터를 믿는 것이 최선의 선택이었다.

사이퍼는 눈에 띄게 기운을 잃어 가고 있었다. 죽어 가는 사이퍼의 신음 소리에 키로는 가슴이 메어 왔다. 앞으로 무슨 일이 벌어질지 생각하니 심장이 벌렁거렸지만 다른 방법이 없었다. 자신에게 가장 소중한 친구를 위해서라도 젝터에게 모든 걸 맡기는 수밖에 없었다.

안드라가 키로의 어깨에 손을 얹고 손아귀에 힘을 주었다. 둘은 젝터의 뒤를 따라가기 시작했다. 처음 얼마 동안은 우거진 숲 사이를 성큼성큼 걸어가는 거인 로봇의 보폭이 너무 넓고 발걸음까지 빨라 뛰어서 따라가야 했다. 다행히 둘이 뒤따라오며 헉헉대는 걸 깨달은 젝터가 걷는 속도를 늦춰 주었다.

"우리가 진짜 살아 있는 거인 로봇을 찾았다니, 믿을 수가 없어!"

안드라가 속삭였다.

"그러게. 나도 믿기지 않아. 게다가 라다막 산맥에서 발견했다니 더 놀라워."

키로도 고개를 끄덕였다.

"이상한 건 엄마가 들려준 이야기대로라면, 이곳에 좋은 건 하나도 없어야 하거든."

"글쎄, 그 이야기들도 오래됐으니 모든 걸 맞힐 수는 없지 않을까, 안 그래?"

안드라가 미소를 짓자, 키로의 근심이 스르르 녹기 시작했다.

"그래, 맞아."

키로도 맞장구를 쳤다.

안드라의 말이 옳았다. 거인 로봇은 친절하게도 아무런 대가 없이 자신들을 돕고 싶어 했다. 뜻밖의 누군가로부터 큰 도움을 받게 되었을 땐 무턱대고 의심부터 하지 않는 게 가장 좋은 마음가짐이란 생각이 들었다. 키로는 안도의 한숨을 내쉬었다.

지치고 배까지 고프던 참에 젝터가 드디어 걸음을 멈추자 안심이 되었다. 키로와 안드라는 자신들이 있는 곳이 어디인지 둘러보았다. 낯선 마을이었다.

몸집이 거대한 거인 로봇은 이야기 속에서만 존재하는 줄 알았다. 우연히 만나게 되리라고 상상조차 해 본 적도 없었다. 그런데 오늘, 그들이 사는 마을까지 오게 되었으니 키로는 꿈을 꾸는 것 같았다.

"꿈은 아니겠지?"

키로가 속삭였다.

"응. 저기 좀 봐."

안드라가 마을을 가리켰다.

라다막 산맥 다른 한쪽에는 지금까지와는 완전히 다른 마을이 있었다. 빽빽하던 나무들은 더 이상 보이지 않고, 엄청나게 높은 집들이 무계획적으로 여기저기 들어서 있었다.

젝터는 이들을 곧장 마을 중심부로 데려갔다. 그곳에는 화로가 있었는데, 거인 로봇이 빙 둘러앉아 있었다.

"거인 로봇이 더 있었어."

안드라가 키로의 귀에 대고 속삭였다.

키로는 입을 다물 수가 없었다. 이야기로만 듣던 수백 년을 넘게 산 거인 로봇을 마주하고 있다니 놀라울 따름이었다. 심지어 자기 나이 또래의 거인 로봇도 있었다. 키로의 상상력은 단순해서 거인 로봇은 그냥 커다란 기계일 뿐일 거라고 생각했는데, 직접 마주한 거인 로봇은 수동적인 기계가 아니었다. 이들은 사람과 매우 비슷하게 움직이고, 자신들끼리 생각도 나누고 있었다. 생김새와 크기만 다를 뿐, 키로나 안드라처럼 엄연히 살아 있는 생명체였다.

젝터는 사이퍼를 다른 거인 로봇 앞으로 옮겨 놓았다. 그 거인 로봇은 선명하게 붉은 금속판 옷을 입고 있었다. 회색과 파란색 몸통을 지닌 젝터 옆에 있으니 붉은색이 더욱 도드라져 보였다. 젝터가 다른 거인 로봇에게 키로가 알아들을 수 없는 말들을 건네자, 그 거인 로봇은 한순간의 주저함도 없이 사이퍼를 품에 안고 가까운 집으로 향했다. 키로는 심장이 덜컥 내려앉는 것 같았다. 거인 로봇을 따라가려고 하는데, 무언가가 키로 앞을 딱 막아섰다.

안드라였다. 그런데 키로의 팔을 잡아당기는 안드라의 얼굴이 핼쑥했다. 키로는 안드라가 손짓으로 가리키는 방향으로 고개를 돌렸다. '헉' 숨이 막혔다. 주먹으로 배를 맞은 것처럼 숨이 꽉 막혔다.

그곳에는 거인 로봇과 함께 화롯가에 앉아 활활 타오르는 불길을 들여다보고 있는 티린이 있었다. 티린의 머리는 몇 주 동안 빗질 한 번 하지 않은 듯 헝클어져 있었다. 넋이 나간 듯 시선은 끔찍하리만큼 흐리멍덩했다. 키로는 아빠의 그런 모습을 꿈속에서라도 보고 싶지 않았다. 키로의 마음을 모르는 듯 티린은 어느 거인 로봇의 것으로 보이는 커다란 기계 장비만 무심히 만지작거리고 있었다.

"아빠!"

키로가 외쳤지만, 그 소리를 듣기엔 티린이 너무 먼 거리에 있었다. 한순간에 억눌러 놓았던 분노들이 들끓기 시작했다. 키로는 아빠가 미웠다. 어디선가 위대한 임무를 하고 있으리라 믿었건만, 아빠는 정작 아무것도 하고 있지 않았다. 키로는 이대로 아빠를 내버려 두고 돌아가고 싶었다. 목숨을 걸고 찾던 아빠였지만, 정작 티린은 목적 없이 헤매고 돌아다니다 거인 로봇의 초대로 이곳까지 온 듯싶었다.

키로는 그런 아빠가 한심했다. 아빠라고 해서 키로 자신보다 별들을 구할 수 있는 방법을 더 잘 알고 있을 것 같지도 않았다. 키로는 아빠가 무사하기만을 기도했었는데, 아빠란 사람은 하나뿐인 아들을 집에 남겨 두고 이런 곳에 숨어 지내고 있었다니 기가 찰 뿐이었다. 평범한 여느 집 아빠라면 벌써 집으로 돌아와 아들에게 멋진 거인 로봇 이야기를 들려주었을 텐데, 티린은 오히려 그들 사이에 남기로 결정한 것처럼 보였다.

키로는 축 늘어뜨리고 있던 손가락들을 오므려 주먹을 쥐었다. 아빠가 정말로 자신을 버렸다는 생각이 들자, 모든 것이 헛수고인 것 같았다.

"아빠하고 얘기하고 싶지 않아?"

안드라가 눈썹을 치켜올린 탓에 이마에 주름살이 잡혔다.

"아니, 저 모습 좀 봐. 엉망진창이잖아."

키로는 실망과 분노를 그대로 드러냈다.

"그래도 네 아빠야."

안드라가 키로의 어깨를 토닥거렸다.

"됐어."

키로는 불쑥 성질을 냈다.

아빠란 존재가 허울 좋은 이름뿐인 것 같아 두려웠다. 물론 안드라의 말이 틀리진 않았다. 우여곡절 끝에 아빠를 찾았으니, 이제라도 집으로 함께 돌아가 스타셰퍼드 위원회 일을 바로잡자고 설득해야 마땅했다. 그러지 않으면 모든 걸 한꺼번에 잃을 수밖에 없다는 것도 잘 알고 있었다.

키로는 크게 심호흡을 하고 나서 티린이 앉아 있는 화로 쪽으로 걸어갔다. 곁눈질로 젝터와 안드라가 등 뒤에 있는 걸 확인했지만 모른 체했다. 누구라도 지금 상황에 끼어든다면 어렵게 마음먹은 결심마저 흐트러질 것 같았다.

화로를 마주 보고 있는 아빠 곁으로 다가갔는데도 티린은 키로를 전혀 알아보지 못했다. 그저 멍한 표정으로 불길만 쳐다보며 손에 든 기계 장비를 만지작거리고 있었다.

"아빠?"

키로의 목소리가 떨렸다.

'도대체 무슨 일이 있었기에 아빠가 이렇게 되었을까?'

지금 눈앞에 있는 티린은 키로가 찾았을 때를 상상하며 머릿속에 그려 본 아빠의 모습보다 훨씬 안 좋은 상태였다. 키로는 하늘이 무너져 내린 것 같았다.

"아빠? 저예요. 아빠 아들 키로! 집에 모시고 가려고 왔어요."

그러나 티린은 아무런 반응도 보이지 않았다.

"집으로 돌아가셔야죠."

키로는 울먹거렸다.

하늘이 무너진 게 맞았다. 키로는 아빠의 어깨라도 붙잡고 울고 싶었지만 그럴 용기가 나지 않았다. 이대로 포기해야겠다는 마음으로 뒤돌아서려는데, 젝터가 커다란 검지로 키로의 어깨를 툭툭 쳤다.

"그 사람은 당신에게 대답하지 않을 겁니다."

주변을 둘러보니, 젝터를 비롯한 많은 거인 로봇이 동정의 눈빛으로 키로를 바라보고 있었다. 안드라도 옆으로 다가와 키로의 손을 꽉 쥐었다.

"말도 안 돼요. 왜? 왜 저렇게 된 건데요? 우리 아빠라고요. 그런데도 아들을 알아보지 못하잖아요."

"정말 죄송합니다. 그는 망가진 사람이었습니다. 우리가 얼마 전에 비슬라의 공격을 받고 굶주린 채 얼어붙어 있던 그 사람을 발견했습니다."

또 다른 거인 로봇이 끼어들었다.

"우리는 최선을 다해 그 사람이 건강을 되찾도록 돌봤지만, 산 속에서 무슨 일이 있었는지 그는 정신이 나간 상태였습니다. 그런데도 태엽 장치 고치는 작업을 하고 싶어 했습니다. 알고 보니 우리에게 꼭 필요한 사람이었습니다."

거인 로봇은 자신의 금속 몸통을 가리켰다.

"저희의 내부는 복잡한 태엽 장치로 되어 있기 때문에 쉽게 고칠 수 없습니다. 하지만 저 사람의 재주가 훌륭해서 이번 수술은 매우 잘되었습니다."

"그렇습니다."

젝터도 고개를 끄덕였다.

"그 사람은 우리에게 큰 도움을 주었습니다. 우리보다 우리 몸이 어떻게 작동하는지 잘 알고 있었습니다."

그 말을 듣자 키로는 갑자기 어지러웠다.

"그래서 아빠가 여기 있는 내내 당신들 모두를 고쳐 줬다는 건가요?"

거인 로봇은 키로가 왜 이렇게 화가 나 있는지 모르겠다는 표정을 지었다.

"혹시 우리에게 저 사람의 이름을 알려 줄 수 있습니까? 우리끼리 나름대로 그를 인간이라고 부르기로 했지만, 저 사람은 그 말에는 단 한 번도 대꾸하지 않았습니다."

젝터가 허리를 굽히며 키로에게 물었다.

키로의 뱃속이 싸늘해지기 시작했다. 비슬라가 다가왔을 때 느꼈던 냉기보다도 더 싸늘했다.

"우리 아빠 이름은 티린이에요. 아빠는 중요한 임무를 위해 여기까지 오게 된 거예요. 저를 집에 남겨 두고 혼자 완수하려던 거라고요."

키로의 얼굴이 빨개졌다.

"지금 보니 모든 게 헛수고였지만요."

키로가 고개를 절레절레 저었다.

거인 로봇들이 동정 어린 표정으로 바라보는 걸 더 이상 참을 수 없던 키로는 마을 입구를 향해 미친 듯이 달리기 시작했다. 안드라도 뒤따라 달려왔다.

"키로!"

안드라가 불러도 키로는 계속 달렸다.

키로는 이제 이곳에 아빠를 버리고 떠날 마음의 준비를 했다. 별을 지키는 일에서도 완전히 손을 놓을 생각이었다. 별이든 아빠든 이날 이때까지 자신에게 도움을 준 것은 없었다. 하나같이 비참한 결과만 가져다주었다. 더 이상 참고 견딜 이유가 남아 있지 않았다.

어느새 뒤쫓아 온 안드라가 키로의 팔꿈치를 붙잡았다. 키로는 제자리에서 빙글빙글 돌며 씩씩거렸다.

"어디 가려는 거야?"

"집."

키로가 몸을 홱 돌리자 안드라가 길을 막고 섰다.

"설마 아니지? 별을 구해야지."

"이제 난 별이 싫어졌어."

키로는 이렇게 말했지만 속으로는 후회가 되었다.

"아니, 넌 거짓말을 하고 있는 거야. 너희 아빠가 널 몰라봐서 속이 상한 거야. 물론 이해는 해. 나라도 그랬을 거니까."

"아니, 난 정말 별이 싫어졌어. 어리석게도 난 땅으로 떨어지는 별들을 지켜보고 있다가 하늘로 되돌려 보내는 일이 멋지다고 생각했어. 그런데 그 별들 때문에 마을 사람들이 날 싫어하게 되었고, 그 별들 때문에 아빠도 내게서 멀어졌어."

마을 사람들에게 쫓기던 그날이 생각나자 키로는 더욱 화가 치밀었다.

"그뿐이야? 결국 그 별들 때문에 이 산속까지 헛걸음한 꼴이 되었잖아. 다시는 별과 관계된 건 아무것도 하고 싶지 않아."

숨이 턱까지 차오른 키로가 안드라를 밀치며 지나가려 했다. 안드라는 키로의 팔을 꽉 붙들고 물러서지 않았다.

"잘 들어 봐, 키로. 우리가 단지 너희 아빠를 찾으려고 여기까지 온 게 아니잖아? 별들에 대해서도 알아보고 뭐든 하려고 온 거잖아?"

안드라가 똑 부러진 말투로 말을 이었다.

"누군가 별들을 베어 없애고 있다면서? 너도 네 입으로 범인을 찾아내 그런 짓을 못 하도록 막아야 한다고 했잖아. 안 그래?"

잠시 말을 멈춘 안드라는 어깨 너머로 화롯가에 있는 티런을 힐끗 보더니 살짝 눈살을 찌푸렸다.

"봐, 너희 아빠가 더 이상 임무를 할 수 없게 되었잖아. 이제부터 우리가 맡아야지 어쩌겠어."

안드라의 말에 키로의 분노가 서서히 누그러졌다.

"내가 그 임무를 맡지 않겠다면?"

"우리가 하지 않으면 누가 하겠어? 사람들은 대부분 별과 비슬라에 대한 이야기를 그냥 그런 전설로 생각한다고 말했지. 기억나? 하지만 나도 너와 함께 그놈들을 똑똑히 봤고, 누구보다 더 많이 알게 되었어."

키로는 눈을 꼭 감았다. 할 수만 있다면 마법의 힘이라도 빌려 지금 당장 집으로 돌아가 안전한 첨탑에 있고 싶었다. 소원이 있다면 모든 것이 정상으로 돌아가는 것뿐이었다.

"내가 할 수 있을지 모르겠어, 안드라. 미안해. 지금까지 내가 하려던 건 모두 실패였어."

"됐어."

이제 안드라의 말투에서도 짜증이 배어났다.

"네가 별을 구하지 않겠다면 나 혼자서라도 할 거야."

안드라는 키로에게서 등을 돌리고 화로가 있는 곳으로 되돌아갔다.

키로는 잠시 멍하니 거인 로봇과 함께 있는 아빠를 바라보았다. 다시는 예전처럼 돌아갈 수 없을지도 모른다는 무서운 생각이 들었다.

　그래도 안드라와 함께라면 어디서든 용감해질 수 있을 것 같았다. 어쩌면 선택은 키로의 생각보다 쉬운 것일 수도 있었다.

그렇게__ 스타보이가__ 되었다

"잠깐만."

키로가 안드라의 등 뒤에 대고 외쳤다. 안드라는 고개를 돌려 키로를 보더니 눈썹을 치켜올렸다.

"미안. 네 말이 맞았어. 젝터랑 이야기를 해 볼게. 뭔가 알고 있을지도 모르니."

키로의 말에 안드라가 활짝 웃었다.

"나도 같은 생각을 하고 있었는데."

안드라는 살그머니 키로의 손을 잡았다. 손에서 손으로 따뜻한 온기가 전해졌다. 그 덕분인지 키로는 다시 별을 지키겠다는 다짐을 할 수 있었다. 당장은 넋이 나간 아빠가 마음에 걸렸지만, 어쩔 수 없는 일이니 원망은 하지 말자고 마음을 고쳐먹었다.

"이제 너를 스타보이라고 불러도 돼?"

안드라의 부탁에 키로는 웃을 수밖에 없었다. 솔직히 안드라 없이는 아무것도 할 수 없다는 걸 인정해야 했다.

젝터는 사이퍼의 치료를 맡아 준 거인 로봇의 집 안으로 들어가려 했다. 키로와 안드라도 뒤따라 들어갔다. 두 사람은 새 친구들에게 배울 수 있는 건 무엇이든 배울 생각이었다. 그러나 거인 로봇의 집 안으로 들어서자마자 그대로 얼어붙고 말았다.

집 내벽은 정교하게 조각된 여러 별자리가 별빛 그물 모양으로 촘촘하게 연결된 선들로 덮여 있었다. 키로가 지금까지 본 어떤 것과도 비교가 안 될 정도로 섬세하고 아름다워 두고두고 생각날 것 같았다.

키로와 안드라의 인기척에도 거인 로봇은 작은 탁자 위에 누워 있는 사이퍼만 내려다보고 있었다. 얼핏 보기에도 젝터보다 몸집이 작은 거인 로봇이 사이퍼의 수술을 맡고 있었다. 자세히 보니 손가락 끝마다 긴 바늘이 꽂혀 있었다. 어쩐지 손톱 대신 달려 있는 그 바늘 덕분에 섬세한 일도 능숙하게 해내는 듯싶었다.

어느새 수술도 끝나 가는지 거인 로봇이 사이퍼의 상처 부위를 천으로 감싸고 있었다. 키로는 사이퍼에 대한 걱정까지 더해져 머리가 지끈거렸다.

"괜찮을까요?"

"곧 갓 낳은 강아지처럼 좋아질 겁니다. 거의 다 됐습니다."

젝터가 사이퍼의 축 늘어진 몸 위로 숙였던 고개를 들어 올리며 대답했다.

"감사합니다."

키로는 울컥하는 마음을 침착하게 다스렸다. 안도감에 온몸이 나른해졌다.

'만약 비슬라가 얼음 칼날로 사이퍼를 찌르는 데 성공했다면…….'

키로는 문득 떠오른 생각에 온몸을 부르르 떨었다.

"저희는 삼베 케이스를 만드는 것만큼이나 육체를 고치는 일에 능숙합니다. 다만 우리 몸속에 있는 태엽 장치 앞에서는 종종 쩔쩔맬 수밖에 없습니다. 그런 일에는 이런 바늘 손도 쓸모가 없습니다."

작은 거인 로봇은 자신의 표현이 만족스러운 듯 고개까지 끄덕였다.

키로는 터져 나오려는 웃음을 참았다. 웃는 일은 모든 별이 하늘로 돌아가고 사악한 비슬라가 이 세상에서 완전히 추방될 때를 위해 아껴 두고 싶었다.

"별들에게 첫 번째 스타 케이스를 만들어 주었나요?"

안드라가 불쑥 끼어들었다.

"그랬습니다. 그게 우리가 창조된 이유이기도 합니다."

젝터는 고개를 끄덕였다.

"그렇다면 지금은 여기까지 와서 뭘 하고 있는 거예요?"

안드라가 당돌하게 되물었다.

젝터와 다른 거인 로봇이 눈빛을 주고받으며 어깨를 으쓱했다. 삐걱거리는 소리가 공기로 전해지며 키로의 이빨까지 떨리게 만들었다.

"기다리고 있습니다."

젝터가 대답했다.

"혹시 이 조각들도 직접 만든 거예요?"

키로가 집의 내벽을 올려다보며 물었다.

"네, 그랬습니다. 그런데 왜 그러죠?"

젝터는 태엽 장치가 달린 눈썹을 치켜올렸다.

"사실 그것을 만드는 일은 심심한 시간을 보내는 데 도움이 되었습니다. 그것을 보면 별들의 배치와 별 무리들이 어떤 방식으로 하늘에 별빛 그물을 만들었는지 알 수 있습니다."

"지도잖아요. 정말 멋져요."

안드라는 존경스럽다는 표정을 지으며, 벽의 무늬들을 한참 올려다보았다.

거인 로봇에게 수술을 받은 뒤로 사이퍼의 가슴 부위가 야트막하게 솟아올랐다 내렸다 하길 반복했다. 키로는 사이퍼가 편안한 잠에 빠진 걸 눈으로 확인하고 나니 마음이 놓였다. 주머니에서 비스킷을 꺼내 잠에서 깨어난 사이퍼가 먹을 수 있도록 코앞

그렇게__ 스타보이가__ 되었다

에 놓았다.

"그럼 여러분을 다른 거인 로봇에게도 소개하겠습니다. 먼저, 이쪽은 위버 대원 루미입니다."

젝터는 사이퍼의 치료를 거든 거인 로봇을 손으로 가리켰다.

"안녕하세요? 제 강아지를 살려 주셔서 고맙습니다."

키로가 인사했다.

"그런데 위버 대원이 뭐죠?"

안드라가 코를 찡긋하며 물었다.

"여기 있는 거인 로봇 대부분은 저처럼 스티치 대원입니다. 루미와 같은 몇몇 친구들은 직조를 맡은 위버 대원이고, 틀을 짜는 프레이머 대원도 몇 명 있습니다."

젝터가 친절하게 설명했다.

"위버 대원들은 스타 케이스 천을 짜고, 스티치 대원들은 천 조각들을 함께 꿰매고, 프레이머 대원들은 밤하늘에 별들을 걸기 위한 갈고리를 만들었습니다. 스티치 대원과 위버 대원이 함께 작업하면 찢어진 금속 몸체나 당신들의 살도 봉합할 수 있습니다. 그밖에도 프레이머 대원의 도움이 더해지면, 집이나 텐트 등 필요한 것들도 만들 수 있습니다."

루미가 추가 설명을 했다.

"그런데도 태엽 장치 수리 작업은 어렵다고요?"

키로가 뜻밖이란 듯 되물었다.

"그렇습니다. 태엽 부속품들은 너무나도 정밀하게 맞물려 있고, 세밀한 장치들 또한 너무 많이 달려 있어 복잡합니다."

루미가 두 손을 들고 보여 주었다. 젝터의 커다란 손에 비하면 민첩해 보이는 모양새지만 여전히 꽤 큰 크기였다.

"우리 손으로는 그런 장치들을 잡을 수 없을 뿐더러 바늘 손가락으로는 장치들을 제대로 연결할 수 없습니다."

루미가 또다시 덧붙여 설명했다.

"그래서 당신 아빠가 이곳에 나타난 건 정말 큰 선물이었습니다. 우리 가운데 몇몇은 수십 년, 아니 그보다 더 오랫동안 고장 난 몸을 삐걱거리며 살아왔으니까요."

이번엔 젝터가 말했다.

"우리 스스로도 그럭저럭 고쳐 가며 지낼 수는 있었습니다. 비록 무릎에 부러진 장치들이 있어도 별들을 보면 위안이 되었으니까요."

젝터의 말을 들은 안드라가 고개를 끄덕거렸다. 하지만 키로는 젝터가 루미의 집에서 나와 화롯불 주위에 모인 거인 로봇들을 소개해 줄 때야 비로소 그 말이 무슨 뜻인지 알 수 있었다.

아빠를 보면 지금의 상태가 갑자기 바뀌길 기대하는 것은 불가능해 보였다. 가끔씩 키로를 바라보는 아빠를 볼 때마다 가슴속에 어렴풋한 희망이 떠올랐지만, 희망은 금세 무너져 버렸다.

키로는 아들을 몰라보는 아빠를 지켜보는 대신, 서로를 소개하는 거인 로봇들에게 집중하려고 노력했다.

젝터는 모두 다 화롯가에 둘러앉아야 한다고 말했다. 키로가 생각하기에는 그 모양새가 이상할 것 같았다. 두 아이와 성인 남자 하나가 무릎을 꿇고 있는 거인 로봇에게 둘러싸여 오랜 친구들처럼 수다를 떨고 있는 장면은 아무래도 우스꽝스러웠다.

안드라가 거인 로봇과 잡담을 나누는 동안에도 키로는 아빠에게서 눈을 떼지 못했다. 어떻게든 아빠와 서로 말이 통할 수 있는 방법을 찾아내고 싶었다.

"아빠?"

키로가 티린의 어깨에 손을 얹으며 말을 걸었다.

"저를 좀 보세요."

티린은 손에 들고 있는 태엽 장치만 계속 돌리고 있었다. 키로의 눈에 눈물이 맺혔다.

"아빠, 스타셰퍼드 위원회에서 별을 만지는 것을 금지했어요. 별들이 위험에 빠졌는데도요. 누군가 별들을 훔쳐 가고 있단 말이에요. 아빠도 그래서 저를 집에 놔두고 혼자 먼 길을 떠나셨던 거지요? 그동안 아빠한테 무슨 일이 있었는지 모르겠지만 별들에겐 아빠가 필요해요. 저도 아빠가 필요해요. 아빠가 이 상태에서 벗어나지 못하면 우리는 모든 걸 잃게 될 거예요."

키로의 목소리가 떨리며 갈라지기까지 했다. 잠시 하던 말을 멈추고 아빠의 얼굴을 들여다봤다. 티린은 여전히 반응하지 않았다. 키로의 눈에서 눈물이 조르륵 흘러내렸다. 티린은 지금 키로 옆에 있지 않은 거나 마찬가지였다. 존재하지 않는 사람과 다를 바가 없었다.

키로는 아빠한테서 등을 돌렸다. 온몸이 땅으로 꺼질 듯 무거웠다.

'아빠가 고칠 수 없을 정도로 무너져 버릴 때까지 얼마나 더 기대를 하게 될까?'

한숨이 저절로 나왔다. 그때 누군가가 키로의 무릎을 툭 쳤다. 깜짝 놀란 키로가 고개를 돌리니 아빠가 자신의 얼굴을 빤히 쳐다보고 있었다. 손으로 뱅글뱅글 돌리고 있던 태엽 장치까지 키로에게 건네주었다. 티린은 여전히 한마디 말도 하지 않았고 눈빛도 흐리멍덩했지만 변화의 기미가 느껴졌다. 키로는 망설이며 그 장치를 건네받았다.

"아빠?"

키로가 불렀지만 티린은 혼잣말을 중얼거리며 또 다른 태엽 장치를 집어 들 뿐이었다.

키로는 아빠에게 받은 태엽 장치를 배낭에 넣었다. 특별한 건 아니지만, 적어도 아빠의 존재를 받아들이겠다는 의미가 있었다. 이제부터 키로는 아빠한테 건네받을 수 있는 건 어떤 것이든 받을 생각이었다.

"두 분이 아버지보다 건강해서 다행입니다."

젝터의 목소리가 키로의 생각을 방해했다.

"네?"

키로가 재빨리 눈물 자국을 훔치고 젝터를 쳐다봤다.

"비슬라가 여러분을 괴롭히는 건 알겠습니다만, 혹시 다른 건 못 봤나요? 우리는 티린이 어떻게 지금의 상태가 되었는지 알려 줄 만한 단서를 찾길 기대하고 있습니다."

젝터의 말투와 표정은 부드러웠다. 비록 얼굴까지 금속으로 만들어졌음에도 진심 어린 호기심과 근심 어린 표정을 짓는 것이 가능했다.

"오, 그럼요. 우리는 다른 놈들과도 마주쳤거든요."

안드라가 씁쓸하게 말했다.

"브릿락스를 봤어요. 끈적끈적하고 시커먼 거미줄을 만들고, 입으로는 불을 뿜어 대는 거미 같은 생물체였는데……."

옆에 있던 키로가 대신 설명했다.

"그놈들을 피하려고 터널로 들어갔는데, 하필 그곳은 비슬라의 소굴이었어요."

"브릿락스?"

젝터가 숨을 헐떡였다. 다른 거인 로봇도 웅성거렸다.

"그건 불가능합니다. 수백 년 동안 아무도 그 족속을 본 적이 없었습니다."

젝터는 비교적 차분한 목소리로 설명했다.

"비슬라에 대해서도 모두 그렇게 말했거든요."

키로는 어깨를 으쓱해 보였다.

"무리 지어 있었다고요?"

이번엔 루미가 물었다.

"그랬어요. 저희를 저녁 식사에 초대하고 싶었다죠."

안드라가 비아냥거리는 말투로 대답했다.

"좋지 않은 징조입니다. 놈들이 이 근처까지 와 있고, 그렇게까지 대담해졌다는 건 정말 끔찍한 소식입니다."

루미는 안드라의 거슬리는 말투에도 진지하게 대꾸했다.

"혹시 여러분도 이상한 것을 본 적 있어요?"

안드라가 물었다.

"비슬라와 남자 친구분 아버지만 봤습니다. 이상한 울음소리와 바스락거리는 소리가 간간이 들렸지만, 우리는 오랫동안 우리끼리만 지냈습니다."

젝터가 대답했다.

"혹시 그랬던 게 잘못이었던 걸까요?"

루미가 젝터에게 고개를 돌리며 물었다.

"우리는 최근 들어 이상한 것들을 많이 봤어요."

키로가 끼어들었다.

"아빠는 스타셰퍼드예요. 하늘의 별을 보호하고 언제든 별이 떨어지면 원래 있던 곳으로 별들을 돌려보내기로 서약한 스타셰퍼드요."

하지만 위원회로부터 스타셰퍼드 자격을 박탈당한 일이 떠오른 키로는 멋쩍어져 무릎에 올려놓은 손을 내려다봤다.

"뭔가 잘못되어도 한참 잘못됐어요. 누군가가 별들을 훔치고 있거든요. 별들이 잘려 나가고 있어요. 별 무리들까지 한꺼번에 잘려 나가고 있다고요."

키로의 흥분된 목소리가 떨렸다. 키로는 배낭 속을 뒤져 잘린 갈고리 하나를 들어 올리고 모두가 볼 수 있게 했다.

"보이시죠? 녹슬지도 닳지도 않았어요. 말끔하게 잘린 거예요. 누가 이렇게 감쪽같이 할 수 있는지 알 수 없지만, 별들이 사라져 브릿락스나 비슬라 같은 사악한 다크셰도우가 다시 나타난 거예요. 별빛 그물에도 구멍이 뚫려 버렸거든요."

키로는 목이 메었다. 거인 로봇들은 걱정스러운 표정을 주고받았다.

"그래서 우리가 여기까지 오게 된 거예요. 키로의 아빠는 별들을 훔쳐 가는 놈들을 막으려고 혼자서 집을 나섰어요. 우리는 아저씨를 도우려고 여기까지 따라온 거고요. 이제 우리가 이 문제를 해결해야 하지만요."

안드라는 설명을 이어 나갔다.

"비슬라의 존재를 부인할 수 없고, 브릿락스의 등장으로 여러분의 말에 신빙성을 더하고 있지만 여전히 이해가 되지 않습니다. 도둑맞은 별들과 그놈들이 다시 나타나게 된 것이 관계가 있다니……"

젝터가 턱을 긁자 귀에 거슬리는 쇳소리가 났다. 한참 침묵하던 젝터가 다시 입을 열었다.

"사실 거인 로봇은 여기 있는 작은 부대가 전부는 아닙니다. 우리는 거대한 금속 거인 로봇 군대의 일부입니다. 희귀 광석을 채굴하는 오러 부대, 별의 심장을 만드는 크래프터 부대, 하늘에 별을 매달아 놓는 플라이어 부대가 또 있습니다. 우리 말고 누가 하늘의 별에 도달할 수 있을지 모르겠지만, 저로서는 그들 누구에게도 잘못이 있다고 상상할 수 없습니다."

젝터의 말이 끝나자마자 거인 로봇 몇몇이 야유를 하고, 다른 몇몇은 콧방귀를 뀌었다. 젝터는 그들을 보며 눈살을 찌푸렸지만 금세 조용해지지는 않았다.

"스티치 대원이 맡은 일은 매우 중요했지만, 다른 보직을 맡은 몇몇 부대는 처음 규모에 비해 너무 커져 버렸습니다. 솔직히 제가 봐 온 바로는 그렇습니다. 이를테면 플라이어 부대는 그들 스스로가 다른 부대보다 더 중요하다며 형제자매나 다름없는 우리 거인 로봇들을 따돌렸습니다. 그즈음에 우리도 이곳을 찾아온 것입니다."

루미가 나서서 젝터 대신 설명을 이어 갔다.

"잠깐만요, 정말로 하늘에 별을 달았던 거인 로봇이 아직도 있다고요?"

안드라는 믿을 수 없다는 표정을 지었다.

"물론입니다. 우리는 모두 살아 있습니다."

"맙소사, 우린 거인 로봇이 모두 사라진 줄 알았어요. 처음 젝터를 봤을 때, 저는 거인 로봇 하나가 어쩌다 라다막 산맥에 남아 있게 된 거라고 생각했어요."

키로는 젝터를 향해 고개를 돌렸다.

"저는 거인 로봇은 모두 날아다니는 줄 알았어요."

안드라가 웃으며 덧붙였다.

루미와 몇몇 거인 로봇이 따라 웃었다. 웃음소리의 쩌렁쩌렁한 리듬이 울려 퍼져 별들에게 닿았다.

"하하, 다행히 우리는 그렇게 쉽게 죽지 않습니다. 그리고 땅에서도 충분히 행복합니다."

젝터가 웃으며 다른 거인 로봇들을 둘러봤다. 키로는 안드라를 힐끗 쳐다봤다. 안드라의 눈이 반짝거렸다. 키로는 안드라가 자신과 똑같은 생각을 하고 있단 걸 물어보지 않고도 알 수 있었다.

"저희를 그곳으로 데려가 주세요, 네? 날아다니는 거인 로봇한테 꼭 해 줄 말이 있어요."

키로와 안드라는 마침내 젝터와 루미를 설득하는 데 성공했다. 오늘 밤은 스티치 대원의 진지에서 보내고, 내일 아침이면 또 다른 거인 로봇이 진을 치고 있는 곳으로 데려다준다는 약속을 받아 냈다.

키로는 사이퍼의 상태를 확인하고 싶었다. 다행히 사이퍼는 집에서처럼 키로의 무릎 위에 앞발을 올려놓고 컹컹 짖었다. 키로가 사이퍼의 목을 끌어안으며 속삭였다.

"착하지. 다 나았다니 정말 다행이야."

젝터의 집 바닥에서 잠을 자려고 몸을 웅크리고 있는 키로 곁으로 사이퍼가 다가와 바싹 달라붙었다. 티린도 가까이에서 코를 골며 자고 있었다. 티린이 지금까지 보여 준 아빠의 정은 아들인 키로에게 태엽 장치를 건네줬을 때가 유일했다.

"너무 걱정 마, 스타보이. 아침이면 답을 찾게 될 거야."

안드라가 잠결에 말했다.

*

다음 날 키로가 잠에서 깨어났을 때, 젝터는 사이퍼가 다 나을 때까지 여기에 남아 있어야 된다고 했다. 그렇지만 사이퍼는 키로의 곁을 떠나려 하지 않았고, 키로도 개의치 않았다. 사이퍼가 곁에 있으면 안심이 될 뿐만 아니라, 아빠의 계속되는 기억 상실에 대한 불안감을 억누르는 데에도 도움이 될 것 같았다. 티린은 여전히 멍한 상태로 몸만 겨우 움직이고 있었다.

젝터와 루미는 나무들이 빼곡한 숲으로 천천히 걸어가면서도 가끔씩 키로와 안드라를 내려다보며 말을 걸었다.

"도착해서도 주의해야 합니다. 모든 거인 로봇이 인간을 좋아하지 않는다는 사실을 명심해야 합니다. 물론 저야 인간을 좋아하지만, 저도 티린이 도착한 뒤에나 인간이 훌륭한 생명체라는 걸 우리 친구들에게 확인시켜 줄 수 있었습니다. 그곳에서는 환영받지 못할지도 모릅니다."

젝터가 헛기침을 하자 돌멩이 굴러가는 소리가 났다.

"어쩌면 우리도 마찬가지일지도 모릅니다."

루미가 덧붙였다.

"괜찮아요. 우리가 어떻게 하느냐에 달렸을 뿐, 위험을 무릅쓸 가치는 있잖아요."

키로가 대꾸했다.

"그들이 당신들도 싫어하나요?"

안드라의 물음에 거인 로봇들은 저희끼리 눈빛을 주고받았다.

"유감스럽지만 그렇습니다. 그들이 장군으로 모시는 시어는 오랫동안 우리를 하찮게 생각해 왔습니다. 시어는 우리가 맡은 일이 그다지 중요하지 않다며 무시했습니다."

젝터가 설명했다.

"그뿐 아니라 시어는 일곱 장로의 생각이 자신들과 다르다며 엄연한 역사조차 제대로 인정하지 않았습니다. 오래전 일곱 장로는 여기 있는 젝터를 책임자로 임명했지만 그분들의 값진 희생 이후 모든 게 달라졌습니다."

루미의 말을 듣던 젝터가 멋쩍었는지, 자신의 빨간 스카프를 만지작거렸다.

"예, 루미 말대로입니다. 장로님 중 한 분이 제게 이 목도리도 주셨습니다. 저는 지금까지 이걸 한 번도 끌러 본 적이 없었습니다. 한동안 목도리는 대장의 상징이었지만, 이제는 저한테만 의미가 있을 뿐이죠."

젝터가 하늘을 바라봤다.

"장로들이 떠나자 시어와 그의 보좌관들은 스티치 대원뿐만 아니라 위버, 프레이머, 그리고 젝터의 편을 드는 거인 로봇들까지 공공연하게 내쫓았습니다."

루미가 덧붙였다.

"미안해요. 저는 그런 줄도 모르고. 고생 많으셨겠어요. 하지만 저들도 우리 말을 들어야 할 거예요. 별들과 관련된 정보니까, 저들이라고 마냥 무시할 수는 없을 거예요."

안드라가 젝터의 금속 다리를 쓰다듬으며 말했다. 젝터와 루미는 안드라의 말을 그다지 믿는 눈치가 아니었지만 반박하지는 않았다.

날이 저물자 숲은 점점 어두워졌고, 라다막 산맥의 키 큰 원시림 나무들은 덤벼들 때를 기다려 온 괴물들처럼 짙은 그림자를 드리웠다. 거인 로봇 둘과 함께하게 된 키로는 어느 때보다 제 자신이 용감하게 느껴졌다. 곁에 있는 안드라도 편안해 보였다.

한 걸음 한 걸음 내디딜 때마다 키로의 결심은 굳어졌다. 산길을 가는 동안 머리 위에 떠 있는 별들의 변화도 눈으로 쉽게 확인할 수 있었다. 당장 여기서 범인을 찾을 수 없더라도 조만간 해결책은 찾을 수 있을 것 같았다. 본래 하늘에 별을 다는 일을 도맡았던 플라이어 대원들도 누군가가 별들을 훔쳐 가고 있다는 소식을 듣는다면, 한 번쯤은 도와줄 것 같았다. 하늘을 나는 그들이라면 훔친 별 대신 아예 새 별을 달거나, 은하계의 별빛 그물 뒤에 있다는 우주 감옥 속으로 비슬라와 브릿락스를 영원히 가둬

놓을 수도 있을 것이다.

이 어둡고 위험한 산기슭에 해결책이 숨겨져 있다는 믿음이 들자, 키로는 이제 그걸 찾기만 하면 되리라 생각했다.

거의 다 왔다는 생각이 들 즈음, 젝터와 루미가 속닥거리기 시작했다. 키로는 그들이 무슨 말을 나누는지 알아들을 수 없었지만, 거인 로봇들의 말투가 기분 좋게 느껴지지는 않았다.

"왜 그래요?"

키로가 묻자마자 거대한 것이 하늘에서 쏜살같이 내려와 젝터를 두 팔로 낚아채 나무 우듬지 쪽으로 끌고 올라갔다.

"멈춰!"

루미조차 머뭇거리는데도 안드라는 새 친구가 끌려가고 있는 쪽을 향해 달려가며 소리쳤다. 뒤늦게 루미도 달리기 시작했다.

놈은 플라이어 대원인 게 분명한데 행동만큼은 수상쩍었다.

키로도 땅바닥에 뾰족뾰족 튀어나온 바위들이 있는 공터를 향해 달리기 시작했다. 어느새 달려온 사이퍼가 루미와 안드라를 따라잡았다. 공터 위쪽 하늘에서 갑작스럽게 나타난 훼방꾼이 젝터를 꼼짝 못 하게 끌어안고 시끄럽게 맴돌고 있었다. 아무래도 날아다니는 저놈은 키로 일행을 적대시하는 게 분명했다.

"내려놔!"

안드라가 팔짱을 끼고 하늘을 향해 고래고래 소리쳤다. 하지만 날아다니는 거대한 플라이어 거인 로봇은 들은 척도 안 했다.

"시어, 문제를 일으킬 생각은 없다. 약속한다."

젝터의 목소리가 허공중에 흩어졌다.

플라이어 대원인 시어가 아래쪽 일행을 쏘아보자 부리부리한 노란 눈알이 금속 얼굴판 틈새에서 반짝거렸다.

"우리 진영으로 돌아오지 말라는 경고를 분명히 했을 텐데. 우린 당신들이 얼쩡거리는 걸 원치 않는다. 그런데 저 더러운 인간들까지 데리고 와? 그 결과가 뭔지 너도 잘 알 텐데, 젝터."

"안 돼!"

시어는 젝터를 뾰족한 바위 위로 내던지려다 루미가 고개를 쳐들고 지르는 외마디 소리에 멈칫했다.

"시어, 이 친구들은 펠라그 님께 할 말이 있어서 왔다. 그게 다다. 몇 분만 내주면 그걸로도 충분하다. 그런 다음엔 군말 없이 돌아가겠다고 하늘에 대고 맹세한다."

젝터가 부탁을 했다.

"저 인간들이 펠라그 님한테 무슨 볼일이 있는데?"

"저들은 스타셰퍼드다. 자신들이 맡은 별에 관한 문제를 의논하고 싶어 한다."

루미가 금속으로 된 손을 엉덩이에 얹고서 말했다.

시어의 눈이 묘한 빛으로 바뀌더니 다시 반짝거렸다.

"별이라고? 그거 재밌겠군."

시어는 가볍게 날아내려 공터 가장자리에 있는 나무들 사이로 젝터를 떨어뜨렸다. 젝터는 별 탈 없이 두 발을 땅에 디디며 착지했다.

"좋다. 내가 펠라그 님한테 데려다주지. 대신 허용된 시간은 단 몇 분뿐이다. 일을 보고 나서는 뒤도 돌아보지 말고, 네 갈 길로 돌아갈 것. 내가 너희들 중 한 놈이라도 보게 될 땐……."

시어가 키로와 안드라를 쏘아보았다.

"다시 말하지만, 나는 사람과는 달라. 피도 눈물도 없단 말이다. 자, 따라오도록. 어서 빨리."

시어의 말에 키로와 안드라는 재빨리 움직였다.

시어는 젝터보다 10센티미터쯤 더 크고 어깨도 넓었다. 축 늘어뜨린 두 팔은 거대했고, 숨을 내쉴 때마다 몸통 속에 숨겨 놓은 힘으로 주변 공기까지 떨리게 했다. 그의 얼굴은 눈 역할을 하는 노란 구슬이 들어 있는 구멍을 제외하면 모조리 반질반질한 검은색 금속으로 되어 있었다. 시어의 몸짓과 태도에서 힘과 속도, 조급한 성미까지 느껴졌다.

시어의 움직임은 키로와 안드라가 예상했던 것보다 훨씬 빨랐다. 젝터와 루미는 걸음이 느릴 수밖에 없는 두 아이를 들어 올렸다. 사이퍼도 키로의 팔에 매달렸다.

그들은 불과 몇 분 만에 시어를 따르는 거인 로봇의 주둔지가 있는 산꼭대기에서 그리 멀리 않은 고원에 도달했다. 키로와 안드라의 입이 쩍 벌어졌다. 부대의 주요 시설이 있는 메인 캠프는 젝터 쪽 거인 로봇의 주둔지를 작아 보이게 할 만큼 거대했다. 눈에 들어오는 것마다 높은 건물들과 커다란 텐트들이었고, 공중에서는 거인 로봇들이 이리저리 날아다니고 있었다. 확실히 여기는 젝터의 작은 야영지에 비하면 번화한 곳이었다.

　"나는 이곳이 그립지 않다. 평화롭고 조용한 우리 캠프가 훨씬 좋다."

　젝터가 나직하게 말하자, 루미도 고개를 끄덕여 같은 생각임을 드러냈다.

　이쪽 거인 로봇들도 젝터나 루미를 그리워하지 않았다. 오히려 못 미덥다는 눈빛으로 이들을 내내 감시하며 따라다녔다. 반대로 시어를 매우 위대한 거인 로봇으로 생각하는지, 아무도 그의 비위를 거스르려 하지 않았다.

　키로의 몸이 떨렸다. 시어도 노골적으로 인간들을 싫어하는데, 그들의 우두머리는 과연 자신들을 어떻게 대할지 짐작하는 것조차 두려웠다. 키로는 펠라그라는 자가 도움을 줄 것이라고 믿고 싶었다. 하지만 플라이어 대원들이 자신들을 맞이할 때 보여 준 태도로 봐서는 마음이 놓이지 않았다. 젝터도 미리부터 플라이어 대원이 우호적이지 않다는 점을 알려 줬지만, 시어가 보여 준 거부감은 지나치게 극단적이었다.

시어는 캠프 중심부에 있는 어떤 집으로 그들을 데려갔다. 주변의 다른 건물보다 높지 않지만 커다란 집이었다. 시어가 그 집의 지붕을 두드리며 착륙할 즈음, 젝터와 루미도 그 집 마당에 도착했다. 두 거인 로봇은 키로와 안드라를 땅바닥에 내려놓고도 불안한지 서성였다. 젝터의 행동은 이상하리만큼 초조해 보였는데, 키로로서는 젝터가 왜 그러는지 궁금할 수밖에 없었다. 루미 또한 유난스레 다른 거인 로봇을 의심하고 경계하는 눈치였다.

현관문이 열리자, 플라이어 부대의 캠프에서 보게 되리라고는 전혀 예상치 못한 노인이 걸어 나왔다.

놀라우리만치 하얀 머리카락과 길게 기른 턱수염이 무릎까지 내려온, 옛이야기 책에서나 튀어나올 법한 모습의 남자가 지팡이에 구부정히 몸을 기울이고 있었다.

"네, 시어 장군. 무슨 일……."

남자가 키로와 안드라를 보더니 하려던 말을 멈췄다.

"누구지요? 왜 저 애들을 여기까지 데려왔지요, 시어 장군?"

"저들은 스타셰퍼드입니다. 펠라그 님께 별들에 대해 말씀드릴 게 있답니다."

시어의 눈에서 빛이 깜박거렸다.

"그래요, 알았어요. 기왕 여기까지 왔으니 들어오라 하세요."

노인이 키로와 안드라를 의심의 눈초리로 보며 대답했다.

유감스럽게도 이 집은 거인 로봇이 들어갈 수 있을 만큼 천장이 높지 않았다. 그 사실을 알고 있었는지 젝터는 키로와 안드라의 등을 떠밀며 노인을 따라 들어가게 했다. 키로는 플라이어 대원들이 안드라와 자신을 싫어하는 눈치가 분명한데, 젝터와 루미를 마당에 놔두고서 집 안으로 들어가는 게 썩 내키지 않았다.

집 안에는 특별해 보이는 기계들이 가득했다. 일부는 태엽 장치였고, 나머지는 낯선 기계 장치들이었다. 방의 벽면 쪽에 붙어 있는 침대에서 '차르르' 태엽 감기는 소리가 들리더니, 놀랍게도 침대가 서서히 바닥에서 들리며 벽 속으로 접히고 있었다. 어느새 방 안 공간도 그만큼 넓어졌다.

부엌 쪽에는 덜컥덜컥 소리를 내는 낡은 냉장고 외에도 기능을 짐작할 수조차 없는 이상한 기계들이 몇 대 더 놓여 있었다. 키로가 서 있는 커다란 방 한가운데에는 의자 두 개와 소파 하나, 이상한 기계가 있었다. 잠시 뒤, 그 기계에 달린 태엽 장치가 빙글빙글 회전하자 따뜻한 수증기가 뿜어져 나왔다. 키로는 이제껏 이런 걸 본 적이 없었다. 아빠 생각에 가슴이 찌릿하게 아파 왔다. 이 방에는 하나같이 아빠가 좋아할 기계들뿐이었다.

"이게 다 어디서 났어요? 혹시 시계태엽 장치를 만드는 분이세요?"

키로가 물었다. 펠라그는 대답 대신 코웃음을 치며 의자에 앉았다. 그 의자에도 버튼을 누르기만 하면 두 발을 딛고 있는 바닥이 들리면서 엉덩이가 쿠션 높이까지 올라와 자동으로 멈추는 장치가 있었다. 키로는 놀란 티를 내지 않으려고 조심하며 맞은 편 소파에 앉았다.

잠시 정적이 흘렀다. 나란히 앉은 안드라 역시 분위기를 살피는 눈치였다.

"그래, 원하는 게 뭐지?"

펠라그가 숨을 헐떡이며 물었다.

"저희는 도움을 구하려고 라다막 산맥에 왔어요. 아빠는 스타셰퍼드예요. 그런데 몇 주 전쯤 누군가가 별들을 잘라 가져가는 걸 알게 되었어요. 왜 그러는지는 모르겠지만 별들이 사라지고 있어요."

키로는 말을 멈추고 노인의 반응을 살폈다. 노인은 그저 어깨만 으쓱해 보였다.

"그래서? 하늘에서 별들이 떨어지는 건 당연한 거야. 별을 원래대로 하늘에 돌려놓는 일이야말로 스타셰퍼드의 임무일 텐데, 뭐가 문제지?"

키로와 안드라는 어이가 없었다. 다른 사람이라면 몰라도 거인 로봇과 함께 사는 사람이라면 그 결과를 빤히 알고 있으리라 믿어 의심치 않았다.

"말씀하신 대로 저희가 떨어진 별들을 찾을 수 있을 때까진 그랬어요. 하지만 별이 떨어진 곳으로 서둘러 가 보니, 누군가가 별들을 가져가 버린 뒤였어요. 새카맣고 무시무시한 다크셰도우가 별들을 노리고 있는 거라고요. 하늘의 별빛 그물에도 구멍이 뚫려 사악한 놈들이 다시 살아 돌아오기 시작했어요."

키로는 펠라그의 웃음소리에 이야기를 멈췄다. 껄껄 웃던 펠라그가 잔기침을 했다.

"또 다른 스타셰퍼드가 너희 영역을 침범하려 드는 것 같은데, 좀 더 빨리 움직이면 해결될 일 아닌가? 그럼 전혀 문제 될 것도 없겠는데?"

"그게 아니라요, 제 눈으로 비슬라를 본 적도 있다고요."

키로가 거친 말투로 대꾸했다.

"별들이 죽어 가고 있는데도 걱정이 안 되세요? 당신은 거인 로봇의 지도자라면서요? 거인 로봇한테 하늘로 날아올라 별을 달게 했다면서요?"

펠라그의 무반응에 화가 난 안드라가 대들었다.

"그건 아주아주 오래전 일이었다."

펠라그는 한숨을 쉬며 지팡이의 손잡이를 가만히 바라봤다.

"다크셰도우는 이미 모두 멸종한 걸로 알고 있다. 그나저나 별들이 죽어 가고 있다는 증거라도 있는 게냐? 내가 이 나이 되도록 살면서 너희보다 많은 일을 겪어 왔건만, 어째서 너 같은 애송이 말까지 믿어야 한다고 우기는 게지?"

순간, 키로의 등골이 오싹해졌다.

"저희는 지금 진실을 말하고 있다고요."

"내가 왜 너희 말을 믿어야 하냐고 물었다. 꼬마야, 난 언젠가부터 스타셰퍼드를 좋아하지 않는단다. 그래, 한때는 그들도 제법 도움이 되었어. 하지만 벌써 오래전에 쓸모없는 존재란 걸 알게 되었지."

펠라그가 키로를 쏘아보았다.

"그게 무슨 말씀이세요?"

안드라가 씩씩거리며 벌떡 일어나자, 발밑에 앉아 있던 사이퍼도 으르렁거렸다.

펠라그는 태연하게 미소까지 지으며 두 손바닥을 내밀었다.

"별들을 잘라 내는 자를 찾는다고 했지? 그렇다면 맞게 찾아왔다."

펠라그가 껄껄 웃었다. 키로의 목이 저절로 움츠러들었다.

"거짓말 마세요. 그런 건 말도 안 돼요. 왜 그렇게 하는 건데요? 어떻게 그럴 수 있는데요?"

안드라가 따져 물었다. 키로는 이를 악물고 주먹을 꽉 쥐었다. 펠라그는 허리를 곧추세우고 의자의 버튼을 다시 눌렀다. 태엽 풀리는 소리와 함께 의자의 쿠션 부분이 내려와 노인의 발이 마룻바닥에 닿았다.

"내 말이 거짓말이라? 자, 그럼 내 이야기를 들어 봐라."

펠라그는 기다란 수염을 어깨 너머로 넘기며 말을 이었다.

"수 세기 전까지만 해도 우리들 몇몇은 장로들의 비밀을 지켜 왔다. 하지만 언젠가부터 세상 사람들은 별들이 악으로부터 자신들을 지켜 준다는 엄연한 사실을 의심하기 시작했다. 우리도 그런 오만한 사람들 가운데서 우리의 지식을 이어받을 만한 인물을 찾아낼 수 없게 되었지. 결국엔 결단을 내려야 했고."

"네?"

키로는 펠라그가 자신의 가운을 젖히는 걸 지켜보았다.

"우리는 각자의 심장 일부를 떼어 내어 그 옛날 일곱 장로가 자신들의 심장을 매단 별에 갖다 붙였다. 자, 보거라."

키로의 눈에는 펠라그의 가슴팍 흉터가 선명히 보였다.

"그래, 우리는 스스로의 생명을 연장하려고 노력했다. 효과도 있었다. 별의 힘이 우리를 무한정 살 수 있게 해 줬거든. 하지만 세월이 지날수록 그 부담은 견디기 힘겨워졌다. 사랑하는 사람들이 하나둘 떠나가도 우리는 이 세상에 남게 되었지. 몸은 천천히

늙고 쇠약해졌지만, 보다시피 난 여전히 지구에서 멀쩡히 살아 숨
쉬고 있다. 그놈의 별 때문에 아직까지도 이 지긋지긋한 삶에 미
련을 끊지 못하고 억지로 살아 있다는 말이다."

키로는 숨이 막히고, 머리가 지근지근 아파 왔다.

'펠라그가 라다막 산맥에 살고 있는 장로들의 후손이라고? 혹
시 아빠도 알고 있었을까? 그래서 이 금지된 산맥까지 목숨을 걸
고 혼자서 오려 했던 걸까?'

키로는 생각할수록 어지러웠다. 펠라그는 키로와 안드라가 놀
란 걸 알면서도 모른 척했다.

"그럼 몇 살이세요?"

안드라가 떨리는 목소리로 물었다.

펠라그는 안드라의 질문을 듣지 못한 건지 무시하는 건지, 자
신의 이야기를 다시 이어 가기 시작했다.

"언젠가 우리 목숨이 달린 별 하나가 하늘에서 뚝 떨어졌다. 그
별이 사라지자 그의 목숨도 끝이 났다. 물론 너희한테는 안타까
운 일 같겠지만 우리는 기뻤다. 우리 심장을 매달아 둔 별과 함께
불멸의 시간도 끝이 난다는 걸 알아냈으니 말이다. 다만 우리의
지식을 전해 받을 사람이 더 이상 없다는 건 많이 아쉬웠다. 그
밖의 걱정거리는 하나도 없었다. 태초 우주에서 사악한 세력들도
멸종되었으니, 애초 별빛 그물을 쳐 둔 목적대로 되었다. 그래, 저

머나먼 암흑 우주 구석으로 놈들을 추방했으니 말이다. 수백 년
이 흘러도 놈들은 다시 나타난 적이 없었지.”

펠라그는 잠시 말을 멈추고 키로와 안드라를 쳐다봤다.

“그건 아니잖아.”

안드라가 작은 소리로 속삭였다.

“하지만 저희는⋯⋯.”

키로는 용기 내어 입을 열었지만 노인은 손을 저었다.

“난 이 세상의 굴레에서 완전히 벗어나기를 기다리고 또 기다
려 왔다. 하필이면 그즈음부터 스타셰퍼드들이 조직적으로 활동
하기 시작하면서, 내가 그토록 바라던 평화를 망쳐 놓았다.”

펠라그가 두 손을 없은 지팡이의 손잡이를 꽉 움켜쥐었다. 목
이라도 조르고 싶은 듯 눈빛까지 이글거렸다.

“어느 날 밤, 내 별이 떨어졌는데 스타셰퍼드 놈들에게 구조되
어 다시 하늘로 쏘아 올려졌다.”

펠라그의 목소리가 노여움으로 떨렸다.

“나는 죽지도 못하고 혼자서 이 산맥으로 들어왔다. 고맙게도
거인 로봇이 지금까지 나와 함께해 줬지만, 난 피곤한 삶에 지칠
대로 지쳤다. 내게도 별을 위해서라면 모든 걸 포기하던 시절이
있었지만 이젠 다 소용없다. 지금이라도 진작에 누렸어야 할 안식
을 위해 하늘의 별들을 샅샅이 뒤져서라도 내 별을 찾아낼 게다.”

노인이 지팡이로 바닥을 쿵쿵 찧었다.

"안 돼요!"

키로가 버럭 소리를 질렀다.

"장로들의 별은요? 어둠의 세력을 막아 주고 우리를 지켜 주는 별들은 어떡하고요?"

키로의 간절함에도 아랑곳없이 펠라그는 웃어 젖혔다.

"그러던 때는 지나갔다. 우리가 알아낸 바로는 일곱 장로의 별들도 이미 다 떨어졌다. 그런데도 어리석은 스타셰퍼드들은 별들을 하늘로 돌려보내고 있으니, 쯧쯧. 내 별을 찾을 때까지 별들을 좀 잘라 낸들 뭔 대수겠느냐?"

노인은 혀를 끌끌 찼다.

"그럼 별들이 하늘로 돌아가지 못하잖아요! 그 별들을 비슬라가 훔쳐 가고 있다고요."

화가 난 키로가 소리 높여 이야기했지만 펠라그는 콧방귀만 뀌었다.

"범인이 놈들이라는 증거라도 갖고 하는 말이냐? 좀 전에도 말했다만, 태초에 존재했던 사악한 존재들은 사라진 지 오래다. 게다가 별 몇 개쯤이야 하늘에서 길을 잃든 땅속에 파묻히든 문제될 건 없다. 그 정도는 내가 지난 수백 년 동안 지켜봤으니 장담할 수 있다."

"아뇨, 다크셰도우는 사라지지 않았어요! 우리가 이 산맥에서 브릿락스와 비슬라를 똑똑히 봤다고요. 파괴된 별들이 그놈들을 무지막지하게 만들어 버렸다고요."

키로가 힘주어 똑똑히 말했다.

"그만! 그만! 난 네 유치한 이야기에 질렸다. 그깟 거짓말로는 날 단념시키지 못한다. 별들은 이제껏 아무 이상 없었다. 돌아가라! 거인 로봇이 내 별만 찾아내면 그만이니. 나머지 별들 일이야 너희 스타셰퍼드들이 알아서 마음대로 해."

펠라그가 지팡이를 다시 바닥에 쿵쿵 찧었다.

"저희는 진실을 말하고 있어요. 스타셰퍼드들이 접근하기도 전에 별들을 훔쳐 가고 있다고요. 제발 도와주세요."

키로가 간곡히 부탁했다.

"유감스럽지만 그럴 일은 없을 게다. 이미 난 너희 둘이 궁금해하는 것엔 모두 답했다. 너희가 환영받기엔 너무 오래 머물렀다. 그만 가 봐라."

펠라그는 자리에서 일어나 지팡이를 휘두르며 문을 가리켰다.

안드라의 얼굴이 벌집이라도 삼킨 듯이 시뻘겋게 부어올랐다. 키로는 사이퍼를 데리고 집 밖으로 나왔다. 초조하게 기다리고 있는 젝터가 보였다.

"저들을 즉시 이곳에서 떠나도록 하시오. 그리고 다시는 오지 못하게 하시오."

펠라그가 문간에 서서 시어에게 명령했다.

"아, 그리고 너희와의 대화가 즐거웠다고 말해 줄 수 있으면 좋겠지만, 말했듯이 난 스타셰퍼드를 좋아하지 않는단다."

키로와 안드라가 노인을 뒤돌아봤다. 뭐가 그리 바쁜지, 노인은 금세 현관문을 쾅 닫고 집 안으로 사라졌다. 이내 두 사람은 자신들을 내려다보는 시어와 플라이어 거인 로봇에게 둘러싸이게 되었다.

플라이어 거인 로봇들은 키로 일행을 주둔지에서 쫓아내려고 한데로 몰았다.

"펠라그 님의 말씀 들었지? 여기서 나갈 때가 되었다. 다시는 돌아오는 일이 없도록."

시어가 젝터의 어깨를 떠밀었다.

"이건 옳지 않아요."

안드라가 시어를 노려보며 말했지만 시어는 안드라의 등짝마저 떠밀었다.

"당신이 펠라그를 돕고 있죠? 그렇다면 그냥 별들을 가져가 버리면 될 텐데, 왜 파괴하는 거죠?"

안드라가 따져 물었다.

키로의 심장이 철렁 가라앉았다. 시어의 굳어진 표정을 보면 펠라그의 말이 사실인 게 틀림없었다.

지난 며칠간의 일들을 되돌아보니, 플라이어 거인 로봇들도 그 일에 가담한 게 분명했다. 별들을 도둑맞은 속도라든가, 사막에 버려진 갈고리 등이 이미 많은 것을 증명하고 있었다.

'이들 패거리 전부가 그랬을까? 아니면 시어 장군과 그 휘하에 있는 거인 로봇 몇몇이 끼리끼리 한 짓일까?'

키로의 머릿속이 복잡해졌다. 아무리 생각해도 도무지 이해가 되지 않았다. 저들이 하늘의 별에 닿을 수 있다면, 갈고리를 잘라 내거나 삼베 케이스까지 가르는 짓은 불필요했다. 그냥 별을 꺼내 가져갈 수도 있었다. 그렇게 하면 스타셰퍼드들도 전혀 눈치채지 못하고 있다가 세월이 한참 지나고서야 알게 될 터였다.

"저 꼬마, 지금 무슨 소리래?"

몇몇 플라이어 거인 로봇이 수군거렸다.

"우리가 별을 달았잖아. 그런 우리가 뭐 한다고 다시 별을 뜯어 내겠어?"

거인 로봇 하나가 구시렁거렸다.

"플라이어 대원들은 이러쿵저러쿵 함부로 입을 놀리지 않는다. 헛소문을 퍼뜨리면 대가를 치를 것임을 명심하길."

시어가 다른 거인 로봇들에게 입조심을 하라고 명령했다.

키로는 속이 부글부글 끓었다. 문득 얼굴 위로 불어오는 거인 로봇의 찬 입김이 느껴져 고개를 들어 올렸다. 시어가 고개를 숙이고 노려보고 있었다.

바로 그때, 젝터가 앞서가고 있는 플라이어 거인 로봇 사이로 끼어들었다.

"시어, 부어, 아랑크스. 너희까지 인간 아이들을 위협할 필요는 없다. 아이들은 너희한테 도움을 주려고 여기까지 왔을 뿐이다."

곧바로 시어가 젝터의 가슴팍을 밀쳤다. 쩌렁거리는 쇳소리가 울려 퍼졌다.

"내가 필요하다면 필요한 것이지, 네 따위에겐 발언권이 없다."

시어가 대꾸했다. 그러자 다른 플라이어 거인 로봇 둘이 시어 옆으로 붙어 서며 경계 태세를 취했다.

"아이들은 그냥 내버려 둬."

젝터가 자신의 금속 손가락들을 태엽 장치의 리듬에 맞춰 쥐었다 폈다 했다.

"그렇게는 못 해."

시어가 젝터의 가슴팍을 한 번 더 세게 밀었다. 젝터의 몸이 휘청거리며 앞뒤로 비틀거리자, 다른 거인 로봇들이 깔깔거렸다.

"하! 약해 빠진 젝터. 중심을 잡고 똑바로 서 있을 힘도 없잖아."

부어가 비웃었다. 그는 시어만큼 키가 크고 날렵했지만, 가슴 쪽 철판에는 군데군데 녹이 슬어 있었다.

"병신 같은 놈이야."

아랑크스도 한마디 거들었다. 플라이어 대원들보다 덩치가 큰 거인 로봇 하나가 따라 웃었다. 키로가 추측하기에 오러 대원 같았다.

뒷걸음치던 젝터가 시어 쪽으로 몸을 던졌다. 사이퍼가 고개를 쳐들고 컹컹 짖었다. 나머지 거인 로봇들은 몸싸움이 벌어진 젝터와 시어를 보는데 정신이 팔려, 강아지가 짖든 말든 신경 쓰지 않았다.

"안에서 무슨 일이 있었던 겁니까?"

루미가 몸을 숙이고 물었다. 키로는 두 손을 불끈 쥐었다.

"펠라그는 자신의 심장을 찾고 있댔어요. 그래서 시어와 그의 대원들에게 하늘의 별을 전부 따서라도 가져오라고 명령했대요. 별들이 파괴되고 있다고 항의했지만, 우리 말은 믿으려 하지도 않았어요. 아마 시어에게도 아이들 말이니 곧이곧대로 믿지 말라고 했을 거예요."

키로는 주먹 쥔 손을 부르르 떨었고, 안드라는 팔짱을 꼈다.

"당신들에게는 진짜 증거가 필요합니다."

루미는 고개를 끄덕이며 자신의 말을 강조했다.

"내가 보기에도 지금 시어가 저러는 건 매우 이상합니다. 개인적으로 그를 좋아한 적은 없지만, 난 항상 그가 헌신적인 거인 로봇이라고 생각했습니다. 시어는 마지막으로 본 이후, 확실히 변했습니다. 펠라그의 말처럼 증거가 필요합니다. 그렇지 않으면 아무도 믿지 않을 테니 말입니다. 지금의 혼란한 상황이 오히려 완벽한 타이밍입니다."

루미가 눈알을 굴리며 주변을 살폈다.

"네?"

안드라도 눈을 동그랗게 뜨고 되물었다.

"우리가 저들의 야영지로 몰래 들어갈 겁니다. 그래야 펠라그의 계획에 대해서도 좀 더 많은 것을 알아낼 수 있습니다. 어쩌면 시어가 그를 도와 별들을 잘라 내고 있다는 증거도 찾아낼 수 있을 겁니다. 그들 진영의 거인 로봇도 펠라그와 시어의 꿍꿍이를 모르고 있는 게 분명합니다. 자, 우린 그들에게도 증명해 보일 수 있는 증거부터 찾아야 합니다."

루미는 속삭이면서도 초조한 눈빛으로 시어를 힐끗힐끗 쳐다봤다.

"그렇게 되면 나머지 거인 로봇들도 펠라그와 시어를 죽게 내버려 둘 수도 있을 것입니다."

루미는 조심스럽게 계획을 털어놨다.

"자, 지금입니다. 갑시다."

루미의 신호에 맞춰 키로는 안드라의 손을 잡고서 무리에서 빠져나왔다. 사이퍼도 바짝 따라붙었다.

루미는 어디로 가야 하는지 알고 있는 것 같았다. 그런 데다 시어의 군대가 혼란스러운 틈을 피해 움직여도 들키지 않을 만큼 몸집도 작았다.

"내가 이곳에 발을 들여놓은 지도 수십 년이 되었지만……."

루미가 입을 열었다.

"우리에게 도움을 줄 수 있는 자를 알고 있습니다. 크래프터, 오러, 플라이어 대원은 우리 부대에 속한 거인 로봇들이 자신들 밑에 있다고 생각하지만, 렉톤은 절대 그렇지 않습니다. 렉톤은 지금까지도 우리가 스스로 치료할 수 있도록 가끔 물자를 가져다주고 있습니다. 렉톤이라면 무슨 일이 벌어지고 있는지 알고 있을 겁니다."

루미는 젝터의 주둔지보다 훨씬 높다란 판잣집과 텐트들로 가득한 캠프로 그들을 데려갔다. 캠프촌은 고원 전체에 흩어져 있고, 멀리서 보면 텐트들이 산봉우리처럼 뾰족뾰족했다. 그 모양새 때문에라도 키로는 아무도 이곳을 눈치채지 못했을 수도 있었으리라 생각했다.

루미는 그들을 산비탈 한쪽 면에 가려진 야영지로 데려갔다. 여기저기 땅들이 숭숭 뚫려 있는 곳이었다.

"여기가 오러 거인 로봇이 사는 곳입니다. 오러 대원들은 별의 심장을 만들 때 필요한 광석과 갈고리를 만들 때 사용할 금속을 얻으려고 이 산에 터널을 뚫었습니다."

다행스럽게도 캠프촌 바깥에서 서성이는 거인 로봇은 보이지 않았다. 두 번 다시 쫓겨나고 싶지 않았던 키로는 비로소 조금 안심이 되었다.

루미가 재빨리 어느 판잣집으로 향하더니 문을 두드렸다. 문을 열어 준 렉톤이라는 금속 거인 로봇은 꽤 인상적이었다. 플라이어 대원만큼 키가 크고, 거대한 덩치에 굵은 팔뚝을 가지고 있었다. 양쪽 팔 끝에는 굴을 파는 데 더없이 좋아 보이는 강철 장갑이 달려 있었다. 게다가 다른 거인들처럼 광채가 나는 푸른색 몸통에 초롱초롱 빛나는 눈도 갖고 있었다.

"루미?"

렉톤이 입을 열었다.

"여기서 뭐 하는 건가? 인간들까지 데리고? 위험천만이다."

루미는 뒤를 힐끗 돌아보았다.

"들어가도 돼? 중요한 일이 아니었다면 나도 여기까지 오지 않았다."

루미의 말에 렉톤은 눈살을 찌푸렸다. 그와 동시에 태엽 눈썹이 찰칵거리며 조리개가 닫혔다 열렸다.

결국 문을 열어 준 렉톤의 판잣집 안쪽에는 가구가 드문드문 놓여 있었다. 한쪽 벽면에는 다양한 금속 공구도 걸려 있었다. 키로는 대번에 그것들이 터널 작업에 쓰이는 것임을 알아챌 수 있었다. 방 한가운데에는 탁자 하나가 있고, 그 주변으로는 의자 몇 개도 있었다. 그러나 렉톤이나 다른 오러 거인 로봇은 너무 바빠서 앉을 틈도 없어 보였다.

"렉톤, 여기는 키로와 안드라다. 키로의 아버지는 스타셰퍼드인데, 아버지를 도와 별빛 그물을 지키려고 땅에 떨어진 별들을 다시 하늘로 돌려보내는 일을 하고 있다."

"그래, 루미. 나도 스타셰퍼드가 뭔지는 안다."

"하지만 최근 들어 누군가가 별들을 잘라 훔쳐 가고 있다고 한다. 여기 있는 키로와 안드라가 펠라그를 찾아가 알렸지만, 그는 이 아이들 말을 믿지 않았지. 우리는 시어가 그 일과 관련 있다는 의심을 강하게 품고 있다. 시어가 예전에도 거칠긴 했지만, 지금 보니 더욱 잔인해진 것 같다. 그가 펠라그를 돕고 있다는 걸 모르는 거인 로봇은 없지. 안 그래? 그렇다고 별들을 해치기까지 하려는 이유를 정말 모르겠다."

렉톤은 루미의 이야기에 키로의 예상만큼 놀라지 않았다. 다만 거대한 몸집이 흔들릴 만큼 한숨을 내쉬었다.

"그래, 맞아. 시어는 어딘가 변했지. 그리고 펠라그, 그분은 언젠가부터 이 세상을 떠나는 일에만 사로잡혀 있었다. 솔직히 말해 나 역시 그분이 무슨 짓이든 할 것 같아 두려웠다."

렉톤은 또다시 한숨을 내쉬었다.

"그가 우리에게 바로 그렇게 말했어요. 자신이 별을 잘라 냈다는 것도 인정했고요. 하지만 별들이 파괴되고 있다는 제 말은 믿지 않았어요."

키로가 끼어들었다. 렉톤은 턱을 쓰다듬으며 생각에 잠겼다.

"시어와 그의 참모들이 요즘 들어 밤마다 어딘가로 자주 사라지곤 했지. 몇 주 전에는 내 친구 하나도 그들이 뭔가를 숨기고 있는 것 같다고 말했다. 그 친구는 그들 뒤를 몰래 쫓아가 무슨 일을 꾸미고 있는지 알아낼 계획이라고 내게 슬쩍 알려 줬다. 하지만 그날 밤 이후로 그 친구 소식을 듣지 못했지. 내 생각엔 그 친구가 사라진 것도 그놈들과 관련 있는 것 같다. 확실하다."

말을 마친 렉톤은 자신의 확신만큼이나 강하게 고개를 끄덕였다. 키로는 안드라에게 안타까움을 드러내 보였다. 안드라도 걱정스러움을 내비치자 키로의 머리가 지끈거렸다.

"여기 오는 길에 에르사다 계곡에서 뭔가를 발견했어요. 거인 로봇의 팔이었는데, 몸통에서 뜯겨 나온 것이었어요. 팔이 묻혀 있던 모래 주변에는 별에서 잘려 나온 갈고리들도 흩어져 있었어요. 처음 그것들을 발견했을 땐 수 세기 동안 그곳에 있던 것으로 생각했는데, 지금 친구 거인 로봇 이야기를 듣다 보니……."

안드라가 말끝을 흐리자 렉톤이 펄쩍 뛰었다.

"그래, 내 친구 악투스가 분명하다."

렉톤이 눈까지 부라렸다.

"렉톤, 시어와 그의 참모들이 별을 훔치고 있다는 증거가 필요한데 우리를 도와줄 수 있어?"

루미가 물었다.

"증거라면 그놈들 창고에서 확실히 찾을 수 있을 거다."

"그럼 시어 집이 어디 있는지 알려 줄래?"

루미의 부탁에 렉톤은 어깨를 으쓱해 보였다.

"안 될 게 뭐가 있어? 그놈들은 전부터 나를 달가워하지 않았다. 그리고 나도 이제 이곳을 떠날 때가 된 것 같다. 그 전에 놈들의 콧대를 꺾어 놓는 것도 괜찮은 생각이지."

렉톤이 먼저 집 바깥으로 나가 어슬렁거리는 거인 로봇이 없는지 확인했다. 그런 다음 캠프촌 맞은편에 있는 플라이어 부대 중심부로 일행을 안내했다. 중심부로 들어갈수록 키로의 신경이 곤두섰다. 만약 여기서 잡히면 탈출에 성공할 확률은 거의 없었다. 하지만 지금 일행에게는 시어의 행동을 막을 증거가 절실히 필요했다. 아직은 펠라그와 시어의 꼬임에 넘어가지 않은 거인 로봇들에게 저들의 악행을 알리기 위해서라도 꼭 필요했다.

마침내 렉톤은 키로가 지금껏 본 집들과는 비교도 안 될 정도로 커다란 판잣집 앞에 멈춰 섰다. 시어의 집이었다. 일행 앞에 우뚝 서 있는 이 집은 나무판자와 금속판으로 얼기설기 이어 붙은 외벽에 기계 장치들이 여기저기 달려 있었다.

"으리으리하네."

루미가 혼잣말을 했다. 그러더니 뾰족한 갈고리가 달린 바늘 손가락으로 시어의 집 대문 자물쇠를 끌렀다.

집 안으로 살며시 들어간 일행의 눈에 온갖 종류의 잡동사니로 가득한 방이 보였다. 키로의 눈에는 나무나 돌로 만들어진 물건들이 하나같이 낯설었다.

"크래프터 부대는 펠라그와 시어의 명령에 따르는 일 말고는 별로 하는 일도 없던데, 잘도 부려 먹었군."

물건들을 둘러본 렉톤이 어깨를 으쓱해 보이며 말했다.

"그래야 시어가 무슨 짓을 꾸미고 있는지, 다른 거인 로봇이 알아채지 못하니까요."

안드라가 눈살을 찌푸리며 대꾸했다.

"맞아요, 이것 좀 보세요."

키로도 한마디 덧붙였다.

큰 방 한가운데에는 지도들로 덮여 있는 기다란 책상이 있고, 지도마다 온갖 별자리가 표시되어 있었다. 처음에 키로가 살펴본 몇 장의 지도들은 어느 은하를 표시해 둔 건지 알 수 없었지만, 책상 중앙에 펼쳐 있는 지도 하나는 낯설지가 않았다. 특정 부분에

처 놓은 동그라미 하나가 키로의 눈에 확 들어왔다. 숨이 막혔다.

동그라미 안쪽에 지워진 별자리가 무엇인지 대번에 알아챌 수 있었다. 그것은 다름 아닌, 별들을 도둑맞고 있다는 걸 처음 깨달은 날 밤에 떨어진 별자리였다. 그날 밤엔 별들이 어떻게 그리 빨리 사라질 수 있는지 궁금하고 답답했는데, 이 지도에 결정적인 해답이 있었다. 하늘을 나는 거인 로봇들이 별들을 베어 지상으로 떨어뜨린 뒤, 텅 빈 분화구만 흔적으로 남겨 둔 것이었다.

"이 지도요. 이건 드렌 첨탑 바로 위쪽에 있는 하늘이에요."

키로가 흥분된 목소리로 말했다.

"이것들은 일부러 이쪽으로 밀어 둔 것 같은데……."

루미도 근처에 있는 다른 지도를 집어 들었다.

"음, 펠라그가 자기 별의 수색 범위를 드렌 하늘로 좁혀 놨습니다. 다음 군대 집결지는 그곳이 될 겁니다."

루미의 예고에 키로는 눈앞이 흐려지며 머릿속이 멍해졌다.

"그럴 거예요. 여기 증거들이 있잖아요."

안드라가 지도를 가리키며 말했다. 렉톤은 머리를 흔들었다.

"아니, 그걸로는 충분하지 않다. 거인 로봇들에게 별 지도가 있는 건 별일 아니다. 특히 참모들의 경우는 당연한 일로 봐야 한다."

키로는 렉톤의 설명이 그럴듯하다는 생각이 들자 마음이 무너

저 내렸다. 언제나처럼 곁에 있는 안드라가 히죽 웃으며 키로의 손을 꼭 쥐어 주었다.

"저들이 별을 훔쳐 간 거예요. 분명 여기 어딘가에 흔적을 남겨 뒀을 테니까 계속해서 찾아 봐요."

안드라는 주위를 둘러보며 확신에 찬 목소리로 말했다.

"서둘러. 시어의 수색대가 너희들이 달아난 걸 알아채고 곧 잡으러 들이닥칠 것이다."

렉톤이 경고했다.

뿔뿔이 흩어져 방 하나씩을 맡았다. 태엽 장치 부품이나 이상한 장치들이 하나라도 뒤집히지 않도록 조심하며 구석구석 뒤지기 시작했다.

키로는 공구실로 보이는 곳부터 뒤졌다. 이 방에는 별을 하늘에 거는 도구를 만드는 데 필요한 온갖 종류의 신기한 금속 장치들이 가득했다. 키로가 이 뒤죽박죽인 곳을 절반쯤 살펴보았을 즈음, 가장 큰 방을 뒤지고 있던 안드라가 소리를 질렀다.

"빨리 좀 와 봐요! 꼭 필요한 증거를 찾았어요."

키로와 거인 로봇들은 안드라가 무엇을 찾았는지 알아보려고 잽싸게 달려갔다. 안드라의 양손에 삼베 케이스가 들려 있었다. 모두 들쭉날쭉 찢어진 것이 아닌, 자로 잰 듯 날렵하게 갈라진 것들이었다.

"저기에도 엄청 많아요."

안드라는 그들을 방 안으로 데리고 들어가 삼베 케이스들이 숨겨져 있던 장을 열어 보였다. 놀랍게도 장 속에는 안드라가 들고 있는 것과 똑같은 삼베 케이스들이 가득 차 있었다. 심지어 바닥 쪽에는 시커멓게 타 버린 별의 심장 껍데기들도 쌓여 있었다. 루미는 숨을 헐떡이며 금속으로 된 얼굴을 찌푸렸다.

키로도 손으로 벽을 짚고 휘청거리는 몸을 가누었다. 갈비뼈 주위가 꽉 조이면서 숨쉬기가 힘들었다. 죽은 별들이 너무 많았다. 펠라그와 시어가 지난 몇 달 동안 한 짓이 분명했다. 별빛 그물은 키로가 상상할 수도 없을 만큼 망가져 있었다. 하나같이 그 무엇으로도 대체할 수 없는 별들이었는데, 이제는 생명까지 완전히 꺼진 시체들이었다.

"시어는 제정신이 아닌 것 같아."

안드라가 말했다.

"그, 그래, 머리가 망가졌나 봐."

키로는 가까스로 적당한 단어를 찾아 대꾸했다.

"펠라그는 너무 오래 산 불쌍한 노인이라 그만 죽어 버리고 싶다지만, 시어는…… 이건 그냥 악에 받쳐 저지른 악랄한 행동이야. 별들을 하늘에 걸어 두는 일을 했던 거인 로봇이 어떻게 이런 짓을 할 수 있지?"

키로가 고개를 절레절레 저었다.

"시간이 흐를수록 악마가 되어 가는 것 같아."

안드라가 대꾸했다. 키로는 고개를 끄덕였다. '악마'라는 단어가 딱 어울리는 것 같았다.

"정말 끔찍한 짓을 했다. 아주, 아주 끔찍한…… 미쳤다."

렉톤도 고개를 숙이고 중얼거렸다.

삼베 케이스와 별의 심장 껍데기를 챙긴 키로와 안드라, 그리고
새 친구들은 서둘러 젝터와 시어가 몸싸움을 벌이고 있는 곳으
로 돌아갔다. 공터에서는 시어의 참모들에게 붙잡힌 젝터를 향해
시어가 고함을 치고 있었다. 여러 부대 소속의 거인 로봇 또한 그
들 주위로 모여들고 있었다.

"그 인간 꼬마들은 어디로 갔어? 이러려고 내 주둔지로 들어온
건가? 모든 것을 망치려고?"

젝터는 거세게 반항하며 고개를 쳐들었다. 젝터의 몸통 밖으로
느슨해진 볼트 몇 개가 빠져나와 있었다.

안드라는 잠시도 망설이지도 않고, 삼베 케이스를 높이 쳐들며
그들 쪽으로 돌진했다.

"모든 걸 망치는 건 깡통, 바로 너잖아, 시어! 당장 젝터를 놔
줘!"

그 순간, 시어의 눈이 번쩍 빛났다.

"감히 뭐라고 지껄이는 건가, 꼬마?"

시어가 입을 열자, 곁에 있던 다른 플라이어 대원 몇몇이 웅성거렸다.

"이것들을 당신 집에서 찾았어. 보라고."

안드라는 예리하게 잘린 삼베 케이스를 가리켰다.

"이 케이스들은 별들이 때가 되어 자연스레 닳아 떨어진 게 아니었어. 누군가가 일부러 자른 거라고. 일부러 죽인 거라고."

안드라는 목소리를 높였다. 다른 한 손에는 바스러질 듯 타 버린 별의 심장 껍데기가 들려 있었다.

거인 로봇은 대부분 놀라지 않은 척했지만 헐떡거리는 소리가 공기 중에 울려 퍼졌다. 키로는 심장이 두근거리다 못해 터질 것 같았다.

"너희들이 꾸몄겠지. 우리는 인간의 말을 믿지 않는다. 지금도 증거 하나 없지 않은가? 하하하하하."

시어는 고개를 끄덕이며 기분 나쁘게 웃었다.

렉톤과 루미가 앞으로 나섰다.

"저 애 말은 사실이다."

렉톤이 으르렁거렸다.

"인간 여자애가 당신 집에서 저것들을 발견했을 때 나도 거기 있었다. 거짓말할 이유 따위는 없다."

렉톤의 말에 시어의 눈에서 광채가 번쩍 빛났지만, 시어는 조금도 움직이지 않았다.

"네가 한 말을 잘 생각해 봐라, 렉톤. 그렇지 않았다가는 네 목숨은 여기서 끝이다."

"악투스에게도 똑같은 말을 했나? 당신이 별을 훔치는 걸 악투스에게 들켜서 악투스의 몸을 망가뜨렸지."

렉톤이 턱을 치켜올리며 따졌다.

"시어 장군!"

플라이어 대원 중에서 한 거인 로봇이 소리를 질렀다.

"정말입니까? 별들을 해치는 이유가 대체 뭡니까? 별들을 보호하는 건 우리의 주된 역할인데, 저 친구의 말이 사실입니까?"

"그래서 악투스를 어떻게 했습니까?"

또 다른 거인 로봇도 추궁했다.

"펠라그, 그분은 죽기를 원해요. 그래서 그분의 심장을 품고 있는 별을 찾아낼 때까지 별들을 잘라 내라고 명령한 거랬어요. 펠라그는 저한테 직접 시어가 돕고 있다고 말했어요."

키로는 시어가 렉톤의 질문에 대답하기 전에 재빨리 끼어들었다. 그러자 시어가 키로를 향해 성큼성큼 다가왔다.

"너희 침입자 놈들은 정말 지긋지긋하다. 당장 네놈들을……."

이번엔 거대한 거인 로봇들이 시어의 앞을 막아섰다.

"중대한 혐의입니다, 시어 장군. 저희는 진지하게 저 인간 아이들의 말을 참고하고 있습니다."

거인 로봇 무리 중에서 누군가가 말했다.

"시어 장군 집으로 가 보세요. 이런 정보가 어디서 왔는지 더 자세히 알 수 있을 거예요."

안드라가 말했다.

"진실을 밝혀 낼 때까지 당신은 아무 데도 못 갑니다."

한 거인 로봇이 바로 옆에 있는 또 다른 거인 로봇을 바라보며 고개를 끄덕였다.

"카루스, 당신이 시어 장군 집에 가서 이들 주장을 입증할 증거를 찾아 보게."

"알았네."

카루스가 뜨거운 김을 내뿜으며 공중으로 솟구쳤다.

"네놈들이 날 막을 순 없어."

시어는 자신을 막아선 거인 로봇들을 밀치며 하늘로 날아오르려고 엔진에 시동을 걸었다. 하지만 발이 땅에서 떨어지기도 전에 몇몇 거인 로봇이 그의 몸통을 붙잡았다.

시어는 화가 머리끝까지 나서 안드라가 땅바닥에 둔 삼베 케이스들과 별의 심장 껍데기를 걷어차며 몸부림쳤다. 그 바람에 케이스들이 공터 주변으로 흩어졌다.

바로 그때, 하늘로 날아오른 삼베 케이스 하나가 키로의 시선을 사로잡았다. 키로는 시어의 발에 튕겨 나간 케이스 속에서 빠져나온 물건이 날아가는 방향으로 고개를 돌렸다. 신비로운 빛이 새어나오는 작은 금속 랜턴이었다. 키로가 가까이 다가가 제대로 살펴보려 하자 시어가 소리를 질렀다.

"도둑놈, 만지지 마!"

키로는 재빨리 배낭 속에 랜턴을 쑤셔 넣었다. 시어가 발길질을 했지만 키로는 잽싸게 피했다. 렉톤도 나서서 자신의 큰 덩치로 시어의 앞을 막아섰다.

머리 위쪽으로 날아오는 비행체의 웅웅거리는 소리에 모두 고개를 들었다. 하늘에서 카루스가 비장한 표정을 지으며 착륙하고 있었다.

"인간들은 진실을 말했다. 시어 장군은 수많은 스타 케이스와 죽은 별들을 집에 감춰 두고 있었다."

카루스의 말이 끝나기 무섭게 젝터를 붙잡고 있던 거인 로봇들이 손을 놓았다. 풀려난 젝터는 곧장 키로에게 달려갔다. 시어도 기회를 틈타 다시 한번 제 몸을 쏘아 올리려고 땅바닥에서 발바닥을 떼었다. 하지만 다른 거인 로봇들이 방해하고 나섰다.

시어의 금속 엉덩이가 땅바닥에 닿자 쩌렁거리는 진동이 키로의 뼈까지 전해졌다. 쓰러진 시어는 끙끙거리며 몸체에 묻은 먼지들을 신경질적으로 털기 시작했다.

"시어, 그 소년을 해치면 안 돼. 넌 이미 충분히 괴롭혔어."

렉톤이 말했다. 시어가 벌떡 일어나며 렉톤을 뒤로 밀쳤지만, 렉톤은 꿈쩍도 하지 않았다.

"네가 나한테 감히 명령을? 나는 내가 하고 싶은 대로 한다."

시어가 당당하게 대꾸했다.

"이 주둔지의 거인 로봇들도 내 뜻을 따를 것이다."

하지만 시어의 말과는 달리, 거인 로봇들은 키로와 안드라의 곁으로 다가와 섰다. 드디어 수적으로 우세해졌다.

시어는 침입자들을 잡으라며 쉴 없이 소리를 질렀지만, 진실을 알게 된 거인 로봇들은 시어가 자신들의 존재 이유까지 배신했다며 웅성거렸다.

차가운 금속 팔이 키로의 몸에 닿았다. 깜짝 놀란 키로는 온몸에 소름이 돋았다. 다행히 렉톤이었다.

"네 친구 말이 맞았다. 시어는 뭔가 심각한 고장이 난 것 같다. 이제 우리가 너희를 안전한 곳으로 데려다주겠다."

렉톤이 키로와 사이퍼를 들어 올렸다. 키로가 뒤를 힐끗 보니 안드라도 또 다른 플라이어 거인 로봇의 어깨에 올라타 있었다. 루미와 젝터도 그리 뒤떨어져 있지 않았다.

"만약 우리가 발견한 지도에 표시된 게 맞으면, 펠라그는 드렌 첨탑 주변에서 별들을 모조리 잘라 낼 거예요. 우리가 먼저 가서 그 지역 하늘을 보호해야 해요. 아, 그 전에 달루스로 가서 스타셰퍼드 위원회부터 설득해야 해요."

키로가 앞으로의 계획을 이야기했다.

"좋다. 최대한 빨리 그곳으로 너희를 데려다주겠다."

렉톤이 대꾸했다.

한동안 느긋하게 움직이던 덩치 큰 거인 로봇 렉톤이 갑자기 걸음을 멈췄다. 렉톤은 키로를 엘크토어라는 플라이어 대원에게 넘겼다. 또 다른 거인 로봇 역시 안드라를 카루스에게 건네줬다.

"달루스에 있는 스타셰퍼드 위원회로 빠르게 데려다주시오. 그 동안 우리는 드렌으로 가 있겠소. 그곳에서 다시 만납시다."

렉톤의 말에 엘크토어는 고개를 끄덕이며 금속으로 된 관절을 덜컥거렸다. 눈 깜짝할 사이에 거인 로봇 엘크토어가 하늘로 솟구쳐 오르더니 바람을 가르며 획획 날기 시작했다. 키로는 심장이 튀어나올 것 같았다. 저 아래로 키 큰 나무들이 장난감처럼 자그맣게 보였다.

　새 친구들의 도움으로 키로와 안드라는 금세 라다막 산맥을 벗어났다. 젝터와 그의 일행들이 티린을 챙겨 드렌으로 가는 동안, 자신들의 캠프를 버린 플라이어 대원들은 키로와 안드라를 스타셰퍼드 위원회 첨탑으로 데려가고 있었다.

　시어의 집에서 발견한 지도 덕분에 키로 일행은 앞으로 펠라그가 공격하려는 드렌 구역 별의 위치까지 정확히 알 수 있었다. 하지만 펠라그와 그를 따르는 거인 로봇들을 물리치려면, 전 세계 스타셰퍼드들도 시어 군대를 경계하도록 위원회를 설득해야 했다. 스타셰퍼드들이 스타 슈터로 도와줄 거란 동맹 확인 절차도 필요했다.

　플라이어 거인 로봇의 비행은 실로 대단했다. 어릴 때는 하늘 높이 날아올라 별을 매다는 기분이 어떨지 궁금했었는데, 지금 그 궁금증이 풀리고 있었다. 그러나 시어가 어떻게 그토록 위대한 임무를 포기하게 되었는지 여전히 궁금했다. 렉톤이 말한 대로 시스템이 망가져서 오작동하고 있는 것일 수도 있었다.

비행 고도가 높아지자, 키로는 자신을 단단히 붙잡아 주는 거인 로봇의 팔이 새장 같다는 생각이 들었다. 새장에 담겨 날아가는 묘한 기분이었다. 아니, 제 가슴에 얼굴을 파묻은 사이퍼를 끌어안은 키로 자신도 문득 새장 같다는 생각이 들었다. 다만 바람이 획획 몰아쳐 정신이 없었다. 외투는 펄럭이고 가르마도 이리저리 바뀌었다. 다행히 안드라가 멀리 있지 않아 안심이 되었다. 거인 로봇의 손가락을 꽉 붙잡고서 하늘을 날고 있는 안드라의 얼굴에는 모험을 즐기는 표정이 역력했다.

어느덧 구름 아래로 드넓은 사막이 모습을 드러냈다. 가까이에서 볼 때는 위협적이기만 하던 블랙랜드의 잿빛 모래가 풍경을 더럽히는 시커먼 얼룩처럼 보였다. 곧이어 따뜻한 바람이 키로의 얼굴을 스쳐 지나갔다. 바람이 불어오는 쪽으로 고개를 돌리자, 서쪽 바다의 끝 모를 수평선 위로 파도가 넘실거리고 있었다.

그래도 역시 최고의 풍경은 머리 위쪽에 있었다. 총총 떠 있는 별들은 대낮인데도 눈부셨고, 어두워질 때를 기다리며 저마다 독특한 광채를 뿜어내고 있었다.

별이 있는 곳까지는 거리가 멀어 갈고리를 볼 수 없었지만, 눈썰미가 제법 좋은 키로는 젝터 같은 거인 로봇들이 만든 오래된 삼베 케이스와 스타셰퍼드들이 사용하는 신형 케이스를 구별해

낼 수 있었다. 키로는 그 사실에 잠시 우쭐해졌다. 지금껏 땅에서는 절대 볼 수 없던 별빛 그물을 이 높은 곳에서 보니, 별에서 별로 이어지는 얇은 별빛 띠를 펼쳐 놓고 있었다. 그러다 별들이 사라져 칙칙해진 곳을 본 키로는 자신이 더 이상 별을 지키는 일을 할 수 없다는 사실에 우울해졌다. 소문대로 별빛 그물에는 옴폭 꺼져 버리거나 끊어진 곳이 군데군데 보였다.

'별빛 그물은 아름답지만…….'

키로는 감탄의 말들을 쏟아 내려다 비슬라를 떠올렸다.

이렇게 바라보니 비슬라와 같은 악의 세력들이 어떻게 우주 감옥에서 탈출할 수 있었는지 알 수 있었다. 별빛 그물은 당장 수선이 필요했고, 키로는 그 일을 하고 싶었다. 그것은 스타셰퍼드의 의무였다.

'그러기 위해선 아빠가 스타셰퍼드의 자격을 되찾는 게 먼저일까?'

키로는 도리질을 했다. 지금은 무엇보다 위원회를 설득할 용기가 필요했다. 키로는 위원회의 지도자인 카드모스에게 찢어진 별빛 그물을 보여 주고 싶었다. 누구라도 이걸 본다면 당장 마음을 고쳐먹을 것 같았다.

곧 웅장한 위원회 첨탑이 시야에 들어왔다. 키로는 이를 악물고 웃어 보았다. 비록 떨리기는 했지만, 키로는 무얼 어떻게 해야 하는지 자신이 제일 잘 알고 있다고 믿고 있었다.

*

플라이어 거인 로봇 엘크토어가 첨탑 문 앞에 키로를 내려놓을 때, 키로는 웃음이 나왔다. 엘크토어의 키가 첨탑 높이의 절반쯤 되었기 때문이었다. 키로는 스타셰퍼드들이 엘크토어와 카루스를 보고 놀라 자빠지는 장면을 상상했다. 거인 로봇의 모습을 보고서도 감격하지 않는다면, 키로 역시 아무것도 할 수 없을 것만 같았다.

"여기서 기다려 줘요."

키로가 부탁하자 거인 로봇들은 고개를 끄덕였다.

안드라는 원뿔형 지붕에 박혀 있는 수많은 망원경을 올려다보며 놀란 입을 다물지 못했다.

"서둘러라, 키로."

엘크토어가 말했다.

"그래, 어서. 나도 이렇게 멀리까지 날아 본 건 참으로 오랜만이었는데, 별빛 그물이 너덜너덜해진 걸 보고 겁먹었다. 지금 당장 행동하지 않으면 영원히 때를 놓칠 것이다."

카루스도 거들었다.

키로는 울컥한 마음을 다스리고, 처음 이곳에 왔을 때보다 자신 있게 문을 두드렸다. 첫 노크에 반응이 없어 또다시 두드리려고 하는데 문이 살짝 열렸다.

"자크리스! 이렇게 다시 만나서 정말 기뻐요."

키로가 반가움에 폴짝폴짝 뛰었다. 자크리스는 문틈으로 찌푸린 얼굴을 내밀고서 키로와 안드라를 번갈아 보더니 사이퍼를 내려다봤다. 사이퍼도 꼬리를 흔들며 아는 체했다.

"키로, 넌 여기 오면 안 돼. 위원회가 출입 금지시켰는데······."

자크리스의 말이 뚝 끊어졌다. 엘크토어를 본 게 분명했다.

"위원회가 틀렸어요."

안드라가 당당하게 따졌다.

"맞아요. 그걸 증명해 줄 거인 로봇까지 데려왔어요."

키로도 당당하게 목소리를 높였다.

"이게 다 뭐지. 말도 안 돼. 꿈일 거야."

자크리스는 홀린 듯이 문밖으로 나오며 중얼거렸다.

"나는 엘크토어다."

거인 로봇이 먼저 무릎까지 꿇고 기계 손가락을 내밀었다.

"하늘의 별들이 도난당하고 있다. 우리는 모든 스타셰퍼드의 도움이 즉시 필요하다."

엘크토어의 말투가 딱딱하고 우스꽝스러웠지만 키로는 어깨를 으쓱해 보였다. 자크리스는 팔을 뻗어 기계 손가락을 잡았다. 자크리스의 손이 난쟁이의 손처럼 작아 보였다. 자크리스는 고개를 바짝 쳐들고 거인 로봇의 얼굴을 바라보고 있었지만, 엘크토어의 눈 뒤쪽에서 새어 나오는 푸른빛에 홀려 넋이 나간 듯했다.

"정말 대단해."

자크리스가 또다시 중얼거렸다.

엘크토어는 무릎을 펴고 일어나 손가락으로 하늘을 가리켰다.

"당신도 서둘러야 한다. 내 형제자매 거인 로봇들이 작전에 투입되었다. 당신은 스타셰퍼드를 드렌으로 불러 모으고 스타 슈터를 설치하는 데 협조해야 한다."

엘크토어가 기계 로봇답게 딱딱한 어투로 말하는 동안 자크리스는 하늘을 올려다봤다. 저 멀리 점점이 보이던 금속 물체들이 위원회 첨탑에 가까워지면서 커졌다.

"여기서 기다려 봐라. 금방 돌아올 테니."

자크리스가 허둥거리며 첨탑 안으로 들어갔다.

잠시 뒤 카드모스를 비롯한 위원회 의원들을 데리고 자크리스가 돌아왔을 때, 다른 거인 로봇들도 첨탑 앞에 속속 착륙했다.

키로는 찌푸린 카드모스의 얼굴을 보자마자 속이 뒤틀렸다. 혹시라도 자신들을 돕지 않을 꼬투리를 어떻게든 찾아낼 사람이 있다면 단연코 카드모스일 터였다. 카드모스는 기다란 예복 자락을 질질 끌며 의원들과 함께 첨탑 문밖으로 나왔다.

"이게 다 뭐 하는 짓이냐? 네 아버지가 보낸 거냐?"

카드모스는 호통을 치다 말고 입을 다물었다. 무시무시한 거인 로봇들에 둘러싸여 있다는 걸 깨달은 것 같았다. 카드모스는 눈을 가늘게 뜨고 키로를 노려봤다.

"이게 다 뭐 하려는 꼼수지?"

카드모스가 다시 입을 열자, 키로의 등 뒤에 서 있던 자크리스가 자그맣게 한숨을 내쉬었다. 다른 의원들은 카드모스의 등짝을 밀치며 헉헉거렸다.

"속임수라뇨, 위원장님!"

키로가 발끈했다.

"제가 아빠를 찾았는데, 아빠는 거인 로봇들과 함께 있었어요. 거인 로봇은 세월이 한참 지난 오늘날까지도 멀쩡히 살아 있었다고요. 이제 우리 모두가 힘을 합쳐 별들을 구해야 할 때예요."

키로의 설명에도 카드모스는 코웃음을 쳤다.

"이제 뭘? 또 뭘 하자고?"

카드모스는 손을 내저으며 첨탑 안으로 다시 들어가려고 했다.

"네 아버지란 작자는 스타셰퍼드의 지위를 다시 얻으려고 뭔 짓이든 하겠지만, 이깟 속임수로는 아무것도 바꿀 수 없다. 잘 들어라. 네 아버지는 스스로 자신의 직책과 별들을 포기했고, 위원회에서 한 번 내린 판결은 절대 바뀔 수 없다."

카드모스는 서둘러 말을 마치고 홱 돌아섰다. 그가 문 쪽으로 걸음을 옮기려는 순간, 엘크토어가 기계 손가락으로 그의 외투 자락을 잡아당겼다.

"이건 속임수가 아니다."

엘크토어가 으르렁거리며 앞으로 나섰다. 그러자 겁먹은 위원 회 의원들이 거인 로봇들을 힐끗힐끗 경계의 눈초리로 살피더니, 약속이라도 한 듯 슬금슬금 뒤로 물러났다.

"우리는 하늘에 별을 거는 일을 해 온 거인 로봇이다. 그런데 우리 형제 중 몇몇이 일곱 장로의 후손이 별을 자르라고 지시한 명령에 굴복하고 잘못된 길로 들어섰다. 그 후손의 이름은 펠라 그다."

엘크토어의 목소리가 쩌렁쩌렁 울렸다.

"이미 수백 년 전에 펠라그는 자신의 심장을 별에 바치고 영원 히 살 수 있는 비법을 갖게 되었다. 하지만 이제는 그 기나긴 삶 에 지칠 대로 지쳐, 자신의 별을 찾아내는 데 광적으로 집착하고 있다. 그 별을 찾아내 파괴하고서 이생을 영원히 떠나는 것이 그 의 목적이다. 필요하다면 하늘의 별들을 모두 베어 버리는 것도 주저하지 않을 정도로 미쳐 있다."

할 말을 마친 엘크토어가 옷자락을 놓아주었지만, 카드모스는 그 자리에서 옴짝달싹하지 못했다.

안드라가 한 발 앞으로 나섰다.

"거인 로봇의 말이 맞아요. 여러분은 별을 지키겠다고 맹세하신 분들이잖아요. 그러면서 감히 누구도 별을 자를 수 없다고 믿어 오셨겠죠. 하지만 여기 있는 키로가 그렇지 않다는 확실한 증거를 가져왔어요. 자, 보세요. 이제부터라도 여러분이 별들을 보호해 주셔야 해요."

안드라의 목소리에서 힘이 느껴졌다.

문가에 서 있던 의원들은 중얼거리기 시작했다. 카드모스의 얼굴은 어느새 백지장처럼 하얗게 질려 있었다.

"펠라그, 펠라그라고 그랬나?"

카드모스가 속삭였다. 엘크토어는 고개를 끄덕였다. 그러자 스타셰퍼드 의원들 쪽으로 한 줄기 바람이 불어와 그들의 긴 옷자락이 펄럭거렸다.

"그분이라면 일곱 장로의 후계자로 임명된 다른 분들과 함께 우리 역사책에도 실려 있는데……."

카드모스가 하얗게 질린 얼굴로 계속 웅얼거렸다.

"역사책에는 그분과 또 다른 후계자들이 스타셰퍼드에게 궁극의 지식을 전하기로 맹세하고 당신들의 목숨을 바쳤다고 쓰여 있죠. 실제로 펠라그 님은 우리 위원회를 설립하는 데 도움을 주신

분이셨죠. 이 첨탑과 스타 슈터를 만드는 데에도 아이디어를 주신 분이라고 알고 있습니다."

자크리스가 설명했다. 키로가 얼핏 보니 자크리스 뒤에 있는 카드모스는 손을 덜덜 떨고 있었다.

"역사책에 접근할 수 있는 스타셰퍼드 외에는 그 누구도 펠라그 님에 대해 알고 있는 자가 없을 텐데."

카드모스가 자크리스에게 말했다.

"거인 로봇도 있었죠."

키로가 끼어들었다.

"음, 음, 우리가 널 돕겠다."

카드모스가 목청을 가다듬고 말하며 조금 전까지와는 사뭇 다른 눈으로 키로를 내려다봤다. 하지만 키로와 눈이 딱 마주치자 의원들 쪽으로 고개를 돌려 버렸다.

"지금부터 우리가 저들을 도와줍시다."

카드모스가 선언했다.

카드모스는 약속을 지켰다. 의원들은 서둘러 전 세계 스타셰퍼드들에게도 지시를 내렸다.

키로와 안드라는 드렌의 첨탑으로 돌아가 지원군이 도착할 때를 기다리며 만반의 준비를 해 놓기로 했다.

첨탑으로 돌아와 작업장 문을 열자마자, 부엌 식탁에 앉아 있던 설반 선장과 도면이 문 쪽으로 고개를 돌렸다.

"선장님!"

설반 선장이 키로를 향해 따뜻한 미소를 지어 보였다.

"드디어 용감한 탐험대가 돌아왔군. 우리는 너희들을 대신해서 첨탑을 지키며 잠시도 하늘에서 눈을 떼지 않았단다."

"고, 고맙습니다."

키로는 목이 메었다.

"저는 선장님이 스타셰퍼드를 싫어하는 줄만 알았는데……."

설반 선장이 어깨를 으쓱했다.

"그랬지. 그렇다고 별을 탓하지는 않았잖아."

"네가 무사해서 정말 다행이다."

도면이 의자에서 일어서며 키로의 어깨를 토닥였다.

"나도 롬비까지 뒤따라갔는데, 그 후로 너희들이 어디로 갔는지 알 수 없었단다. 많이 걱정했다. 그런데 네 아버지는 찾았니?"

도면의 질문에 키로는 머뭇거리며 신발만 내려다보았다. 옆에 있던 안드라가 키로의 팔을 슬쩍 건드렸다.

"그, 그, 그런 것 같아요."

키로가 작은 소리로 대답했다.

"무슨 뜻이지?"

설반 선장이 눈살을 찌푸리며 되물었다.

키로는 근처에 있는 의자에 털썩 주저앉았다. 사이퍼가 눈치 없이 안아 달라며 키로의 허벅지를 앞발로 두들겼다.

"아빠를 찾았지만 평소 같지 않았어요. 제 진짜 아빠가 아니라 얼빠진 허수아비 같은……."

키로는 한숨을 내쉬었다.

"라다막 산맥에서 무슨 일이 있었던 것 같은데, 아빠를 어떻게 해야 예전으로 되돌릴 수 있을지 모르겠어요. 저는 또다시 아빠를 잃어버린 참담한 기분이에요."

"우리가 알아낼 수 있을 거야, 키로. 확실해."

안드라가 사이퍼의 머리를 긁어 주며 말했다.

"정말 안되셨구나."

설반 선장이 혀를 끌끌 차며 위로했다.

"너무 걱정 마라. 마을의 용한 의사가 진찰해 보면 네 아버지 상태가 왜 그런지 밝혀낼 수 있을 테니까."

그러면서 선장은 주위를 힐끗 둘러보았다.

"그런데 아버지는 어디 계시니?"

"지금 오고 계세요."

설반 선장은 눈썹을 치켜올리며 키로의 얼굴을 뚫어지게 쳐다봤다.

"저희가 아빠를 발견했을 때 아빠는…… 거인 로봇과 함께 있었어요. 지금쯤 거인 로봇이 우리를 지원해 줄 여러 대원들과 함께 아빠를 이곳으로 모셔 오고 있을 거예요."

"거인 로봇? 지원 대원? 그게 다 무슨 뚱딴지같은 소리인지. 아무튼 할 얘기가 꽤 많을 것 같은데, 게다가 넌 나한테 빚진 이야깃거리도 있잖니. 자, 그럼 슬슬 얘기를 시작해 볼래?"

설반 선장은 한껏 풀이 죽어 있던 키로를 살살 꼬셨다.

키로는 자신들이 어떻게 거인 로봇을 발견했는지, 어떻게 모든 별을 잘라 내려는 펠라그의 음모를 밝혀냈는지 풀어놓기 시작했다. 그런 다음엔 펠라그가 드렌으로 수색 범위를 좁히고 작전을 개시하려는 계획을 알아낸 과정까지 낱낱이 털어놓았다. 키로는 설반 선장과 도먼이 이야기의 어느 부분에서 가장 큰 충격을 받았는지 알아챌 수는 없었다. 하지만 이야기를 가만히 듣고 있던 두 사람은 정신을 차리더니 자신들도 기꺼이 돕겠다고 말했다.

아쉽게도 설반 선장과 도먼이 모든 이야기를 믿는 것 같진 않았다. 그렇더라도 키로는 이해할 수 있었다. 키로 역시 산에서 직접 겪지 않았다면, 누군가 들려주는 그런 이야기를 진짜라고 믿지 않았을 터였다.

오후의 나머지 시간 동안 준비에 매달려야 했다. 다행히 그 누구도 게으름을 피우지 않았다. 뒤늦게 티린과 함께 도착한 거인 로봇들은 라다막 산맥에서 엄청나게 많은 돌덩이를 가져왔다. 그들은 더 많은 무기고를 세우려고 땅을 파기 시작했다.

거인 로봇은 조용하고 진지하게 각자 맡은 일을 해냈고, 보초병은 조용히 경계 태세로 초소를 지켰다. 사실 거인 로봇은 별을 등진 사람들에게 큰 애정을 품고 있지 않았다. 그런데도 자신들과 믿음이 같은 자들을 위해 로봇 형제들과 싸울 수밖에 없었다. 처음부터 별을 보호하는 목적으로 만들어진 거인 로봇은 주저하지 않고 이 전투를 받아들였다.

거인 로봇이 묵묵히 일하는 동안 키로와 안드라도 준비할 수 있는 것들을 찾아서 척척 해냈다. 설반 선장과 도먼은 해가 지기 전에 서둘러 마을로 떠났다. 가능한 많은 스타 케이스를 모아 두고, 마을 사람들에게도 조만간 전투가 있을 거라는 사실을 알릴 생각이었다.

키로는 악한 거인 로봇을 상대할 때만 스타 슈터를 사용해야 한다고 알고 있었다. 물론 그놈들이 별들을 잘라 놓으면 최대한 빠르게 많은 별을 거두어 하늘로 돌려놓는 본래의 용도대로 사용해야 하는 것도 명심했다. 키로는 스타 슈터가 여러모로 쓸모가 있으리라 생각했다.

키로와 안드라는 스타 슈터 옆에 임시 작업장을 설치하고, 스타 케이스와 필요한 갖가지 도구들을 가져다 놓았다. 어떤 경우라도 스타 슈터를 신속히 사용하기만 한다면 결과는 좋을 터였다.

설치 준비가 끝나자 키로는 먹을 거라도 찾아 보려고 배낭을 뒤졌다. 하지만 먹을 만한 것 대신 다른 것이 손에 잡혔다. 시어가 숨겨 둔 삼베 케이스에서 발견한 바로 그 금속 랜턴이었다. 키로가 가져가려 하자 시어가 몹시 화를 내던 모습이 떠올랐다.

키로는 자세히 살펴보고 싶은 마음에 스위치를 켰다. 영롱한 빛줄기가 뻗어 나왔다. 빛줄기가 예사롭지 않은 것임을 알 수 있었다. 얇고 가벼운 금속으로 만들어진 랜턴의 겉 부분은 한때는 광채가 날 정도로 티끌 하나 없었을 테지만, 오랜 세월의 때를 타서 지금처럼 칙칙해진 것이라는 생각이 들었다. 다행히 안쪽은 멀쩡해서 은은한 불빛을 계속 뿜어내고 있었다. 내친김에 랜턴의 뚜껑을 열어 보고 싶었지만 손아귀에 힘을 줘도 꿈쩍하지 않았다. 너무나도 꽉 닫혀 있었다.

"그게 뭐야?"

안드라가 랜턴을 손가락으로 가리키며 물었다.

"잘 모르겠어. 시어가 숨겨 둔 삼베 케이스와 함께 있던 거야. 시어는 나한테 이 랜턴을 뺏기는 걸 미친 듯이 싫어했어."

키로의 말에 안드라가 눈썹을 치켜올렸다.

"특별한 게 틀림없어. 지금까지 이런 걸 본 적 있어?"

고개를 가로젓던 키로의 호흡이 목구멍까지 차올랐다.

"설마 일곱 장로나 후계자에 얽힌 전설과 관련이 있는 게 아닐까?"

키로는 지워진 소용돌이 장식 무늬 사이로 랜턴 안쪽을 비스듬히 들여다보았다. 보이는 것이라곤 은은한 빛줄기뿐, 그 안쪽에서 무엇이 빛을 내고 있는지 알 수 없었다.

"우리가 매우 조심조심, 안전하게 지켜야 할 것 같아."

안드라가 키로의 귀에 대고 속삭였다.

"내 생각도 그래."

키로도 작은 소리로 답하며, 배낭 안에 다시 넣었다. 이 랜턴이 시어 군대와 맞선 전투에서 큰 도움이 되어 줄지도 몰랐다. 다만 전투 전에 사용 방법을 알아내야만 했다.

오후 세 시쯤이 되자, 플라이어 거인 로봇이 세계 각지의 스타 셰퍼드들과 스타 슈터를 어깨 위에 싣고서 하나둘 도착하기 시작했다. 처음엔 지평선 위로 떠 있던 작은 반점들이 점점 가까워지며 정체를 드러냈다. 플라이어 거인 로봇은 뜻밖의 낮은 고도 비행으로 다가오고 있었다. 선두에 있던 엘크토어는 자신의 어깨를 짓누르던 짐들을 티린의 스타 슈터 근처에 내려놓자마자 또다시 이륙했다.

일몰 직전까지 모여든 스타셰퍼드의 숫자도 늘어나고 있었다.

"저는 키로라고 합니다."

키로가 한 남자와 악수를 했다. 남자는 티린보다 조금 젊어 보였는데, 밝은 오렌지색 머리카락에 어울리지 않는 빨간 망토를 걸치고 있었다.

"난 리쉬란다."

남자의 입 주변이 푸르스름한 게 많이 지쳐 보였다.

"오늘은 여러 가지로 충격을 받았단다. 처음엔 거인 로봇이 나타나더니, 다음엔 별들이 도난당하고 있다는 소식을 듣게 되었지. 게다가 여기까지 날아왔으니, 아무튼 이 모든 건 상상도 못 했던 일이었단다."

남자는 이렇게 말하면서도 싱글벙글 웃고 있었다.

"확실히 책으로 내기에도 전혀 부족하지 않은 멋진 이야기가될 거야. 아무쪼록 널 돕게 되어 기쁘단다. 앞으로 계획이 뭐지?"

리쉬에게 계획에 관한 질문을 받자 키로는 찌릿찌릿했다. 안드라도 인정받게 된 걸 축하한다는 뜻을 담은 미소를 보냈다.

키로가 방해나 되는 성가신 꼬마가 아닌, 진짜 스타셰퍼드로대접을 받은 것은 이번이 처음이었다. 티린은 이 사실을 영원히알지 못하게 될 수도 있지만, 키로는 그럴수록 아빠를 자랑스럽게만들고 싶었다.

"우선 드렌 주변에 전략적으로 스타 슈터를 설치해야 해요. 일곱 장로의 후계자인 펠라그가 자신의 심장을 품은 별이 이 동네하늘 어딘가에 있다고 판단한 것 같아요. 펠라그의 하수인들은영생의 에너지를 가지고 있는 그 별을 찾을 때까지 이 구역의 별들을 모조리 잘라 낼 거예요. 그래야 펠라그가 영원히 세상을 떠날 수 있다고 믿고 있거든요."

키로는 숨을 몰아쉬며 리쉬의 표정을 살폈다. 아빠 나이 또래의 남자는 가만히 고개를 끄덕이며 듣고만 있었다.

"그러니까 제 말은 최대한 빨리 별들을 구해야 한다는 거예요."

키로의 말까지 덩달아 빨라졌다.

"악당 플라이어 거인 로봇이 더 큰 피해를 주기 전에 우리가 먼저 이 구역 하늘에서 쫓아낼 수 있다면 나쁠 것도 없겠죠."

안드라가 덧붙여 말하자, 리쉬는 또다시 고개를 끄덕였다.

"훌륭해. 그런데 이 지역 지도를 가지고 있니?"

"여기요."

키로는 자신의 작업대 쪽을 가리켰다.

리쉬는 당장 지도 위로 허리를 굽혀 살펴보기 시작했다. 가끔 턱을 긁적이거나 허리를 이리저리 움직이며 앓는 소리를 내더니, 마침내 만족스럽다는 표정을 지으며 허리를 폈다.

"음, 얼마나 많은 스타셰퍼드가 더 올지 알 수 있을까?"

"아직은요. 모두 오길 바라야죠."

키로가 고개를 저었다.

"그래 주면 더 좋겠지. 하기야 이번 일에 협조하지 않는다면 스타셰퍼드라고 할 수도 없을 테니까."

리쉬의 눈빛이 반짝였다. 키로는 이 별난 남자가 퍽 마음에 들었다.

"난 우선 방어를 위해 동쪽 숲 가장자리로 스타 슈터를 가져다 놓아야겠다."

리쉬는 땅에서 조약돌 몇 개를 주워 지도 위에 올려놓았다.

"잘 봐라. 다음에 도착하는 스타셰퍼드 몇은 마을 전체를 방어하기 위해 여기 이 조약돌들을 놓아둔 곳으로 보내야 한다. 나머지는 필요에 따라 그 사이사이를 채우면 될 테고."

리쉬가 키로의 작업대를 내려다보며 말했다.

"저런 스타 케이스가 더 있을까? 꽤 정교하게 만들어졌는데!"

"좀 더 있을 거예요. 거인 로봇이 곧 더 많은 걸 갖고 올 거예요. 그 전에 우리는 저 돌덩이로 이 구역에 성벽을 쌓아야 해요."

키로가 마당에 쌓여 있는 바위 더미를 가리키며 말했다.

"스타 케이스들은 전투가 시작될 즘엔 준비되어 있을 거예요."

키로가 머리를 긁적이며 덧붙였다.

"알겠다. 그럼 행운을 빈다, 키로."

리쉬는 티린이 만든 것보다 훨씬 가벼워 보이는 나무로 된 스타 슈터를 숲의 동쪽 방향으로 굴리기 시작했다.

작업은 계속되었고 스타셰퍼드들도 속속 도착했다. 그들은 키로와 안드라가 어디로 가야 할지 알려 주면 하나같이 묵묵히 맡은 일을 시작했다. 이 작전이 실패한다면, 세상이 어둠으로 뒤덮일 걸 스타셰퍼드들은 잘 알고 있었다. 물론 이 모든 위협이 고대부터 살아온 한 인간의 그릇된 욕망에서 비롯된 것이었지만, 스타셰퍼드들은 이 지경이 되도록 내버려 둔 자신들의 책임도 크다고 생각하는 눈치였다.

해가 지기 바로 직전, 마지막 플라이어 대원들과 스타셰퍼드들이 도착했다. 모두가 힘을 합쳐 전투 준비를 마쳐 가고 있는 첨탑 주변에는 활기가 넘쳤다. 어느새 설반 선장과 도면도 마지막 스타 케이스를 운반하고 돌아와 있었다.

"오, 키로, 안드라."

설반 선장이 허리에 손을 얹고 말했다.

"대단한데! 어느새 너희를 도와줄 꽤 훌륭한 군대까지 생겼네. 역시 굉장한 거인 로봇들이야!"

선장은 거인 로봇 하나가 어슬렁어슬렁 지나가는 모습을 힐끗 보며 고개를 끄덕였다.

"너희 둘이서 거인 로봇을 찾아냈다니, 내 눈으로 보고도 믿을 수가 없어. 저들이 지금까지 살아 있었다니! 엄청난 일이잖아?"

"그러게요. 내가 지금까지 본 것 중에서도 최고입니다. 더없이 훌륭한 장인 기술로 만들어 낸 작품 중의 작품이라 할 수 있겠어요. 물론 기름칠과 광택을 좀 더 해 줘야겠지만요."

도면도 거인 로봇을 보며 감탄하기는 마찬가지였다.

"혹시 저들 중에 내 배에서 일하고 싶은 거인 로봇이 없을까? 상당한 도움이 될 것 같은데."

설반 선장이 농담처럼 중얼거렸다. 그 말을 엿들은 키로와 안드라는 웃음을 터뜨렸다. 잠깐이었지만 자신들을 짓누르던 긴장감도 슬그머니 풀리는 것 같았다.

"언제든지 편히 물어보세요. 단, 별들을 구할 때까지는 기다려 주셔야겠지만요."

키로가 되받아쳤다. 설반 선장도 껄껄 웃었다.

"걱정 마라. 벌써부터 너희의 최고 군인들을 낚아채 가지는 않을 테니까."

선장은 도먼의 어깨에 팔을 둘렀다.

"자, 그럼, 도먼 씨. 우리는 스타 슈터들을 돌아보며 쏘아 올릴 돌들이 충분히 있는지 확인하러 이만 나갑시다."

키로는 밖으로 나가는 두 사람의 뒷모습을 한참 동안 지켜보았다. 아빠의 정신이 지금쯤 온전히 돌아왔다면, 이 모든 걸 어떻게 생각할지 궁금했다. 첨탑으로 돌아온 티린은 계속 잠만 자다가 한 시간 전쯤 일어났다. 그런 다음에도 첨탑 너머로 하늘을 멍하니 올려다보더니 지금은 나무 아래를 어슬렁거리고 있었다.

키로가 이따금 말을 걸어 보려고 가까이 다가갔지만, 그때마다 아빠는 눈앞에 펼쳐진 부산스럽고 어지러운 사태에도 아무런 반응을 보이지 않았다. 키로는 속이 휑한 게 고통스러웠다. 애초 아빠를 찾아 나선 여행이었는데, 어느덧 엄청난 일이 되어 버렸다. 아빠가 이렇게 가까이 있으면서도 멀리 있는 것 같은 지금의 상황은 잔인해도 너무 잔인했다.

"키로!"

갑자기 안드라가 소리를 지르고, 사이퍼까지 으르렁거렸다.

저녁노을 사이로 시어의 무리가 나타났다. 시어를 따르는 플라이어 대원들이 여기저기에서 별들을 향해 날쌔게 날아오르고 있었다.

"때가 됐어요."

키로가 소리를 질렀다. 그러자 가장 가까이에 있던 스타셰퍼드도 키로의 외침을 듣고 똑같이 외쳤다. '공격 개시'를 뜻하는 신호가 금세 들불처럼 들판과 숲과 마을로 번지기 시작했다.

곧이어 돌덩이들이 빙글빙글 돌며 밤공기를 갈랐다. 공격을 당한 플라이어 거인 로봇이 하늘에서 운석처럼 떨어졌다. 그중 몇몇은 별들을 잘라 내는 데 성공했지만, 스타셰퍼드들도 재빨리 잘려 나간 별들을 찾아 하늘로 되돌려 보냈다.

바로 그때, 스타셰퍼드들 사이에서 분주히 일하고 있는 설반 선장이 키로의 눈에 띄었다. 놀랍게도 선장은 평생 그 일을 해 왔던 사람처럼 능숙하게 스타 슈터를 다루고 있었다.

키로도 시어 편의 플라이어 거인 로봇을 향해 돌덩이를 쏘아 올리며 근처에 떨어지는 별들이 있는지 신경을 곤두세우고 살폈다. 플라이어 거인 로봇이 하늘에서 속속 추락하자 키로의 가슴속에서는 희망이 피어나기 시작했다. 성급한 판단이긴 했지만, 작전이 제대로 성공할 것 같았다.

사이퍼까지 별 하나가 그들 근처에 떨어지자 스타 슈터를 돌며 컹컹 짖었다. 안드라가 서둘러 그 별을 집어 들고 신형 케이스에 다시 넣어 키로에게 건넸다.

키로가 스타 슈터에 실어 하늘로 올리려는 바로 그때, 등골까지 오싹한 소리가 울려 퍼졌다. 금속끼리 챙챙 부딪히는 소리가 일정한 리듬으로 어둠을 뚫고 들려왔다. 거인 로봇 소대 하나가 드렌을 향해 반격해 오고 있었다.

키로가 다른 사람들에게 습격 사실을 알리기도 전에 펠라그와 시어에게 충성하는 거인 로봇들이 숲의 가장자리를 뚫고 쳐들어왔다. 비슬라 때처럼 별 가루도 그들을 막아 내지 못한 듯, 거인 로봇들은 별 가루를 먼지처럼 밟고서 들이닥쳤다.

오러와 크래프터 대원들도 가장 가까운 스타 슈터로 몰려들었다. 놈들의 급습 이후 채 몇 분이 지나가지도 않았는데, 스타 슈터 하나가 어린애 장난감처럼 갈가리 찢겨 버렸다.

"스타 슈터를 지켜요."

키로와 안드라가 고래고래 소리를 질렀지만, 숲 가장자리에 세워 둔 스타 슈터들을 구하기엔 이미 늦었다. 그쪽 스타 슈터를 담당하던 스타셰퍼드들이 몰려드는 거인 로봇에 맞서 싸우기 시작했다. 수적으로 크게 열세였다. 젝터를 따르는 거인 로봇들도 스타 슈터에 돌덩이를 싣는 걸 중단하고 새로운 반격에 가세했다.

설반 선장도 키로와 안드라 앞으로 나섰다.

"우리가 수적으로 불리해. 병력을 더 확보하지 못하면 절대 이길 수 없어. 하지만 내게 아이디어가 있다."

선장은 키로와 안드라의 어깨에 손을 얹었다.

"너희는 절대로 잡히지 말고, 저 별들을 하늘로 보내야 한다."

"감사합니다."

키로가 짧게 답했다. 선장은 무심하게 고개를 끄덕이며 자리를 떴다.

거인 로봇과 거인 로봇이 전투에서 맞붙은 것을 보게 된 키로는 속이 울렁거렸다. 수 세기 전만 해도 그들은 모두 같은 편에 서서 비슬라 같은 다크셰도우에 맞서 싸우며 별들을 하늘에 매달고 별빛 그물을 짰을 것이다. 하지만 이제 그들은 한 늙은이의 정신 나간 계획 때문에 두 편으로 갈라져 앙숙이 되었다. 얼핏 보기에도 젝터의 거인 로봇 쪽이 시어를 따르는 덩치 큰 오러와 크래프터 거인 로봇의 맞수로는 약해 보였다. 그럼에도 불구하고 젝터의 거인 로봇들은 반격의 속도를 늦추며 꾀를 썼는데, 그 작전이 먹혀들었다. 키로는 그것만으론 충분할 것 같지 않아 불안했다.

목재 스타 슈터가 가장 큰 피해를 입었다. 키로의 것과 같은 금속제 스타 슈터들은 좀 더 튼튼한지 버티고 있었다. 시어의 지상군도 그 차이를 알아채고 약한 목재 스타 슈터들을 집중 겨냥했고, 스타셰퍼드들을 헝겊 인형처럼 내던졌다. 하늘에서는 시어 쪽 플라이어 거인 로봇이 새로운 각오라도 한 것처럼 별들을 빠르게 잘라 내고 있었다. 별들이 땅으로 떨어지고, 떨어지고, 또 떨어지면서 온 세상을 핏빛으로 물들이고 있었다.

키로와 안드라는 가능한 많은 별을 구하려고 최선을 다했다. 하지만 파괴된 별들의 엄청난 숫자에 비해 그들이 구해 줄 수 있는 것에는 한계가 있었다.

'어떻게 이런 일이⋯⋯!'

피해가 돌이킬 수 없을 정도로 커지기 전에 시어의 사악한 무리들을 막을 방법을 찾아내야만 했다. 키로는 마음이 급했다. 만약 아빠가 제정신이었다면 좋은 아이디어를 생각해 냈을 거란 아쉬움에 한숨이 나왔다.

'도대체 그놈의 비슬라가 아빠에게 뭔 짓을 했기에……'

키로는 이를 갈며 아빠라면 어떻게 할지 생각해 보려고 애썼다. 그러자 거짓말처럼 불쑥, 키로의 머릿속에 아이디어 하나가 떠올랐다.

"저기 봐!"

그와 거의 동시에, 안드라가 키로의 팔을 잡아당겼다. 마을로 이어지는 길 쪽으로 고개를 돌린 키로의 입이 떡 벌어졌다.

전투가 끝날 때까지 마을 사람들은 멀리 도망가 있거나 각자의 지하실에 숨어 있을 거라고 생각했다. 절대로 이런 광경까지는 기대할 수조차 없는 평범한 사람들이었다. 그런데 그 평범한 마을 사람들까지 쏟아져 나와 숲 쪽으로 우르르 몰려가고 있었다. 사람들은 저마다 쇠스랑부터 부지깽이, 빗자루 등등을 손에 들고 있었다. 심지어는 부엌 주전자까지, 손에 잡히는 대로 들고나와 사악한 거인 로봇을 막아 내려 하고 있었다. 그 선두에는 설반 선장과 도먼이 있었다. 놀랍게도 안드라의 아빠, 보딘도 보였다.

"우리 아빠도 뭐든 해야 했겠지."

안드라가 말했다.

"선장님은 대단해. 마을 사람들을 다 설득했나 봐."

키로는 선장이 스타셰퍼드를 끔찍이도 싫어하는 마을 사람들을 데려온 것에 크게 놀랐다. 소심한 성격의 자신이라면 이런 다급한 상황에서조차 절대 해낼 수 없는 일이란 생각이 들었다.

"다른 별들도 구하러 가자, 스타보이."

안드라의 얼굴에는 어느덧 미소가 돌아와 있었다.

마을 사람들의 도움을 받자, 키로와 안드라는 전보다 훨씬 빠르게 일을 처리할 수 있었다. 하지만 별들은 계속해서 장대비처럼 떨어져 내렸고, 또한 수없이 많은 별이 새로운 스타 케이스에 담기고 있었다.

거인 로봇과 마을 사람들이 어울려 남아 있는 스타 슈터를 둘러쌌다. 스타셰퍼드들은 사악한 플라이어 거인 로봇을 최대한 많이 맞히려고 노력했다. 돌에 맞은 거인 로봇이 땅으로 추락하면서 쇳덩이가 찌그러지는 끔찍한 소리를 냈지만, 키로와 안드라는 아랑곳하지 않고 달리고 또 달렸다. 달리면서도 무서운 속도로 추락하는 거인 로봇과 부딪히지 않으려고 하늘을 살폈다. 별똥별을 하나라도 더 구할 수만 있다면, 위험을 무릅쓸 가치가 있었다.

쉬지 않고 계속되는 달리기에 팔다리가 후들거렸지만 키로는 멈출 수 없었다. 스타 슈터 주변으로 떨어진 마지막 별까지 밤하늘로 쏘아 보내고 나서야 비로소 키로는 아빠가 더 이상 나무 아래 앉아 있지 않은 걸 알게 되었다. 키로의 심장이 쿵 내려앉았다. 몇 번이나 나무 주위를 빙빙 돌며 살펴봤지만 보이지 않았다. 키로는 전쟁터로 변한 들판을 둘러보며 미친 듯이 숲을 향해 내달렸다. 저 멀리 아빠가 보였다. 티린은 쓰러진 스타 슈터들 사이에서 비틀거리며 넋을 놓고 헤매고 있었다. 시어의 플라이어 대원 하나가 땅바닥으로 추락하고 있는 것도 모르고 마냥 걷고 있었다. 키로는 심장이 그대로 멈춰 버릴 것 같았다.

"아빠, 안 돼요!"

키로가 소리를 질렀다. 그 소리가 얼마나 컸던지, 멀찍이 떨어져 있던 안드라까지 깜짝 놀랐다. 키로는 몸을 날려, 거인 로봇과 부딪히기 직전에 아빠를 덮쳤다. 그들 주변으로 움푹 파헤쳐진 흙과 풀들이 솟구쳐 올랐다. 두 사람 옆으로 떨어진 거인 로봇이 끙끙 앓는 소리를 내도 티린은 그저 멍했다.

"별들이……."

티린이 중얼거렸다. 키로는 떨리는 팔로 아빠를 부축했다. 옆에 누워 있는 거인 로봇이 어떤 짓을 할지 알 수 없으니, 당장 아빠가 좋아하는 나무 아래로 데려다 놓아야 했다. 키로의 눈에서 눈물이 흘러내렸지만, 가슴속에 묻어 둔 작은 희망의 불씨는 다시 뜨겁게 타오르고 있었다.

소용없을지라도 키로는 뭐든 시도해 봐야 했다. 지푸라기라도 붙잡고 싶은 심정으로 배낭에서 하나 남은 스타 파우더병을 꺼냈다. 안드라는 티린을 걱정스러운 눈으로 살피며 키로 곁으로 다가섰다.

"너희 아빠는 괜찮으셔?"

키로는 고개를 저었다.

"잘 모르겠어. 아빠가 여전히 멍한 상태이긴 한데, 별에 대해 알아들을 수 없는 말을 중얼거렸어. 이 전투 때문인지, 아니면 오래된 집착 때문인지 알 수 없지만."

"걱정 마. 만약의 경우를 대비해서 우리가 너희 아빠와 별을 동시에 지켜보면 되잖아."

"아 참, 아이디어가 떠올랐어."

키로가 스타 파우더병을 들어 올리며 말했다.

"전에는 이걸로 비슬라를 접근 못 하게 했잖아. 혹시 우리 아빠가 비슬라 때문에 이렇게 됐다면 별 가루가 도움이 되지 않을까?"

안드라는 병을 가만히 쳐다봤다. 생각이 많은 표정이었다.

"해 볼 만할 것 같아. 대신 서둘러 줘. 너랑 나는 빨리 가 봐야 하잖아."

안드라가 어깨 너머로 뒤를 살폈다.

키로는 아빠의 머리 위로 별 가루를 뿌렸다. 속으로는 아빠의 정신이 돌아와 눈동자를 번득이길 바란다고 주문을 외웠다. 하지만 티린은 오히려 두 눈을 꼭 감고서 나무등치에 털썩 주저앉았다. 키로는 아빠의 반응에 바짝 긴장했지만, 다행히도 티린은 멀쩡하게 숨을 쉬고 있었다. 돌연 실망감이 차올랐다. 이런 건 키로가 기대한 반응이 아니었다.

"어서, 스타보이. 너희 아빠는 쉬게 놔드리자. 별 가루 효능이 나타날 때까지 시간이 좀 걸리는 건지도 모르잖아."

내키지 않아도 지금은 밖에 있어야 했다. 바깥은 하늘이든 땅이든 온통 아수라장이었다. 여전히 시어를 따르는 플라이어 거인 로봇들은 스타 슈터에서 발사된 돌덩이들을 피해 날아다니고, 그들이 잘라 낸 별들은 곤두박질치며 땅으로 떨어지고 있었다. 땅에서는 렉톤의 지상군과 마을 사람들이 부엌칼과 나무 막대기 같은 온갖 잡동사니를 휘두르며 놈들의 금속 팔에 맞서 싸움을 이어 가고 있었다. 거인 로봇과 사람들이 뒤엉켜 있어서 어느 쪽이 이기고 있는지 쉽사리 판단하기 어려웠다. 넋 놓고 싸움판을 바라보고 있을 수만은 없었다. 지금 당장 키로가 할 수 있는 최선의 행동은 가까운 곳에 떨어진 별을 주우러 가는 것이었다.

키로는 지체 없이 땅에 떨어진 별을 퍼 올렸다. 재빨리 스타 슈터로 돌아와 능숙한 솜씨로 삼베 케이스를 가르고 신형 케이스에 별을 옮겨 담았다. 한때는 아빠와 키로가 경건하게 절차대로 치른 과정이었지만, 지금은 상황이 긴박해 서둘러 끝내야 했다. 별을 하늘로 돌려보낸 뒤에도 시어의 플라이어 대원에게 잡히는 건 아닌가 싶어, 키로는 날아오르는 별을 지켜보며 기다렸다. 그사이 또 다른 별을 주운 안드라가 스타 슈터 쪽으로 헉헉거리며 도착했다. 키로는 이번에도 서두르며 경계를 늦추지 않았다.

별을 쏘아 올리고 하늘을 지켜보던 키로의 눈에 다른 것이 들어왔다. 그리 멀지 않은 곳에서 젝터와 시어가 격렬하게 몸싸움을 벌이고 있었다. 시어가 젝터에 비해 덩치가 큰 것이 키로의 마음에 걸렸다. 안드라도 걱정하는 눈치였다. 둘은 누가 먼저랄 것도 없이, 최대한 많은 돌멩이를 끌어안고 그들 쪽으로 달렸다.

거인 로봇끼리 몸을 부딪히는 소리는 나쁜 소식을 전하는 불길한 종소리 같았다. 불안한 예감은 틀리지 않았다. 키로와 안드라가 돌멩이를 던져 맞힐 수 있을 정도의 거리에 닿기도 전에, 시어의 주먹이 젝터의 몸통으로 날아들었다. 젝터의 몸이 허공으로 붕 떠올랐다가 땅바닥으로 떨어졌다. 이윽고 시어가 젝터의 어깨를 한 발로 밟으며 녹슨 검을 머리 위로 들어 올렸다.

키로는 두 눈을 감았다. 온몸에서 기운이 빠져나가고 두 다리가 후들거렸지만, 정신을 똑바로 차리려고 이를 악물었다. 시어가 젝터의 숨통을 끊어 버릴 최후의 공격을 앞두고 두 눈을 반짝이고 있었다. 젝터가 벗어나려고 몸부림치는 소리가 들려왔다. 한순간 키로의 두려움이 용기로 바뀌었다.

키로는 한 발짝 앞으로 나서며 소리를 질렀다.

"그만둬."

안드라도 앞으로 나서며 키로 옆에 섰다.

"내 친구를 내버려 둬."

안드라가 던진 돌멩이는 시어의 얼굴을 정확하게 맞혔다. 성이 난 시어가 으르렁거리며 발을 쿵쿵 굴렀다. 뒤이어 키로도 돌을 던졌지만 시어는 거대한 몸집에도 날렵하게 옆으로 피했다. 결국 키로가 던진 돌멩이는 시어의 팔뚝을 스치고 말았다. 안드라는 확실한 과녁을 노리며 두 번째 돌멩이를 힘껏 던졌다. 바람을 가르며 날아간 돌멩이가 시어의 얼굴에 닿으며 '픽' 소리와 함께 눈알이 박살 나더니 유리 파편이 사방으로 튀었다.

시어가 날뛰며 울부짖었다. 그 소리가 들판을 흔들며 키로의 이빨까지 덜덜 떨리게 했다. 시어는 땅바닥에 쓰러져 있는 젝터를 버려두고 키로와 안드라를 향해 달려오기 시작했다.

"미련한 인간들, 네놈들이 이길 수 있을 것 같은가?"

시어가 으르렁거리며 성큼성큼 뛰어왔다.

"인간들은 건들지 마."

젝터가 신음 소리를 내뱉으며 땅바닥을 굴렀다. 일어나는 것도 쉽지 않은 듯했다.

키로는 겁이 난다고 물러설 수도 없었다. 나머지 돌들을 손에 잡히는 대로 집어 들고 시어의 가슴을 향해 던졌다. 다행히도 시어는 돌이 날아오는 정확한 위치를 가늠조차 못 하는 듯했다. 이번엔 안드라가 그의 턱을 노리고 돌을 던졌다. 시어는 팔뚝으로 막아 내며 곧장 두 걸음쯤 더 걸어오더니 갑자기 멈췄다.

"아악, 아악!"

시어가 기계 팔로 얼굴을 감싸 쥐고 울부짖었다.

사악한 지옥의 불꽃이 일렁이던 그의 남은 한쪽 눈마저 깜깜한 밤처럼 꺼져 가고 있었다. 시어는 머리를 뒤로 젖히고 거대한 기계 팔을 들어 올리며 우주 구석구석에까지 자신의 고통이 전해지도록 비명을 질렀다. 이미 셀 수도 없이 들었지만 온몸을 갈가리 찢어 놓을 듯한 끔찍한 비명 소리에 키로는 귀를 막았다.

온 천하가 흔들리고 땅이 울리면서 키로의 발부터 머리까지 찌 릿찌릿 충격이 전해졌다.

키로는 시커멓게 변한 시어의 눈동자가 안드라와 자신을 찾아 헤매는 것과 동시에, 쩍쩍 갈라지는 소리를 들었다. 차디찬 얼음 장이 들판을 가로질러 그들의 발밑까지 순식간에 퍼지자 몸서리 를 쳤다.

갑자기 시어가 안드라에게 달려들었다. 잠시 얼어붙어 있던 키 로가 정신을 차리고, 안드라를 밀쳐 냈다. 다음을 생각할 틈이 없 었다. 이 난리에 안드라를 끌어들인 건 키로 자신인 데다, 세상에 둘도 없는 친구인 안드라를 다치도록 내버려 둘 수는 없었다.

무자비한 거인 로봇 역시 목표물을 제대로 조준할 시간 따위는 없었다. 사악한 시어는 키로의 몸 위로 커다란 그림자를 드리우며 거대한 금속 주먹을 뻗었다. 피할 새도 없이 주먹으로 가슴 한가 운데를 맞은 키로는 땅바닥으로 내동댕이쳐졌다.

뜨거운 고통이 온몸으로 퍼지면서 눈이 부셨다. 말문이 막히고 숨쉬기가 힘들었다. 무지막지한 통증으로 손가락 하나 까닥할 힘도 남아 있지 않았다.

쓰러져 있는 키로의 눈에 들어오는 것이라곤 하늘의 별들뿐이었다. 몇몇 별들은 깜빡이며 빛났지만, 여전히 너무나도 많은 별이 땅으로 떨어지고 있었다. 키로는 그 별들도 자신처럼 다시는 하늘로 올라가지 못할 것 같았다. 서서히 의식이 빠져나가고 있었다. 잠결인 듯, 안드라가 내지르는 비명 소리가 꿈 밖에서 들리고 사이퍼가 축축한 코로 뺨을 비벼 대는 촉감이 어슴푸레 느껴질 뿐이었다. 엄청난 슬픔이 키로의 핏속을 돌며 온몸이 한결 더 무겁게 느껴졌다.

그때, 또 다른 소리가 꿈속으로 스며들었다. 티린의 목소리였다. 아빠가 절박하게 외치는 아들의 이름이었다.

"키로!"

무거운 눈까풀을 간신히 떠 보니, 몇 분 전 젝터를 제압했을 때처럼 시어가 무기를 들고서 자신을 내려다보고 있었다. 키로는 죽을힘을 다해 움직이고 싶었지만 팔 하나도 들 수 없었다.

하지만, 분명, 간신히 뜬 눈가 쪽에서 무엇인가가 빛났다. 정체를 알 수 없지만, 빛나는 것이 '휙' 스치는 게 느껴졌다. 동시에 또 다른 목소리가 키로를 에워싸고 있는 뜨거운 열기를 가르며 흐릿하게 들려왔다.

"그만해!"

펠라그의 외침이었다.

"이건 옳지 않다. 내가 원한 건 이게 아니다. 이렇게까지 함부로 하라는 건 아니었어."

시어는 삐걱거리며 손에 든 무기를 가까이에 떨어뜨렸다. 지금껏 들어 본 적 없는 웃음소리가 어디선가 기분 나쁘게 들려왔다. 그 소리는 거인 로봇을 조종해 온 비슬라가 얼음장을 긁어 댈 때 나던 소리와 비슷했다.

시어가 비슬라에게 사로잡혀 있었다. 끔찍한 일이었다. 하기는 그랬기에 자신의 존재 이유와 본래 주어진 임무를 거리낌 없이 배반했을 테니 놀랄 일은 아니었다. 펠라그의 별을 찾기 위해서는 천공의 갈고리에 매달린 별들을 그냥 훔치기만 하면 될 것을 굳이 잘라 내기까지 했던 의심쩍은 수수께끼도 마침내 설명이 되었다. 비슬라, 그 자체로는 일곱 장로의 마법의 힘이 미치지 않는 땅에 닿을 때까지 별들을 건드릴 수 없었다. 그래서 시어를 홀려 조정한 것이다.

잠시 뒤 시어가 펠라그를 향해 허리를 굽히려 할 때, 키로는 반사적으로 몸을 움츠렸다. 시어가 펠라그까지 공격할 것 같았기 때문이었다.

그렇게__ 스타보이가__ 되었다

하지만 시어는 키로가 누워 있는 근처 땅속에서 무언가를 뽑아 들었다. 다름 아닌 키로의 눈에 스치듯 보였던 반짝반짝 빛이 나는 물건이었다. 시어가 그것을 들어 올렸을 때, 키로는 자신이 배낭에 넣어 둔 랜턴이라는 걸 알아챘다. 시어에게 주먹으로 맞고 쓰러졌을 때 빠져나온 게 분명했다. 북받치는 후회의 감정이 밀려왔다. 이 전투에서 랜턴을 사용할 방법을 어떻게든 찾아내길 바랐건만, 이제는 그럴 기회마저 놓쳐 버렸다.

또 다른 고통의 물결이 밀려들었지만 키로는 당장 자신의 주변에서 일어나고 있는 일에만 집중하려고 애를 썼다. 시어는 랜턴을 너무나도 쉽게 열더니, 그 안에 든 내용물을 자신의 금속 손바닥에 톡 던졌다. 아직은 영롱한 빛을 잃지 않은 별의 심장이 그의 손아귀로 쨍그랑 소리를 내며 떨어졌다. 심장은 팔각형의 다이아몬드처럼 완벽하게 커팅된 투명한 크리스털이었다. 게다가 거기에는 또 다른 무언가도 붙어 있었는데, 다름 아닌 빨간 보석 결정체가 들어 있는 작은 유리병이었다.

이미 거칠어질 대로 거칠어진 키로의 호흡이 끊어질 듯 가느다랗게 약해졌다. 정신을 잃어 가는 머릿속에서는 그것이 무엇인지 알고 있다는 생각조차 가물거리기 시작했다.

그 옛날, 아주 오래전에 별에게 준 장로와 후계자의 심장이 랜턴 속에서 살아 있었던 것이었다. 시어는 보란 듯이 심장이 든 유리병을 머리 위로 들어 올리더니 땅으로 내리쳐 박살을 냈다. 별이 산산조각 나면서 빛이 쏟아졌지만, 오히려 깜깜하게 느껴졌다.

펠라그가 신음하며 비틀거리더니 무릎을 꿇고 가슴을 움켜쥐었다. 답이 풀렸다. 시어가 숨겨 온 것은 펠라그가 그토록 찾아 헤매던 그의 심장이었다. 놈이 처음 그것을 발견했을 때 숨겨 둔 게 분명했다. 비슬라의 조종을 받게 된 뒤로는 아예 별을 계속해서 파괴할 구실로 삼았을 터였다.

키로는 등이 얼얼했다. 다시는 살아서 일어날 수 있을 것 같지 않았다. 또다시 끔찍한 소리가 들려왔다. 얼음장이 쩍쩍 갈라지는 동시에 빙판 위로 몸이 미끄러지는 듯한 느낌이 들면서 온몸이 차갑게 마비되었다.

얼음장이 깨지는 소리가 쩌렁쩌렁 메아리쳤다. 냉지옥의 추위가 뼛속까지 스멀스멀 파고들더니, 얼어붙은 몸이 완전히 무감각해졌다.

'비슬라들이야.'

키로는 속으로 소리를 질렀다. 더 크게 지르려고 노력한들 아무도 그 소리를 듣지 못하는 것 같았다. 감긴 눈 틈으로 비슬라들이 시커멓게 떼로 몰려오고 있는 것이 보였다.

숲속에서 그림자가 슬그머니 빠져나와 키로와 그의 친구들을 에워싸기 시작했다. 추위와 얼음이 그들 주변으로 스멀스멀 기어들었다. 키로의 스타 슈터, 작업대, 스타 케이스는 물론이고 키로가 다친 순간부터 흔드는 걸 멈춰 버린 사이퍼의 꼬리까지 살얼음으로 덮이기 시작했다.

죽어 가는 키로의 슬픔까지 얼어붙어 버렸다. 펠라그는 그리 멀지 않은 곳에 누워 있었다. 두 사람의 몸에서는 숨결이 빠져나가고 있었다. 이제 펠라그도 시어가 불러들인 사악한 세력들의 위력을 멈출 수 없게 되었다.

악에 홀린 시어가 펠라그의 몸을 위에서 내려다보며 비아냥거렸다.

"영감, 내가 몇 주 전에 당신이 찾던 심장을 찾아냈지. 하하하. 하지만 그 사실을 철저히 숨겨 왔는데, 당신은 그것도 모르고서 어리석게도 플라이어 거인 로봇에게 계속 별을 자르도록 부추겼어. 그럴수록 우린 당신을 좀 더 곁에 둘 수 있어 도움이 됐는데, 그것까진 몰랐겠지. 당신은 나이만큼 현명하지 않았으니까. 하하하하하."

시어가 기분 나쁘게 웃었다.

"게다가 우리에겐 그 옛날 장로들이 별의 형태를 잡고 별빛 그물을 만들 계획을 세우기 전부터 우주 구석으로 어둠을 몰아낼 때 사용했던 랜턴 몇 개가 남아 있었지. 자, 어떤가? 이제 우리가 별을 모조리 잘라 낼 계획인데!"

시어는 승자답게 자신의 긴 금속 팔을 허공으로 들어 올렸다.

"펠라그, 당신이 떠나면 별의 비밀을 아는 사람은 남아 있지 않게 될 거야. 세상이 마침내 제대로 돌아갈 테지. 새카만 밤과 비슬라의 그림자들과 우리 거인 로봇에 지배되는 세계 말이야. 하하하하, 하하하하."

시어는 승리에 완전히 도취되어 있었다.

펠라그는 마지막 숨을 겨우 몰아쉬고 입을 열었다.

"시어, 당신은 수백 년 동안 선량하고 충성스러웠지만 언젠가부터 제정신이 아니었어."

펠라그가 기침을 하며 말을 이었다.

"당신은 인정 못 하겠지만, 그 기계 몸과 영혼을 차지한 건 비슬라야. 하지만 시어, 난 당신 안에 진정한 거인 로봇이 아직 살아 있다는 걸 알고 있어. 싸워, 시어. 그렇지 않으면 희망마저 모두 잃게 돼."

시어는 머리를 뒤로 젖히고 미친 듯이 웃어 댔다.

"멍청한 노인네. 비슬라와 나는 하나다. 우리는 한마음 한뜻이다. 너는 곧 죽게 될 것이고, 우리의 지배는 시작될 것이다."

키로는 더 이상 그들의 대화에 귀를 기울이기 어려웠다. 주변에서 계속되던 격렬한 전투의 격돌마저 어느새 시들해졌는지 요란하던 굉음도 드문드문 들렸다. 키로는 자신을 내려다보는 안드라와 아빠의 흐릿한 얼굴을 겨우 봤다. 그들은 손으로 키로의 머리와 얼굴을 쓰다듬으며, 하염없이 눈물을 흘리고 있었다.

"키로, 이 아빠가 널 놔두고 사라져서 미안하다."

티린이 속삭이며 흐느꼈다.

"혼자서도 별을 훔쳐 가는 걸 막을 수 있다고 생각했는데, 내가 틀렸다. 널 떠나지 말았어야 했어. 넌 내가 인정한 것보다 더 좋은 스타세퍼드 파트너였는데. 제발 견뎌다오, 아들아. 부탁한다. 그래야 우리가 함께 별을 지켜볼 수 있지. 아빠가 약속할게. 제발."

키로는 눈을 감았다. 오래전부터 아빠로부터 이런 말을 듣게 될 날을 기다려 왔었다. 정말 간절히 아빠가 돌아오기를 기다렸다. 키로는 지금이라도 곁으로 돌아와 준 아빠에게 괜찮다는 말을 하고 싶었지만, 입술 사이로 신음 소리만 새어 나왔다.

"포기하지 마, 스타보이. 응?"

안드라가 키로의 차디찬 손을 잡았다.

키로는 영원히 그리울 것 같았다. 이들을 떠나고 싶지 않았다. 진심으로 곁에 남고 싶었지만, 하늘에서도 운명의 실을 끌어당기고 있었다. 저항할 수도 거스를 수도 없는 운명의 힘으로.

잠시 뒤, 키로는 펠라그가 자신에게 손짓하는 것을 곁눈질로 보았다. 하지만 정신을 차리고 눈을 떠 보려 노력한들 노인이 무엇을 원하는지 알 수 없었다.

안개가 짙게 내려앉은 땅바닥에 누워 있는 펠라그는 생각에 빠져 있는 것 같았다. 그러면서도 손가락을 천천히 느릿하게 움직이되 서두르지는 않았다. 키로는 문득 노인이 키로가 팔을 뻗으면 닿을 만한 곳을 가리키고 있다는 생각이 들었다. 그곳에는 시어의 공격으로 쓰러질 때 떨어뜨린 무언가가 있었다. 그런데도 팔을 움직여 볼 의욕이 생기지는 않았다.

펠라그에겐 매우 중요한 것이 분명했다. 키로는 노인이 눈짓으로 팔을 뻗으라고 부탁하는 걸 알아챘다.

키로는 손을 조금씩 뻗었다. 손가락으로 겨우겨우 그 물체를 감싸고, 무엇인지 살펴볼 수 있을 만큼 가까이로 끌어당겼다. 환하게 빛나며 온기가 남아 있는 물체였다. 신비하게도 아직까지 생명이 남아 있는 별의 심장에서 떨어진 파편이었다. 어느새 몸이 스르르 녹기 시작했다.

옆에 누워 있던 펠라그가 키로의 가슴 쪽을 가리키며 손짓으로 어떤 행동을 보여 주었다. 키로는 따라 하라는 동작이란 걸 금세 알아챌 수 있었다. 당장 키로는 죽어 가는 펠라그가 시키는 대로 별의 심장 파편을 움켜쥔 두 손을 심장 위에 놓았다. 그러나 아직은 어떤 일이 일어날지 알 수 없었다. 옆에 누운 펠라그를 다시 한번 힐끗 쳐다보았다. 그러자 노인이 온화한 미소를 지으며 또다시 어떤 행동을 흉내 냈다. 키로는 별의 심장 파편이 자신에게 어떤 결과를 가져올지 알 수 없어 두려웠지만, 그대로 죽는 것보다는 나을 것 같았다. 눈앞에 죽음을 앞둔 펠라그의 마지막 부탁도 들어주고 싶었다.

이윽고 별의 심장 파편을 움켜쥔 두 손에 힘을 주었다. 남아 있는 최후의 힘까지 쥐어짜며 가슴속으로 밀어 넣기 위해 이를 악물었다. 안드라는 죽어 가는 두 사람이 눈빛으로 주고받은 것이 무엇인지 알 수 없었지만, 키로의 두 손 위에 제 손을 얹었다. 손바닥으로 키로의 심장 박동이 전해졌다. 그 순간, 직감적으로 무얼 어떻게 해야 하는지 알 수 있었다. 안드라는 즉시 온몸의 힘을 두 손바닥으로 모았다. 부디 별의 심장 파편이 키로의 가슴속으로 제대로 들어가길 바라며 두 눈마저 꽉 감았다.

 타는 듯한 고통 속에서도 키로는 비슬라의 비명 소리를 들을
수 있었다. 악에 사로잡힌 시어의 그림자가 자신을 향해 달려드는
것도 어렴풋이 보였지만, 더 이상 막을 방법도 힘도 남아 있지 않
았다. 그럼에도 시어의 사악한 기운이 키로를 덮칠 수는 없었다.
키로가 생각하기에 젝터일 것 같은 무언가가 위기의 순간을 포착
하고서 시어의 머리통을 몸체에서 뜯어내 버렸다. 금속이 금속을
찌르고 자르며 내는 끔찍한 쇳소리는 비슬라의 울음소리와도 맞
먹었다. 시어의 머리는 땅에 떨어져 키로가 누워 있는 곳까지 데
굴데굴 구르다 멈췄다. 시어의 검게 빛나던 눈알이 껌벅이며 잿빛
의 죽은 색으로 칙칙하게 변해 가고 있었다.

 다시 통증이 온몸으로 파고들었지만 키로는 신음 소리조차 내
뱉을 수 없었다. 키로의 몸에 남아 있는 힘이라고는 하나도 없었
다. 아빠와 안드라가 곁에 있다는 걸 느낄 수는 있었다. 두 사람
은 별의 심장에서 떨어져 나온 파편이 키로의 몸속으로 녹아들

어 하나가 되는 동안 고통으로 버둥거리는 키로를 꽉 붙잡고 있었다. 영혼이 스르르 빠져나가는 걸 막으려고 키로의 몸을 꽉 붙들고 있었다.

갑자기 키로의 혈관으로 따뜻한 피가 돌았다. 눈부신 빛줄기가 눈과 입에서 쏟아져 나와서 밤늦은 시간임에도 세상이 대낮처럼 환해졌다. 그 빛을 피해 움츠러든 비슬라들의 비명 소리가 하늘 끝에 닿았다.

키로는 다른 모든 것이 조용히 사라지고 오직 따뜻한 기운과 빛만이 망가진 몸을 통해 흐르는 느낌을 받았다. 키로의 몸이 바뀌고 새로워지고 있었다. 치유되고 있었다.

키로가 등을 굽히고 몸을 동글게 말자, 새로운 빛이 가슴에서 뿜어져 나와 엉망진창이 된 싸움터를 순수한 하얀빛으로 적셨다. 키로는 빛줄기들이 어디까지 뻗어 나갔는지 볼 수 없었지만, 정결한 빛줄기는 숲속은 물론이고 마을까지 너끈히 닿았다. 훗날 사람들이 부둣가에서도 그 빛을 볼 수 있었다고 말할 정도였다.

어느덧 비슬라의 비명 소리도 멈추고 사방이 고요해졌다. 불빛도 서서히 희미해졌다. 키로는 몸을 감싸고 있던 빛줄기에서 풀려나자 일어나 앉았다. 새살이 돋아나 말끔해진 상처 부위에 놀라 가슴을 조심조심 만져 봤다. 사이퍼도 키로의 무릎으로 뛰어올라와 쉴 새 없이 얼굴에 뽀뽀를 해 댔다. 티린도 되살아난 키로를 두 팔로 끌어안았다.

"내 아들이 무사하다니! 하느님, 너무나 감사합니다. 키로, 아빠는 너마저 잃어버리면 어쩌나 싶었단다."

키로도 아빠를 끌어안았다. 이번 일로 아빠와의 관계가 달라진 게 느껴졌다. 다시는 홀로 내버려 두지 않으리란 느낌이 강하게 들었다.

"네가 해낼 줄 알았어, 스타보이."

안드라가 기쁨에 가득 찬 목소리로 말했다. 키로는 안드라의 눈가에 눈물 한 방울이 맺혔다고 생각했지만, 안드라는 빙그레 웃고 있었다.

"비슬라, 그놈들이 다 사라졌어."

키로가 주위를 둘러보았다.

"응, 네 상대로는 턱도 없었지."

안드라가 고개를 끄덕였다.

펠라그는 근처에서 신음하고 있었다.

"키로."

노인이 미소를 지으며 속삭였다.

"난 곧 떠날 게다. 드디어."

고대부터 살아온 노인이 꾸물꾸물 주머니 속을 더듬거리더니 땅 위로 팔을 뻗으며 키로에게 뭔가를 내밀었다.

"이거 받아라."

키로는 자신에게 매달리는 사이퍼를 내려놓고, 펠라그의 곁으로 가서 무릎을 꿇고 앉았다. 펠라그가 키로의 손을 잡았다. 손아귀 안쪽에서 묵직하고도 차가운 금속 덩어리의 질감이 느껴졌다.

"항상 가까이 둬라. 누군가는 반드시 별들의 비밀을 지켜야 하니까. 그래, 나는 그 짐을 너무 오래 짊어졌다. 이제 너한테 달렸단다. 이걸로……."

펠라그는 키로의 손에 들려 있는 물체를 향해 손짓했다.

"그리고 거기……."

노인이 키로의 가슴 쪽을 가리켰다.

"넌 이제 이런저런 별들의 비밀을 알게 되고, 그 비밀을 안전하게 지키는 데 필요한 모든 것도 얻을 게다. 키로야, 내가 틀렸다. 네가 찾아왔을 때 귀 기울여 들었어야 했어. 악의 세력은 여전하고, 그럴수록 별들은 세상을 안전하게 지키기 위해 필요할 테지. 자, 이제 네가 이걸 맡아다오. 부디 나처럼 잊어선 안 된다. 약속해라."

키로가 손을 펼쳤다. 손바닥 안쪽에는 낡았지만 장식이 화려한 열쇠가 얹어져 있었다.

"약속할게요."

"그래, 네 덕분에 난 마침내 평화를 찾았단다."

펠라그의 가슴이 마지막으로 한 차례 오르내리더니, 이내 미세한 움직임마저 멈춰 버렸다. 고대부터 살아온 노인의 영혼이 마침내 떠나고 있었다. 고요한 작별이었다.

티린이 키로의 어깨에 두 손을 얹었다.

"아들아, 이제부터는 우리가 함께 별을 지키자. 아빠로서 약속할게."

지금껏 키로가 간절히 듣고 싶던 말이었다. 키로는 오늘에서야 다시 진정한 가족이 된 기분이 들었다.

시어가 쓰러지고, 펠라그가 죽고, 비슬라가 추방되면서 거인 로봇들은 스타셰퍼드들과 싸우는 것을 멈췄다. 대다수는 멍해진 듯 보였다. 그 모습을 보자, 키로는 시어 외에도 얼마나 많은 거인 로봇이 그동안 사악한 다크셰도우에 단단히 홀려 있었는지 궁금해졌다. 펠라그의 절박함 때문이었든, 시어의 음침한 목적 때문이었든, 이유가 무엇이든 간에 싸워야 할 이유는 사라져 버렸다. 수많은 플라이어 거인 로봇이 라다막 산맥의 주둔지를 향해 밤의 어둠 속으로 날아갔다. 크래프터와 오러 거인 로봇은 전투로 파괴된 곳곳의 피해 현장을 치우는 걸 돕기 위해 남았다.

곧 스타셰퍼드들과 거인 로봇들은 부서진 스타 슈터와 거인 로봇의 망가진 몸체 조각을 찾아내고, 다 함께 고칠 수 있는 것들을 고치기 시작했다. 설반 선장과 도면, 마을 사람들도 동참했다. 키로는 너무나도 놀랍고 고마운 마음 한편 미안했다. 모두의 도움이 없었다면 말끔하게 치우는 데 몇 달은 족히 걸릴 일이었다.

젝터는 몸을 구부정하게 하고 키로를 계속 따라다녔다. 티린은 젝터와 며칠을 함께 지냈지만, 여전히 처음 보는 것처럼 서먹하게 대했다.

"나는 당신이 본모습을 되찾아 기쁩니다, 티린."

젝터는 손까지 내밀며 티린에게 악수를 권했다. 티린도 고개를 끄덕이며 기계 손을 잡았다.

"나한테 무슨 일이 일어났는지, 그 상황에서 어떻게 빠져나왔는지 기억할 수 없지만 내가 당신과 당신 친구들에게 큰 빚을 진 것만큼은 확실합니다."

티린이 어색하게 말했다.

"라다막 산맥에서 아빠는 뭔가에 충격을 제대로 받고 정신 줄을 놓은 거예요."

키로가 대화에 끼어들었다.

"젝터와 젝터의 친구들이 아빠를 자신들의 캠프에 받아들이고 잘 돌봐 주었어요. 그런데 아빠가 기억 상실증에 걸렸는데도 거인 로봇의 망가진 몸을 아주 잘 고쳐 주더래요."

키로는 입꼬리를 올리며 씩 웃었다.

"그럼 그게 꿈이 아니었네? 정말이지, 신기하면서도 멋진 일이야. 지금은 정상으로 돌아와 기쁘지만."

티린도 따라 웃었다.

그렇게__ 스타보이가__ 되었다

키로는 잔디에 신발 바닥을 문질렀다.

"비슬라가 한 짓에서 풀려나길 바라면서 제가 아빠한테 별 가루를 뿌렸어요. 처음엔 아무런 효과가 없었는데, 아빠 몸으로 퍼지는 데까지 시간이 좀 걸렸나 봐요."

"난 별 가루에 보호 기능이 있다고 항상 믿었단다. 어쩌면 우리가 생각하는 것보다 훨씬 더 많은 걸 해낼 수 있을 거야."

티린은 미소를 지으며 키로의 어깨에 팔을 둘렀다.

젝터는 펠라그의 심장을 품고 있던 별이 산산조각 나 떨어진 근처에서 반짝이는 것을 발견하고 주워 들었다. 젝터는 그 조각들을 키로에게 건넸고, 키로도 경건한 마음으로 받아 들었다.

"매우 오래된 별에서 떨어져 나온 것입니다. 갖고 있으면 좋을 것입니다. 오래된 별일수록 강력하니까요."

"무슨 뜻이에요?"

"이 별 조각을 갖고 있으면 가슴에 품고 있는 것과 함께 어디서든 당신을 보호해 줄 것입니다. 또한 별들을 더 잘 이해할 수 있도록 도울 것입니다."

젝터가 거인 로봇의 말투로 설명했다.

키로는 가슴을 만져 봤다. 이제는 아무런 고통도 느껴지지 않았다. 그저 기분 좋은 따뜻함만이 느껴졌다.

"내 가슴에 별의 심장 파편을 넣었을 때 무슨 일이 일어났는지 아세요? 펠라그, 그분이 나에게 무엇을 해야 할지 행동으로 보여 주셨지만 설명할 시간은 없었어요."

키로의 질문에 젝터가 기계 얼굴을 찌푸렸다.

"내가 아는 한, 지금까지 단 한 번도 이런 일이 행해진 적은 없었습니다. 나는 장로들이 인간을 보호하려고 자신들의 심장을 별에게 주었을 때나 비슷한 일이 있었을 거라고 생각합니다. 당신을 보호하고 비슬라를 추방하려면 별이 당신 몸속으로 스며들어야 할 것입니다. 또 어떤 일이 일어날지는 아무도 모릅니다."

젝터가 어깨를 으쓱했다.

"랜턴은요? 땅으로 떨어진 별들 중에 그토록 오래 빛나는 불빛을 본 적이 없었거든요."

"그 랜턴에는 일곱 장로가 처음으로 어둠을 물리칠 때 사용한 비법이 담겨 있습니다. 다시 말해, 거기에는 빛이 바래지 않도록 하는 장로들의 마법이 깃들어 있지요. 하지만 이 세상에 남아 있는 건 많지 않으니 안전하게 보관해야 합니다."

젝터가 무릎을 펴며 일어섰다.

"행운을 빕니다, 키로. 우리 거인 로봇에게 별들이 위험에 처한 걸 알려 줘서 고맙습니다. 당신이 없었다면 이 세상에 무슨 일이 일어났을지 상상하고 싶지도 않습니다."

젝터는 쇳소리를 내며 기계 몸체를 떨더니, 다른 이들을 도우

그렇게__ 스타보이가__ 되었다

러 천천히 걸어갔다.

키로는 깨진 별 조각들을 랜턴에 다시 집어넣었다. 언젠가 요긴하게 쓸 수 있을 것 같았다. 특히 랜턴이 일곱 장로의 마법을 조금이나마 간직하는 데 도움이 된다면 더욱 쓸모 있을 것 같았다.

젝터가 떠난 뒤, 설반 선장이 어색한 표정을 지으며 키로 곁으로 다가왔다. 선장은 키로를 끌어당기더니, 어깨 위에 손을 얹고 똑바로 쳐다봤다.

"기분이 어때?"

"괜찮아요. 괜찮은 정도가 아니라 꽤 좋은 편이에요. 저는 끝장난 줄 알았는데, 신기하게도 별 조각들이 저를 낫게 해 줬어요."

설반 선장은 키로의 눈을 조금 더 뚫어지게 쳐다보더니, 붙잡고 있던 손을 내려놓았다.

"좋아. 그 말을 들으니 나도 기쁘다. 하지만 펠라그는 네가 깨달은 것보다 훨씬 더 큰 책임을 넘겨준 거야. 너에게 그 별의 심장을 주었잖아."

키로의 얼굴이 저절로 찌푸려졌다.

"젝터도 그렇게 말했어요."

"일곱 장로와 후계자들이 어떻게 심장의 일부를 별들에게 바쳤는지 기억하고 있지?"

키로는 고개를 끄덕였다.

"글쎄요, 하지만 결과적으론 그 반대일 수도 있잖아요."

키로의 대답에 설반 선장은 그저 쓴웃음을 지었다.

"아마도 그 별은 네 안에서 영원히 살게 되겠지."

선장의 말을 듣고 보니, 별을 너 잘 이해하게 해 줄 거라고 했던 젝터의 말이 무슨 뜻인지 더욱 궁금해졌다. 키로는 그 순간 목덜미가 오싹했지만 밤바람 탓으로 돌렸다.

"저를 살려 준 거잖아요. 저한테는 고마운 생명의 은인 같은 거예요."

"당연히 고맙겠지."

대답을 하는 선장의 눈이 가늘어졌다.

"그럼 펠라그가 죽기 전에 네게 줬다는 건 뭐지?"

키로가 대답 대신 배낭에서 열쇠를 꺼내 보이자, 설반 선장의 눈이 휘둥그레졌다.

"이런, 이런, 이런."

선장이 중얼거렸다.

"결국 노인네가 네게 모든 비밀을 넘겨줬구나. 열쇠를 안전하게 보관하고, 늘 네 곁에 둬라. 절대 아무한테도 말하지 말고. 알았지? 아는 사람이 적을수록 좋다."

"왜죠?"

키로가 따져 물었다.

"날 믿어라. 그리고 비밀로 하겠다고 내게 약속해다오."

설반 선장의 표정이 어느 때보다 진지했다.

"약속할게요."

대답은 쉽게 했지만, 키로는 좀 더 용기를 내어 질문을 퍼붓기로 마음먹었다.

"그런데 이걸로 뭘 열 수 있는데요? 제게서 약속까지 받아 내야 할 정도라면, 선장님은 뭔가 알고 있다는 거잖아요."

설반 선장은 몸을 앞으로 기울였다. 선장의 두 눈이 반짝반짝 빛났다.

"역시 똑똑해. 그 열쇠가 별들의 비밀을 풀어 주겠지. 그래, 언젠가 때가 되면 내가 그 이야기를 네게도 들려줄지 모르겠구나. 하여튼 그때까지는 잘 지키고 있어야 한다."

선장은 키로의 어깨를 두드리며 씩 웃었다.

"이제 아버지를 도와드려. 밀린 일이 아주 많을 거야."

키로는 여전히 선장과 별들의 관계를 더 알고 싶어 좀이 쑤셨지만 선장의 말을 따랐다. 설반 선장도 다시 청소를 거들려고 할 때, 안드라가 두 눈을 번뜩이며 나타났다.

"선장님, 선장님, 선원들과 떠나기 전에 혹시 제가 배를 둘러볼 수 있을까요? 항해는 정말 멋진 모험 같아요. 저도 잠깐 올라가 보고 싶어요."

"정말 그렇다면 내일 부두로 나와라. 내가 구경시켜 줄게."

선장이 활짝 웃으며 대답했다.

"그럼 혹시 선장님 모험담도 들을 수 있을까요?"

"네 이야기를 다 들었으니, 나도 들려줘야 공평하겠지."

안드라는 흐뭇한 미소를 지어 보이고, 설반 선장 옆에서 일을 거들면서 이런저런 질문을 던졌다.

키로와 티린은 오랜만에 가까이서 함께 일을 했다. 하늘에서 떨어진 별을 찾을 때마다 최대한 서둘러 신형 케이스에 옮겨 담는 일이었다. 문득 키로의 눈에 어딘지 특별해 보이는 별의 잔해가 들어왔다. 숨이 턱 막혔다.

별이 담겨 있던 신형 케이스는 산산조각 나 있었지만, 지금과 같은 전투 뒤의 난장판 속에서도 여전히 밝은 빛줄기를 뿜어내고 있었다. 게다가 바로 옆에는 왠지 익숙한 손수건과 시계태엽 장치가 달린 작은 하트와 강아지 인형까지 있었다.

그것은 다름 아닌 키로 엄마의 별이었다. 키로가 난생 처음, 아빠와 함께 하늘로 돌려보낸 바로 그 별이 분명했다.

할 말을 잊은 키로는 티린의 소매를 잡아당겼다.

"왜 그러니, 아들아?"

키로는 손가락으로 별을 가리켰다. 흐느낌을 억누를수록 목구멍이 부풀어 오르는 것 같았다. 키로의 아빠는 부서진 스타 케이스 옆에 무릎을 꿇고 앉았다.

"새나의 것이야."

조금의 망설임도 없이 티린은 조심스레 잔해 속에서 아내의 별과 자신이 넣어 둔 증표들을 꺼내어 가까이에 있는 신형 케이스로 옮겨 담았다. 엄마의 별을 마냥 바라보고 있는 키로의 어깨 위로 티린의 손이 얹어졌다.

"걱정 마라. 이번엔 우리가 엄마 별을 구할 수 있을 테니."

키로는 아빠와 함께 신형 케이스를 닫고, 다른 스타 케이스들과 함께 하늘로 돌려보낼 준비를 마쳤다.

여러 도움이 보태지자 일은 금세 마무리되었다. 안드라와 티린은 플라이어 거인 로봇들이 하늘로 솟구쳐 오르는 모습을 지켜보려고 키로 옆에 붙어 섰다.

이번 사태로 너무나도 많은 별이 잘려 나갔고, 너무 많은 스타 슈터가 파괴되었다. 지금 같은 상황에서 더 많은 별을 안전하게 지키려면 옛 방법을 따르는 것이 가장 신속하고 정확했다. 플라이어 거인 로봇이 하늘로 날아올라, 스타셰퍼드들이 만든 갈고리가 달린 유리 금속제 신형 케이스를 직접 거는 것 말이다.

젝터는 키로의 엄마, 새나의 증표가 달린 별을 드렌 첨탑 바로 위쪽 하늘에 걸도록 도왔다. 먼 훗날 첨탑의 새 주인이 이사 온 뒤에도 오래도록 반짝이며 비춰 줄 것이라 믿으면서.

키로는 안드라의 손을 잡고 환하게 반짝이는 별들이 점점 많아지는 것을 지켜보며 밤하늘에 미소를 보냈다. 별들이 하늘에서 자리를 잡을 때마다 키로의 몸도 살짝 끌려 올라가는 이상한 느낌이 들었다. 키로의 가슴속에 있는 별의 심장 파편이 본래 있어야 할 곳에서 다른 별들과 함께 있고 싶어 하는 것 같았다.

별들이 밤하늘에 제대로 자리 잡은 걸 확인하고 나서야 모두 뿔뿔이 흩어지기 시작했다. 마을 사람들은 집으로 돌아갔고, 플라이어 거인 로봇들은 세계 각지에서 온 스타셰퍼드들이 집으로 편히 돌아갈 수 있도록 도왔다. 안드라와 티린도 키로가 집으로 돌아가 쉴 수 있도록 서둘렀다.

그날 밤은 날이 샐 때까지 고요히 누워 있는 키로의 몸에서 부드럽고 하얀빛이 뿜어져 나왔다.

그렇게__ 스타보이가__ 되었다

드렌 위로 어둠이 은은히 내려앉아 하늘을 몽환적인 빛으로 물들였다. 키로와 안드라가 드렌 마을에서 첨탑까지 잘 닦여진 오솔길을 걷고 있을 때, 별들이 하늘에서 반짝이며 두 사람을 비춰 주었다.

그들이 작업장에 도착했을 때, 한 남자가 문을 열더니 티런에게 편히 주무시라며 인사를 건넸다.

"안녕? 키로, 안드라."

마을의 이장이자 재단사인 셰인이었다.

"이 앙증맞은 기계를 찾으러 왔단다."

셰인은 시계 장치가 달린 작은 기계를 들어 보였다.

"이게 있으면 바느질도 더 쉽고 빠르게 할 수 있단다. 내 재봉틀에 잘만 맞으면, 수선 손님도 많아져 벌이도 더 좋아질 테지."

"잘됐네요."

안드라가 대답한 뒤, 키로를 쳐다보며 마음을 안다는 듯한 표정을 지었다.

불과 몇 달 전만 해도 셰인은 티린과 키로를 마을의 불청객이라며 쌀쌀맞게 대했다. 하지만 이제는 티린의 기발한 시계 장치 덕분에 마을 사람들에게 환대를 받고 있다.

티린은 라다막 산맥에서 돌아온 뒤 새사람이 되었다. 마치 깊고 긴 잠에서 깨어난 사람처럼 영 딴사람으로 바뀌었다. 작업장까지 시계 가게로 개조하고 온 마음을 쏟았다. 티린이 맡았던 별을 지키는 임무는 스타셰퍼드 위원회의 축복 속에 스타보이 키로에게 넘겨졌다. 기회가 있을 때마다 안드라도 오늘처럼 키로를 도우러 첨탑으로 찾아왔다.

키로와 안드라는 셰인에게 작별 인사를 건네고 시계 가게 안으로 들어갔다. 때마침 티린도 가게 문을 닫고 있었다. 둘을 본 티린은 하던 일을 멈추고 키로의 어깨에 팔을 둘렀다.

"우리 아들이 제시간에 딱 맞춰 왔네. 아빠도 진짜 저녁다운 저녁 식사를 만들어 본 지 꽤 됐지만, 별들을 지켜보려면 영양가 높은 음식이 필요하단 것쯤은 알고 있단다. 게다가 오늘은 내가 만든 새 오븐의 성능도 시험해 보고 싶었거든. 자, 배고플 텐데 부엌에 가 보렴. 너희 둘이 함께 먹을 캐서롤을 만들어 뒀으니까."

"아빠, 고마워요."

하지만 키로는 아빠의 새로운 모습에 아직 적응하지 못하고 있었다. 단 한순간도 자연스럽거나 당연하게 받아들여지지 않았다.

"냄새가 끝내준다."

안드라가 입맛을 다시며 키로와 나란히 부엌 쪽으로 가는데, 사이퍼가 반갑게 달려와 혀를 내밀고 꼬리를 흔들었다. 키로도 웃으면서 사이퍼의 머리를 쓰다듬어 주었다.

안드라는 캐서롤을 그릇에 옮겨 담고, 키로와 함께 첨탑으로 올라가는 계단 쪽으로 서둘러 갔다. 사이퍼도 뒤를 졸졸 따라왔다. 캐서롤이 먹고 싶은 눈치였다.

키로는 전투 이후로 많은 것이 달라졌다. 별들을 지켜볼 때 사용하던 스타 고글은 더 이상 필요하지 않았다. 눈으로 보기도 전에 별들이 지금 어디에 있고, 곧 어디로 떨어질지 느낌만으로 알 수 있었다. 키로의 가슴속에서 살고 있는 별이 언제나 자신의 형제자매 별을 알아보는 것 같았다.

때로는 가슴속에서 이상한 끌림이 느껴져 언덕 위를 마냥 떠돌아다니고 싶게 만들었지만, 아직까지 그 충동에 넘어간 적은 없었다. 하지만 언젠가는 어쩔 수 없이 그럴 것 같은 예감이 들었다. 키로가 남몰래 감추고 있는 열쇠로 열 수 있을 무언가가 기다리고 있는 쪽으로 자신을 이끌 거라는 조심스러운 예감 또한 들었다.

오늘 밤, 키로와 안드라가 첨탑에서 함께 저녁을 먹는 동안에도 태엽 장치가 달린 의자는 서서히 첨탑을 돌았다. 그리고 다 먹은 그릇을 옆으로 치우려는데, 갑자기 깜깜한 하늘이 번쩍거리더니 별 하나가 땅으로 곤두박질치기 시작했다.

키로는 몸을 앞으로 숙이고 별똥별이 어디로 떨어지는지 확인한 뒤 고개를 돌렸다. 안드라는 벌써 스타 고글을 쓰고 자신만만한 미소를 지었다. 안드라의 스타 고글은 악의 세력과의 전투가 끝난 뒤 위원회에서 안드라를 명예 스타셰퍼드로 임명하면서 준 것이었다. 안드라는 그것을 소중하게 여기며 애지중지 다뤘다.

"빨리, 스타보이. 안 그러면 내가 먼저 간다."

키로는 다시 한번 밤하늘의 별들을 올려다봤다. 무수히 많은 별빛이 예전과 다른 새롭고도 특이한 방식으로 키로의 기운을 북돋아 주고 있었다. 키로는 먼저 나선 안드라를 뒤쫓으려고 사이퍼와 함께 달렸다. 이번에도 삼총사는 주위의 깜깜한 어둠에도 아랑곳없이 땅으로 떨어지는 별을 쫓았다.

어느덧 키로에게 별빛은 몸의 일부가 되었다. 어디로 떨어지든 놓치지 않을 자신이 있었다. 별이 빛나는 한, 밤이든 낮이든 잘못된 길로 빠지지 않을 환한 앞날이 그들 앞에서 기다리고 있었다.

그렇게___ 스타보이가___ 되었다

　본래《그렇게 스타보이가 되었다》는 애니메이터인 댄이 품고 있던 별에 대한 사랑을 가족과 나누기 위해 만든 애니메이션 단편 영화 〈THE STAR SHEPHERD〉에서 태어난 작은 이야기였습니다. 그 뒤 적잖은 행운이 따라 좋은 때에 좋은 분들을 만나 우리는 멋진 팀을 이루었고, 마침내 여러분의 손에 들려 있는 책으로 이야기를 진화시킬 수 있었습니다.

　돌이켜 보면 우리는 서로가 별에 대한 무궁무진한 관심을 갖고 있다는 사실을 한눈에 알아챌 수 있었습니다. 별들이야말로 우리 두 사람에게 한결같이 놀라움과 영감을 선물해 주었는데, 그것이 이 이야기의 토대를 마련해 준 초석이었습니다.

　글 작가인 저, 마시케이트가 미국 동부의 해안을 거닐며 이야기의 초안을 구상하고 글을 쓰는 동안 댄은 미국 서부에서 책에 실리게 될 이미지를 구상했습니다. 사실 책이 완성되기까지 우리는 이메일을 통해 서로의 의견을 묻고 각자의 생각을 주고받았을 뿐, 직접 한자리에서 만난 것은 출판이 코앞에 다가왔을 때가 처음이었습니다. 그리고 마침내 책이 완성되어 독자들의 손에 들어가자, 이 이야기가 더 이상 우리 작가들만의 것이 아니게 된 점이 무엇보다 마음에 들었습니다. 책 속의 이야기는 독자 여러분의 것이기도 하니까요. 자, 이제 우리는 여러분도 하늘의 별들이 세상을 계속 내리비출 수 있도록 키로와 그의 친구들과 함께 모험을 떠나 주길 희망합니다. 그 긴 여정 속에서 어쩌면 조금씩 다른 경험을 할 수도 있겠지만, 저희는 여러분도 부디 책갈피 여기저기에 깃들어 있는 별빛을 발견해 주길 당부드립니다.

그럼 한국 독자들에게 행복한 독서 여행이 되길 바라며.

마시케이트 코널리 & 댄 해링

그렇게 스타보이가 되었다

초판 1쇄 발행 2023년 6월 14일

지은이 마시케이트 코널리·댄 해링 ｜ **옮긴이** 김영욱
펴낸곳 올리 ｜ **펴낸이** 박숙정 ｜ **자문** 박시형
기획편집 최현정 정선우 ｜ **디자인** 전성연
마케팅 양근모 권금숙 양봉호 이주형 ｜ **온라인마케팅** 신하은 현나래
디지털콘텐츠 김명래 최은정 김혜정 ｜ **해외기획** 우정민 배혜림
경영지원 홍성택 김현우 강신우 ｜ **제작** 이진영
출판등록 2006년 9월 25일 제406-2006-000210호
주소 서울시 마포구 월드컵북로 396 누리꿈스퀘어 비즈니스타워 18층
전화 02-6712-9800 ｜ **팩스** 02-6712-9810
이메일 allnonly.book@gmail.com ｜ **인스타그램** @allnonly.book

ISBN 979-11-6534-523-5 (43840)

 품명 도서   **제조자명** 올리   **제조년월** 2023년 6월   **제조국** 대한민국
KC마크는 이 제품이 공통안전기준에 적합하였음을 의미합니다.